U0090997

古典文獻研究輯刊

二五編

曾永義 主編

第9冊

明清小說評點範疇譜系研究（上）

李夢圓 著

國家圖書館出版品預行編目資料

明清小說評點範疇譜系研究（上）／李夢圓 著 -- 初版 -- 新
北市：花木蘭文化事業有限公司，2022〔民111〕
目 4+170 面；19×26 公分
（古典文學研究輯刊 二五編；第 9 冊）
ISBN 978-986-518-791-0（精裝）
1.CST：明清小說 2.CST：小說美學 3.CST：文學評論
820.8   110022415

ISBN-978-986-518-791-0

9 789865 187910

古典文學研究輯刊
二五編 第 九 冊   ISBN：978-986-518-791-0

明清小說評點範疇譜系研究（上）

作 者 李夢圓
主 編 曾永義
總 編 輯 杜潔祥
副總編輯 楊嘉樂
編輯主任 許郁翎
編 輯 張雅淋、潘玟靜、劉子瑄 美術編輯 陳逸婷
出 版 花木蘭文化事業有限公司
發 行 人 高小娟
聯絡地址 235 新北市中和區中安街七二號十三樓
電話：02-2923-1455／傳真：02-2923-1452
網 址 http://www.huamulan.tw 信箱 service@huamulans.com
印 刷 普羅文化出版廣告事業
初 版 2022 年 3 月
定 價 二五編 19 冊（精裝）台幣 48,000 元

版權所有 · 請勿翻印

明清小說評點範疇譜系研究（上）

李夢圓　著

作者簡介

李夢圓，女，1991 年生於山東梁山，2017 年於復旦大學獲取中國語言文學系中國文學批評史專業博士學位，研究方向為明清小說批評。現為上海商學院文法學院中文教研室講師，已開設中國古典名著精讀課程思政系列課等課程。在《齊魯學刊》、《雲夢學刊》、《理論界》、《中國學研究》、《孔學堂》、《差異》、各大高校學報等刊物發表論文數篇，獲上海市課題立項，第三屆中華經典誦寫講大賽「詩詞中國」詩詞講解大賽大學教師組全國三等獎、上海賽區二等獎等。

提　　要

　　論文分為八章，前有緒論，後有結語。緒論部分，對此課題進行研究綜述。結語部分，對本書作「無結之結」。

　　第一章，明清小說評點的生成與演變簡述。簡要概述了明清小說評點的孕生土壤，分析了明清小說評點者不同的評點動機推力，揭示了受眾群對明清小說評點的滋養催化作用，以及根據已有研究成果簡要勾勒出明清小說評點的歷時狀貌。

　　第二章，明清小說評點的特點。第一節，儒釋道思想文化的滲透，析舉了明清小說評點中儒家的君臣觀念、推崇忠義仁孝等儒家思想觀念等，指出了明清小說評點中佛家思想或涉佛之論的存在，揭櫫了道家「奇妙」觀的滲透等；第二節，廣泛借鑒各體文論範疇，包括對詩詞範疇、戲曲範疇、文章範疇等的借鑒；第三節，用詞生動、形象，及明清小說評點範疇的辯證性等；第四節，女性觀和悲劇意識的體現，分析了明清小說評點中落後與進步交互摻雜的女性觀，探討了明清小說評點中透露著的濃重的悲劇意識。

　　第三章，明清小說評點範疇主體論系。第一節，探討明清小說評點中的「才」範疇；第二節，討論了明清小說評點中的「學」範疇；第三節，明清小說評點中的「心」範疇；第四節，明清小說評點中的「情」範疇。第四章，明清小說評點範疇價值論系。第一節，明清小說評點主體價值範疇；第二節，明清小說評點客觀價值範疇。第五章，明清小說評點範疇形象論系。第一節，「斷語」；第二節，「性格」；第三節，「情理」；第四節，「形神」；第五節，「陋」。第六章，明清小說評點範疇結構論系。第一節，「構思」；第二節，「曲折」；第三節，「簡省」。第七章，明清小說評點範疇語言論系。第一節，「聲口」；第二節，「趣」。

　　第八章，餘論：非對立而融通——明清小說評點的中西對話。第一節，身體評點與身體批評；第二節，比喻式評點與印象派；第三節，空白意境與接受美學；第四節，格物細參與文本細讀。

目次

緒　論

一、研究綜述

（一）小說評點範疇

以小說評點範疇此關鍵詞命名的論著目前還未發見。博士論文只一篇，陳心浩《明清小說評點範疇研究》〔註1〕。論文拈出「畫」、「紀傳」、「聲口」、「間架」、「筆」、「幻」、「真」、「奇」、「韻」、「詩」、「妙」等共十一個範疇，分成「人物描寫」、「敘事情節」、「藝術魅力」和「藝術極詣」四個板塊，一一考評，溯其源流，分析了這十一個範疇在明清小說評點中的具體運用。得出明清小說評點範疇的三個特性：其一，明晰性和模糊性；其二，「互文性」；其三，文體性。論文化繁為簡，在明清小說評點範疇中抽出十一個較有代表性的範疇，進行細緻分析，頗具指導價值和學術意義。但也正因為只限於十一個範疇，而將龐大體系及其他有代表性的範疇忽視，並且沒有畫出一個範疇體系的圖譜，不能不說是一個遺憾。

在此之後，出現了兩篇以小說評點範疇關鍵詞命名的碩士論文。一篇是歐陽泱《毛宗崗小說評點範疇研究》〔註2〕。論文分為四部分。第一部分，介紹研究綜述和研究思路，即從毛宗崗的評點範疇入手，分析古代文藝理論領域裏範疇研究的狀況，評述學界關於毛宗崗小說理論研究的主要成果及存在

〔註1〕陳心浩，明清小說評點範疇研究〔D〕，保定：河北大學，博士學位論文，2010。
〔註2〕歐陽泱，毛宗崗小說評點範疇研究〔D〕，北京：北京大學，碩士學位論文，2011。

的問題。運用審美範疇研究與毛宗崗小說思想研究相結合的思路，即主要從毛宗崗《三國》批評中「回首評」和「夾批」中歸納出一些主要的審美範疇，然後與《讀法》中的理論相印證。第二部分，共拈出毛宗崗的評點範疇十個，包括「結構」、「應」、「伏」、「對」、「賓主」、「極寫」、「閒筆」、「敘法」、「虛實」、「避犯」，並分別對這十個範疇進行解析，論述了這十個範疇在毛宗崗範疇體系中的地位和作用。第三部分，探討了毛宗崗評點範疇面對的三個主要問題，即小說的地位問題，「板塊性」結構問題，章回小說情節重複性問題。第四部分，追溯了毛宗崗評點範疇的淵源，包括與明末清初散文的關係，與金聖歎的關係，與八股文的關係等三重關係。論文的特點是在探討各個範疇的同時，指出了裏邊包含的深層次問題，並也追溯了淵源，但範疇疏於簡略，也未能將範疇進行細緻劃歸。另一篇農美芬《張竹坡的小說批評範疇研究》〔註3〕。論文緒論部分指出，中國文學理論的核心思想多通過一系列範疇與命題集中體現出來，小說批評亦如是，認為張竹坡評點是小說批評範疇的拓展與深化，並介紹了其研究現狀與研究意義。論文分七章。第一章探討範疇「真假」、「冷熱」、「情理」。第二章分析「脫卸」、「夾敘」、「筍」、「插」、「趁窩和泥」。第三章討論「細針密線」、「提壺傾水」、「一線穿」、「伏線」、「千里伏線」、「草蛇灰線」、「扳定大章法」、「遙對章法」。第四章敘「間架」、「起結」。第五章述「筆不到而意到」、「隱筆」、「陽秋之筆」、「閒筆」。第六章「摹神」範疇，探討「白描」、「入化」、「如畫」、「逼真」、「摹神肖影，追魂取魄」。論文抓住世情，圍繞世情做文章，按照一定的分類標準，將拈出的主要範疇劃歸，並在分析每一個範疇時稍溯淵源而以豐富的案例做依託。但未有對範疇特點及其深層意蘊的考察或帶述。

以小說評點範疇關鍵詞命名的文章目前只檢索到一篇，陳心浩、李金善《「妙」解——明清小說評點範疇例釋》〔註4〕。這篇文章分析了「妙」最早由老子的哲學範疇發端，漢代以後，演變成一個審美範疇上的評語，魏晉以後，廣泛應用在各種藝術領域，文章深入分析了「妙」字範疇的特指及審美作用，重點論述了明清小說評點家們用「妙」來評點小說藝術形象的鮮活和

〔註 3〕農美芬，張竹坡的小說批評範疇研究〔D〕，武漢：中南民族大學，碩士學位論文，2013。

〔註 4〕陳心浩，李金善，「妙」解——明清小說評點範疇例釋〔J〕，河北學刊，2007，27（5）：114～117。

生動，評點小說敘事技巧的多變和嫻熟，評點小說語言的精練和優美等方面，最後指出，明清小說評點家們由於各自個性和學養等方面的差異，以及所面對的對象不同，故使用「妙」這一範疇時會打上鮮明的個人色彩。這篇論文與陳心浩本人的博士論文《明清小說評點範疇研究》關係密切，基本作為其博士論文的一節的面貌出現，所以，嚴格意義上來講，不能算是獨立於此博士論文之外的單篇文章。

再把範圍擴展，以中國文學批評範疇等關鍵詞命名的論文在中國知網上也未檢索到。代表性論著，一為《中國文學批評範疇及體系》〔註5〕。該書在緒論部分指出幾個不能不引起重視的問題。首先是對於範疇本身哲學規定性的正確認識問題；其次是對傳統文論範疇自身特點的認識問題；再次是對範疇體系的理性鑒定問題。書中指出，對詩文範疇的研究甚於戲曲小說，具體例釋多而條貫歸納少，單個專論多而體系探索少等範疇研究的不足。該書引證獨到，資料廣博，涉及到語言文字，文化思想，形上形下等文史哲各方面問題，對中國文學批評範疇及其體系做了深入全面的考索和關照。另一論著為《中國文學批評範疇十五講》〔註6〕。此著著力於對中國文學批評範疇的十五個重要問題的論述，細緻討論了範疇的質性與特點、統序連帶、對感官用語的援用、思想資源等，由於是講論性質，故言說痕跡較明顯，娓娓道來，論證鮮活，旁徵博引。此著在附錄中，介紹了近百年來中國學界範疇研究的情況，劃出了清晰的發展脈絡，為後來學者的研究提供了方便。顧文豪專門評介《中國文學批評範疇十五講》〔註7〕，認為汪著凸顯出深遠的學術價值與對古代文論學科的重要啟示，並且補充了範疇研究的細褶與空白，在方法論上秉持從「觀念史」走向「總體史」的學術追求，以一種「整合的歷史觀」對古人的文學理論作全面網取。由此高評亦可見出此書的價值。

（二）小說評點譜系

以小說評點譜系等關鍵詞命名的論著及碩博士學位論文目前還沒有出現。可檢索到的論文有兩篇。一為吳子林《小說評點知識譜系考索》〔註8〕，

〔註5〕汪湧豪，中國文學批評範疇及體系〔M〕，上海：復旦大學出版社，2007。
〔註6〕汪湧豪，中國文學批評範疇十五講〔M〕，上海：華東師範大學出版社，2010。
〔註7〕顧文豪，中國人的文心──讀汪湧豪《中國文學批評範疇十五講》〔J〕，書城，2011，（1）：44～49。
〔註8〕吳子林，小說評點知識譜系考索〔J〕，浙江學刊，2001，（2）：102～110。

二為吳子凌《小說評點知識譜系考察》〔註 9〕。兩篇文章雖發表時間一先一後，但作者名字只有「林」、「凌」一字之差，文章名稱從「考索」到「考察」只易一字，這不單是一個巧合。通過查看論文內容可知，兩篇論文基本一致，內容雷同。由此可斷定兩篇文章實為同一作者的同一篇文章。文章主要是對小說評點的知識譜系進行考索，發掘小說評點與儒家經學傳統和古代讀書法之間的淵源關係，並舉出有代表性的兩個小說評點家李贄和金聖歎，從二者小說評點知識譜系的建構中，發見蘊含其中的權力話語的鬥爭以及對意識形態生產的積極參與，文章最終得出結論，小說評點絕非宋代詩文評點的簡單延續，也不是人們所謂的「純粹的」文學批評，其知識譜系建構過程中，隱含著權力話語的爭奪，參與了意識形態的生產，具有政治思想史意義，即小說評點的出現是一個意味深長的文化事件。從此文具體內容可看出，文章作者小說評點知識譜系，主要指小說評點與儒家經學傳統和古代讀書法之間的淵源關係，即小說評點作為一個獨立體，它與其他知識體的關係網絡是怎樣的，而不是著眼於小說評點內部的結構和譜系。

（三）明清小說評點

對明清小說評點範疇譜系的研究建立在明清小說評點研究的基礎之上。故有必要介紹明清小說評點的主要研究情況。

由於明清小說數量龐大，對明清小說的評點更是繁雜多樣。明清小說評點的研究論著不斷湧現，茲舉數例如下：

黃霖、萬君寶《古代小說評點漫話》〔註 10〕，此書雖是一本薄薄的小冊子，但包羅萬象，重點突出，綱舉目張。共十二部分，分別介紹了劉辰翁「篳路藍縷，以啟山林」開小說評點之風，李贄為小說評點奠基，葉晝醉眼覷世、託筆批書拓展了小說評點，袁本《水滸》評點「通作者之意，開覽者之心」，馮夢龍洞察世情、以言醒人的「三言」評點，中國最傑出的小說評點家金聖歎的小說評點，毛氏父子的《三國》評點，張竹坡的《金瓶梅》評點，脂硯齋對《石頭記》的評點，王希廉、張新之、姚燮、陳其泰、哈斯寶等對《紅樓夢》的評點，馮鎮巒「自出手眼，別具會心」的《聊齋誌異》評點，閒齋老人的《儒林外史》評點等。每一部分都拈出有代表性的評點語句，進行深入分

〔註 9〕吳子凌，小說評點知識譜系考察〔J〕，東方叢刊，2001，第 3 輯：190～207。
〔註 10〕黃霖，萬君寶，古代小說評點漫話〔M〕，瀋陽：遼寧教育出版社，2001。

析和舉證，讓讀者一目了然，看過之後對小說評點大致的脈絡與內容有了基本的掌握。

　　林崗《明清之際小說評點學之研究》〔註11〕，該書共七章。第一章討論了十七世紀小說評點熱潮，明清之際小說評點學的概念，評點學批評體系結構論、章法論和修辭論等三層次命題，批評文本與小說文本的特殊關係等；第二章指出小說評點學是晚明文人文化的產物，探討了晚明經濟狀況，朝綱廢弛與士人仕宦生涯的挫折感，士林講學風尚所啟發的個性氣質與狂狷精神，晚明文人文化的獨特性，文人的文化創造，以及改編修訂先前小說文本、弄筆評點、探求美術真諦、寫作傳奇、從事演藝、遊歷探險、埋頭醫學史學著述、潛心西來科技實證之學等構成的文人文化風景等；第三章指出詩文評、古文經義教育與評點、明代科舉、八股文等對明清小說評點的影響；第四章論述了史學話語籠罩下的小說話語，古人小說話語在晚明的轉換，晚明小說話語對傳統小說話語的突破，李贄掃除文體偏見的思維理路的根源，金聖歎的事文分立觀與他對文學普遍特性的闡述，漢魏六朝文論對文本特徵的關注，評點學論文的大思路對漢魏六朝批評正路的繼承，並認為文論史上的第二次「文學自覺」以明清之際小說評點學為標誌；第五章探討了中西敘事觀念對結構理解的不同，奇書小說首尾大照應、中間大關鎖的大結構原理，自然論哲學傳統對敘事文結構美學觀念的影響，因果論傳統與自然論傳統所導致的敘事差異等；第六章主要分析了故事單元的概念與敘事的特殊含義，前鋪「引文」後敘「餘韻」的手法，「正筆」與「閒筆」的交替穿插，敘事空間化的思想背景等；第七章論述了中西小說敘事中修辭觀的差異，諧音、雙關、隱喻在細節中的特殊作用，反諷修辭與「曲筆」，白描傳神的實質含義，並對古典小說中的「現實主義」問題進行了再思考。最後，作者指出五四以來對批點批評形式存在著偏見，這種偏見是不可取的，因為傳統的評點之學是深含中國文化意蘊的文學批評形式，應該得到重視和很好的研究。這部書無論在內容上還是在思想上，都具廣度和深度，闡釋了許多新觀點，提供了一些新視角，具有重要意義。北京大學出版社又將林崗此書出版，書名為《明清小說評點》〔註12〕，內容完全一致。

〔註11〕林崗，明清之際小說評點學之研究〔M〕，北京：北京大學出版社，1999。
〔註12〕林崗，明清小說評點〔M〕，北京：北京大學出版社，2012。

譚帆《中國小說評點研究》〔註13〕。該書分為導言和上下兩編。導言介紹了小說批評為何以評點為主體形式，小說評點的獨特個性和研究格局。上編小說評點總體研究共四章。第一章按時間先後順序，介紹了小說評點的淵源，主要著眼於形式之源及小說評點產生的基本條件，分析了小說評點的萌興，即萬曆年間的小說評點以及「容本」與「袁本」《水滸》評點，繼而是明末清初小說評點的繁盛，主要是「四大奇書」的評點，之後是「文人性」增強的清中葉小說評點，最後是漸漸轉型的清後期小說評點。第二章介紹了小說評點形態的演化和分解，包括「評林」、「集評」、「讀法」與「圈點」等。第三章探討了小說評點者的構成。第四章討論小說評點的文本價值、傳播價值與理論價值。著作下編為小說評點編年敘錄，按時間順序分為四卷，包括小說評點的萌興期、繁盛期、延續期和轉型期，將各個時期每種小說評本的情況一一介紹。這部書不僅在資料上做足了工夫，而且在研究方法、研究角度、研究視閾、具體觀點方面等都具有開拓性。特別是小說評點編年敘錄、索引、研究總目是目前所見最完備的小說評點研究資料，為之後的研究提供了方便和可靠材料，是小說評點研究史上一部有分量的里程碑式著作。

張世君《明清小說評點敘事概念研究》〔註14〕。此書對明清小說評點敘事概念進行系統梳理，歸納出空間性觀念、間架概念、一線穿概念、脫卸概念、戲曲概念、書法概念、山水畫概念、字法概念、句法概念、章法概念等十類。其中空間性觀念又包括方位性觀念、視覺性觀念、聽覺性觀念、嗅覺性觀念、溫度性觀念等，戲曲概念包括楔子、折、關目、收煞等，書法概念包括犯筆、起筆、結筆、頓筆、挫筆、實筆、虛筆、接筆、轉筆、正筆、旁筆、重筆、輕筆、直筆、曲筆、奇筆、呆筆等，山水畫概念包括勾法與白描、皴法與皴染、擦法與重作輕抹法、點法與攢三聚五點、染法與渲染、襯染與背面傅粉法、連法與山斷雲連法、斷法與橫雲斷嶺法、樹木法與過枝接葉法等，字法概念分為動詞字法和名詞字法，句法概念包含增寫句法、伏線句法、賓主句法等，章法概念有起結、遙對、板定等等。在分析完每組概念之後，又有與西方現代文論的比較，顯示出宏闊視域和中西比較意識。書的最後附《水滸傳》、《三國演義》、《金瓶梅》和《紅樓夢》的評點敘事概念索引，為讀者檢索查證提供方便。此書最大特點就是跨學科、跨門類、分類細、概念較全。

〔註13〕譚帆，中國小說評點研究〔M〕，上海：華東師範大學出版社，2001。
〔註14〕張世君，明清小說評點敘事概念研究〔M〕，北京：中國社會科學出版社，2007。

　　石麟《中國古代小說評點派研究》﹝註15﹞，該書思路清晰，脈絡鮮明，提供了可資借鑒的研究框架。導論部分介紹評點、小說評點、評點派及其形成演變過程和基本特點。第一章分述金聖歎《水滸傳》評點、毛宗崗《三國志演義》評點、張竹坡《金瓶梅》評點、「脂硯齋」《紅樓夢》評點及其他評點家和成果；第二章分述古代小說評點的史鑒功能、勸誡功能、娛樂功能和審美功能；第三章介紹了小說人物是倫理道德的載體，現實人物的寫真，作者心靈的外化以及他們身上典型性格的萌芽；第四章拈出了小說評點中談論結構的五個方面，即謀篇布局、敘事視角、埋伏照應、避繁就簡和情節轉換；第五章語言論，主要有敘述語言、人物語言和特殊語言等；第六章辯證論，拈出忙閒、虛實、避犯、幻真及其他的辯證理論。餘論部分討論了前文沒有涉及到的小說評點的其他理論，對形象化評點概念進行簡單釋例，最後論述了小說評點派的歷史地位和作用。該書中規中矩，無泛說和大論，而是通過詳細的例證分析小說評點派的特點，深入淺出，頗為明晰。

　　專門研究某一部小說評點的如劉繼保《〈紅樓夢〉評點研究》﹝註16﹞。分上下兩篇。上篇介紹《紅樓夢》評點的定型與發展分期，明清小說評點的勃興與《紅樓夢》評點的崛起，《紅樓夢》評點的版本形態與批評功能，《紅樓夢》評點的閱讀模式、詮釋方法以及對小說學理論的探討與貢獻等。下篇分述王希廉、張新之、姚燮、陳其泰、王伯沆、張子梁、雲羅山人、朱湛、黃小田、哈斯寶、劉履芬、蝶薌仙史、話石主人、孫崧甫、佚名氏等十五人的《紅樓夢》評點。資料可靠，搜羅廣泛，通過閱讀此書，對《紅樓夢》評點有大致的瞭解和認識。

　　小說理論批評方面的著作也和小說評點密切相關，由於在小說評點中能見出小說理論和小說批評。

　　黃霖《古小說論概觀》﹝註17﹞。這本小冊子分為縱觀篇和橫觀篇上下兩篇。縱觀篇按照時間順序，依次介紹了萌芽狀態的小說論，羅燁對於話本藝術的論述，蔣大器及歷史小說論，吳承恩等的神幻小說論，李贄、葉晝、馮夢龍、金聖歎、毛宗崗、張竹坡等人的小說評點理論，以及《聊齋》、《紅樓》批評和閒齋老人的小說論等。橫觀篇著重於對小說的價值觀、真實與虛幻、繪

﹝註15﹞石麟，中國古代小說評點派研究﹝M﹞，北京：中國社會科學出版社，2011。
﹝註16﹞劉繼保，《紅樓夢》評點研究﹝M﹞，北京：圖書館出版社，2007。
﹝註17﹞黃霖，古小說論概觀﹝M﹞，上海：上海文藝出版社，1986。

形與傳神、環境、細節、語言、故事情節與結構布局等小說內部橫向特徵的闡發。縱橫結合，經緯交織，畫出小說理論的大致圖景。

王先霈、周偉民《明清小說理論批評史》〔註18〕。這部大部頭的著作從洪武至萬曆期間的小說理論一直講到晚清，時間跨度從 1368 年到 1918 年。以時間為線索，以重要的小說評論家和作品為敘述重點和代表，間敘了一些不太聞名的小說評論家及其評論作品，涵蓋頗為全面，史的價值突出。

陳洪《中國小說理論史》〔註19〕。這部著作亦按時間順序，圍繞名家名作展開敘述。該書內容豐富，引證較多，結構條目頗為清晰，標示明瞭，並且在一些具體問題上有獨特觀點和考證，具有重要參考價值。

此外，距離小說評點較遠，對於小說的形式內容所顯示出的特質意蘊進行考索的著作，如吳士余《中國小說思維的文化機制》〔註20〕，陳平原《中國小說敘事模式的轉變》〔註21〕，探討當代小說的程德培《小說本體思考錄》〔註22〕，美國學者韋恩‧布斯《小說修辭學》〔註23〕等等，都為小說評點研究提供了不同的思考維度和視角。

工具性書目的出版也見出了學界對小說理論批評研究的重視。只朱一玄主編、合編的便有《古典小說戲曲書目》、《中國古典小說大辭典》、《古典小說版本資料選編》、《明清小說資料選編》、《明清小說資料彙編》、《三國演義資料彙編》、《水滸傳資料彙編》、《西遊記資料彙編》、《金瓶梅資料彙編》、《聊齋誌異資料彙編》、《聊齋誌異辭典》、《儒林外史資料彙編》、《紅樓夢資料彙編》等等，黃霖參與編著的《中國歷代小說論著選》，主編的《金瓶梅大辭典》、《小說批評史料彙編校釋》等等，丁錫根編著的《中國歷代小說序跋集》等均搜羅完備，具有頗高資料參考價值。

張伯偉《中國古代文學批評方法研究》〔註24〕，不是研究明清小說評點及理論批評的專著，而主要著眼於詩文批評，但對於明清小說評點研究來講，

〔註18〕王先霈，周偉民，明清小說理論批評史〔M〕，廣州：花城出版社，1988。
〔註19〕陳洪，中國小說理論史〔M〕，天津：天津教育出版社，2005。
〔註20〕吳士余，中國小說思維的文化機制〔M〕，上海：華東師範大學出版社，1990。
〔註21〕陳平原，中國小說敘事模式的轉變〔M〕，北京：北京大學出版社，2003。
〔註22〕程德培，小說本體思考錄〔M〕，上海：上海文藝出版社，1987。
〔註23〕〔美〕韋恩‧布斯著，付禮軍譯，小說修辭學〔M〕，南寧：廣西人民出版社，1987。
〔註24〕張伯偉，中國古代文學批評方法研究〔M〕，北京：中華書局，2002。

也有借鑒意義。此書分內外兩篇。內篇闡釋了中國古代文學批評方法的以意逆志論、推源溯流論、意象批評論，分別進行釋名、闡述和評價。外篇重點介紹選本論、摘句論、詩格論、論詩詩論、詩話論和評點論。特別是評點論，討論了章句與評點、論文與評點、科舉與評點、評唱與評點的關係等，對研究明清小說評點有一定啟發。

　　明清小說評點研究方面的論文巨富。據不完全統計，研究明清小說評點的碩博士論文從 1995 年至今共有 1369 部，並且有逐年增長的態勢，從九十年代和本世紀初的個位數，迅速增長為兩位數，在 2012 年和 2013 年都是高達兩百多篇，可見其方興未艾。期刊論文從 1975 年至今共有 2594 篇，文獻從 1975 年至今共 4277 篇，也基本是逐年增多。其中對主要、著名小說評點家及其評點的研究佔據主流，金聖歎及其《水滸傳》評點研究 5705 篇，《儒林外史》評點 3278 篇，李贄及其《水滸傳》評點研究 1941 篇，《紅樓夢》評點 2074 篇，《西遊記》評點 1077 篇，張竹坡及其《金瓶梅》評點 893 篇，但明倫及其《聊齋誌異》評點 794 篇，毛宗崗及其《三國演義》評點研究 789 篇。從跨學科的視域來進行考察，共檢索到範疇相關的論文 206123 篇，譜系相關的論文 13096 篇，包含有範疇、譜系兩個關鍵詞的論文共 3 篇，分別是陳誠《範疇·譜系·歷史──評董學文主編〈西方文學理論史〉》〔註 25〕、韓晗《辯中求變：兼論學術譜系史範疇下當代西方文論研究──以陳永國〈理論的逃逸〉為例》〔註 26〕、李建中《中國古代文體學範疇的理論譜系》〔註 27〕。文藝學領域有邵鴻雁《中國美學「味」範疇新論》〔註 28〕等。著眼於對小說評點範疇譜系中某一具體特定小範疇進行研究的文章也為數不少，如與「間架」相關的研究論文 176 篇，與「脫卸」相關的研究論文 134 篇，與「避犯」相關的研究論文 67 篇等等。

〔註 25〕陳誠，範疇·譜系·歷史──評董學文主編《西方文學理論史》〔J〕，湖南文理學院學報（社會科學版），2008，33（3）：142～143。

〔註 26〕韓晗，辯中求變：兼論學術譜系史範疇下當代西方文論研究──以陳永國《理論的逃逸》為例〔J〕，廣西大學學報（哲學社會科學版），2009，31（2）：112～117。

〔註 27〕李建中，中國古代文體學範疇的理論譜系〔J〕，北京大學學報（哲學社會科學版），2011，48（6）：36～42。

〔註 28〕邵鴻雁，中國美學「味」範疇新論〔D〕，長春：吉林大學，博士學位論文，2011。

（四）綜觀研究現狀得出的結論

其一，學界對明清小說評點的研究越來越重視，而這種重視不是曇花一現，而是方興未艾，明清小說評點研究日益成為明清小說研究領域的顯學。這在近幾十年的研究論著和論文數量上有明顯體現。究其原因，研究者日益發覺到明清小說評點不是毫無意義的隨興之感，而是具有理論內蘊和思想內核的富有民族特色的寶貴財富，值得挖掘和研究。

其二，研究面向多樣，研究力度加深，研究視角多變，真正整理了資料，解決了學術上的一些問題，如有專門研究一部名著的小說評點的，如劉繼保《〈紅樓夢〉評點研究》，有對明清小說評點進行綜合研究的，如石麟《中國古代小說評點派研究》，有的學者在資料上用力勤苦，如譚帆《中國小說評點研究》撰寫了小說評點編年敘錄，按時間順序分為四卷，包括小說評點的萌興期、繁盛期、延續期和轉型期，將各個時期每種小說評本情況一一介紹，又花力氣整理了中國古代小說評點本音序索引、評點者姓名名號索引、20世紀中國小說評點研究總目等等，為之後的研究提供了極大方便和可靠材料，有的採取了不同視角切入，顯示了宏闊的視域，如張世君《明清小說評點敘事概念研究》，採用跨學科、跨門類、跨地域和中西比較的研究方法和視角，學術氣象宏大而不失精細。

其三，明清小說評點研究基礎紮實，前人實績豐厚，但也有一些領域還存留有需要繼續探究和用力的餘地。工具性的書籍為明清小說的研究提供了極大便利，如《古典小說戲曲書目》、《中國古典小說大辭典》、《古典小說版本資料選編》、《明清小說資料選編》、《明清小說資料彙編》、《三國演義資料彙編》、《水滸傳資料彙編》、《西遊記資料彙編》、《金瓶梅資料彙編》、《聊齋誌異資料彙編》、《聊齋誌異辭典》、《儒林外史資料彙編》、《紅樓夢資料彙編》、《中國歷代小說論著選》、《金瓶梅大辭典》、《小說批評史料彙編校釋》、《中國歷代小說序跋集》等等。對於明清小說評點範疇的研究，雖已有陳心浩《明清小說評點範疇研究》、歐陽汝《毛宗崗小說評點範疇研究》和農美芬《張竹坡的小說批評範疇研究》，但這相對於明清小說評點的大觀而言，可以說是鳳毛麟角，這說明，學界對明清小說評點範疇的關注不夠，研究不多。所以，無論是從深度上，還是從廣度上，都需要對明清小說評點範疇進行系統研究和深入挖掘。

二、選題意義

（一）理論意義

對明清小說評點進行研究，能夠對古人的小說評點方式方法產生進一步的體認和理解，並進行深入的溯源和闡釋，瞭解每一種類型的小說評點的生成語境、生成方式、理論內涵、適用範圍、效果影響及其和整個評點體系的關係等等，做此研究，可豐富小說評點理論批評的內容，為此種富有中華文化特色的通常被認為感性色彩深重的小說評點方式增加理性砝碼，詮釋其思想文化品格和特質，嘗試進行系統理論建構。

進一步擴大範疇的研究視閾，從以往的專注於詩文範疇的研究，小說評點範疇研究相對薄弱的態勢，慢慢開啟研究閘門，開拓前人未涉足的小說評點範疇研究的新領地和前人研究相對薄弱的半荒田，植入和培育一些有理論前景的新種子。比如從已有學者總結出的明清小說評點的十一個範疇擴大到數十個範疇，豐富明清小說評點的範疇理論。並且在研究這些範疇的時候，不是單純、孤立地研究，而是整體、系統地研究。因為有些範疇與其他範疇之間是彼此聯繫的，而不是絕對獨立的。在研究單個範疇的時候，還注重與小說文本的緊密結合，盡可能細緻而全面地查檢其在小說文本中所起的作用，不僅專注於諸名著的解索，而亦將關注點擴及至外圍作品，這樣方可凸顯理論生命力和典範性。

將明清小說評點範疇的理論研究劃歸到一個譜系裏邊，使多種分散的理論構成一個線條明晰的系統，在整個系統中，既可突出縱向的史的溯源和分析，又可進行橫向的比對和考究，既可眼有全豹，顯出一個大致輪廓和框架，勾畫出統一整體的理論面貌，又能進行微觀細緻的分解和研究，獲得感性體驗和理性昇華。

譜系一般是指記述宗族世系或同類事物歷代系統的書，從字面意義上來講，它是一種家譜式的客觀細緻的呈現或物種變化演變所自然生成的系統。譜系進而還有一種譜系學的概念，是法國哲學家福柯哲學中的核心概念之一，譜系學作為一種學問，不僅指一種分析方法，也是一種深刻的哲學觀點，譜系學的分析方法是一種生命政治的解剖術，一種微觀權力的光譜分析，一種現代社會規訓權力和治理術的發展史。它注重的是對於現在的歷史和真實的歷史的重新審視，考察一種事物特別是後天事物是如何產生的以及產生情境的還原。譜系學的方法帶有很強烈的批判性，因為它拒絕既定規則和律條，而是去體驗和實證，拒絕簡單化，而是將對象視為由各種各樣紛繁多變的因

素構成的複雜體系。

譜系學並不等於譜系，譜系學的這種方法不可照搬地用於對明清小說評點範疇的研究，而是可以作為理論上的一種借鑒，研究明清小說評點範疇，需要力求建構一種科學性系列圖譜，在建構這一譜系的過程中，需要關注到問題的複雜程度，將各種可能性因素包含在內，考察其生成過程和結構組成。而這對於中國古典小說的研究，小說評點理論的研究，甚或中國文學批評理論的研究，都具有一定的理論價值和意義。

（二）實際意義

任何一種學術都不是孤立於社會之外的，一是學術研究無法完全脫離社會政治、經濟、文化等各方面的大宰制和大環境，二是假如學術研究完全與社會脫節，宣稱要純潔獨立去政治化，這種學術研究注定會走向衰微，甚至死亡。因為，學術研究的重要旨歸之一，便是能夠對社會和人類產生實際的意義和影響。

對明清小說評點做範疇譜系的研究，能夠盡力發掘和保存中國古代小說的文化特色和思想特質，傳承中華民族寶貴的古典文學資源。儘管在當下社會國學熱漸漸升溫，孔子學院在全球範圍內如火如荼地興辦，可不容否認的是，西化歐化的趨勢還很明顯，崇洋媚外的感受還深入骨髓，在世界漸漸開放的大環境下，我們要繼續增加民族自信力，樹立自己的價值體系和文化品格，拿出本根的一些東西，作為文化的標準和積澱，增加文化的軟實力，將中國化和民族性作為一種強勁潮流慢慢掀起，這對國家和個人都意義重大。

儒家文化講求入世，從根本上是一種功利性的文化，其實客觀來講，任何一種文化都或顯或隱地帶有功利性的成分，純粹的非功利性的東西只存在於烏托邦的夢境裏。但如果完全物質化、功利化、政治化的學術研究也非常可怕，因為學術研究要保有自己的品格，故從此意義上講，對明清小說評點範疇譜系的研究應秉持客觀性、實在性，不應急功近利地將目的鎖定在提升國家實力的高格上，以此研究方能進行。

長期以來，二元對立的思維方式佔據學術界主流，有必要進行破冰嘗試，以一種圓融姿態接納包裹各種異質性成分，是一種學術或文化永葆生命力的正途，中西也早已不是簡單的對立，而是對話、交流的姿態，所以在對中國古典的內容進行研究的時候，既要有歷史的眼光，也要有世界的眼光，有中西對話比較的宏闊視野，吸收可利用的養分來進行研究，而不是完全排斥西

方理論，才能保有本民族的純粹根性，這顯然是一種狹隘的意識和文化學術上的「閉關鎖國」，從根本上，不利於學術文化發展。

拈出明清小說評點的重要範疇，並將這些範疇統歸到一個力求合理科學的譜系裏邊，是具有一定的可操作性的，對於研究者來講，能夠對明清小說評點的研究提供一些便利條件，能夠理清思維脈絡，激發創造靈光和創新意識，深化對明清小說評點理論批評的理解和考索，培養科學的研究方式方法，嘗試多種視角的切入和分析觀察，有利於全方位觀感和理念的生成。對於接受者而言，能夠減少彎路，事半功倍，清晰明瞭地對明清小說評點有一個大致掌握、感性認知，並能對明清小說評點有理論體悟、理性解索，在了然於心的基礎上，培養對中國古典小說的興趣，對中國古典文學的喜愛，對中華民族優秀文化的認同感和自信力。讀者的力量是深巨的，這將在文學文本、研究者、閱讀環境的大範圍中形成一種良性循環，起到傳承傳播中國古典文學文化的實際作用和意義。

三、研究對象的確立

明清小說評點範疇譜系研究顧名思義要以明清小說評點為基礎。「評點」是古人研讀文章的一種重要方法，是在仔細閱讀文本的基礎上，對文章的內容，作者的思想、觀點、情感等，以及寫作方法和技巧等，進行的評論與分析，從而對文章的內容有深入的理解，相應地也可指導讀者對文章的理解。

「小說評點」是中國古典小說批評的一種形式，盛行於明清時期。「小說評點」由詩文評點借鑒而來，其形式包括「序跋」、「讀法」、「眉批」、「旁批」、「夾批」、「總批」和「圈點」等。這些都在研究範圍之內。除此之外，本書還將對小說作家、作品的批評、議論等納入到考察範圍之內，即本文所探究的明清小說評點在一定意義上，是範圍廣泛、形式多樣的開放式評點。學界所提出的「廣義的評點」是一種不合理的提法，〔註29〕但本文所言之開放式評點則是以評點為重點，兼採他評，作為考察對象，且考慮到評點在比重上所具有的壓倒性地位，所以本書題目仍不脫離「評點」二字。鑒於本研究的代表性和涵蓋性，論文擬以對七部名著（《三國演義》、《水滸傳》、《西遊記》、《金瓶梅》、《聊齋誌異》、《紅樓夢》、《儒林外史》）的評點研究即名家名評的研究為重心，兼及對明清時期其他小說的評批的研究。

〔註29〕參看譚帆，中國小說評點研究〔M〕，上海：華東師範大學出版社，2001：4。

對一般意義上和哲學意義上的範疇進行理解。正如汪湧豪在《中國文學批評範疇及體系》中對範疇的界定，範疇是英文 category 的漢譯，指反映認識對象性質、範圍和種類的思維形式，它揭示的是客觀世界和客觀事物中合乎規律的聯繫，在具有邏輯意義的同時，作為存在的最一般規定，還有本體論的意義。明清小說評點範疇譜系研究會用力於嘗試對明清小說評點範疇的釐定、拈取和分析。

譜系一般指家譜上的系統或物種變化的系統，強調一種客觀的記錄和還原，「譜」，《說文解字》對它的解釋是：「譜，籍錄也，從言，普聲。《史記》從並，博古切。」〔註30〕《釋名》：「譜，布也。布列見其事也，亦言緒也，主敘人世類相繼知統緒也。」〔註31〕可見，譜系是通過呈現原初的面貌而使人自然地發見事物的本真及事物與事物之間的排列組合和承繼關係，具有一種縱橫可知的圖像性視感。

由於小說評點淵源有自，和詩文、戲曲、軍事、堪輿、民俗、耕織、文化、宗教、哲學等等都有這樣那樣的聯繫，所以以上範圍也在考察之列。再者，當今時代是全球化時代，中西比較的宏闊視域不容規避，故西方文論中與小說評點範疇譜系有關的內容也納入研究體系之內。

四、創新點與難點

（一）創新點的凸顯

第一，將有學者提出的明清小說評點的十一個範疇擴展至數十個範疇，兼顧各個範疇的典型性、代表性和概括力。將只針對名著名評的研究擴充至以七部名著的評點研究為重點而兼及其他明清小說的評點，擴大了研究範圍。

第二，首次提出明清小說範疇的譜系研究，將單個獨立的範疇，通過一定的生成過程，相互聯繫，劃歸到一個相對合理性、科學性的譜系之中，這種譜系性的研究，不僅能在宏觀上易於提挈出典型性、代表性的重要範疇，見出明清小說評點趨於完備的大致框架和結構，而且能在微觀上便於視角切入，進行明清小說評點的細化研究和考索。

第三，突出民族特色，比如不僅涉及到明清小說評點的軍事堪輿範疇，而且關注到明清小說評點有關禮俗耕織的範疇，如傳統中的儀節、民俗、農

〔註30〕〔漢〕許慎，說文解字〔M〕，北京：中華書局影印，1963：57。
〔註31〕〔漢〕劉熙，釋名〔M〕，北京：中華書局，1985：101。

耕、縫紉等等，這在以往研究者那裡少有論及。又如拈出明清小說評點儒釋道範疇，亦體現了民族特色，而此也是少有學者論到。

第四，提出了明清小說創新性評點思路，舉例如明清小說身體評點等等，比如就明清小說身體評點此種評點思路而言，在具體的明清小說評點文字的分析中，點逗出明清小說評點身體器官範疇和明清小說評點身體感覺範疇，這在以往的研究中，多作視覺、聽覺、嗅覺、味覺、膚覺等常見性劃分，而沒有進行深入學理上的概念提出和考察劃分。

第五，具備國際視野，提倡非對立而融通的研究態度，以及古今中西的對話式研究，考究明清小說評點中的悲劇意識，而不是簡單被動接受所謂「樂感文化」的標籤，發掘明清評點中的女性觀，在男性話語的大語境中發出和諧而非對抗的女性聲音。等等。

（二）難點的突破

由於明清小說評點範圍大，數量繁雜，只《紅樓夢》評即可做一部博士論文，何況是七部名著及以外的評點，故研究起來存在一定困難。但隨著科技進步，電子資料的出現給研究帶來一定程度的便利，還有今人整理的本子，有的存在錯誤，以此本書採取今人整理本與參照影印古本相結合的考察方式。故工作量頗大。

在明清小說評點中抽出有代表性、典型性、概括性的數十個範疇，既需要全局性的眼光，又需要細緻的考究，有的範疇，前人已經研究得極其細緻全面，怎樣在前人基礎上研究出新東西，也是本課題的難點和需要解決的問題。有的範疇與他範疇極其相近，只是表述上有差異，怎樣取捨比較得當，也是論文中需要裁度的。

將數十個範疇按照一定的標準納入一個譜系之中，怎樣比較合理而避免交織和雷同，也成了論文中需要解決的難點問題。

論文中還意欲涉及到明清小說評點的悲劇意識，明清小說評點的女性觀，這些都是前人沒有或極少涉及的，研究資料較少，需要設法進行資料搜集，並在此基礎上，進行深入研究並提出自己的觀點。

五、研究途徑與方法

一是文獻研究法。幾乎任何一項研究都離不開這種方法，因為每種研究即使是前人沒有做過的研究，也需要通過調查文獻來獲得資料，所以這種方

法也常常是默認不提的，這裡將其突出出來，不僅是要搜尋以往學者的論文、論著，而且要搜尋明清小說評本，作為研究的基礎和依據。

二是文本細讀法。文本細讀本是英美新批評的術語。燕卜蓀《含混的七種類型》是文本細讀之作，但其研究是針對詩歌而言，即對詩歌採用分析性的細讀之法。而對於明清小說評點的研究運用文本細讀的方法再合適不過，因為評點這種形式本身就是評點者精心細讀、精耕細作的思想體悟和結晶，有些評點是極其細緻的。再者，只有通過文本細讀才能發掘出字裏行間精深之點，如果草草了事，空發宏論，便只是重複前人的工作而已，毫無收穫可言。採用文本細讀法，應注重感性認識和理性分析相結合，只有這樣，才能既不冰冷而有失生動，又不致粗淺而缺乏內涵。

三是演繹推理與歸納總結法。演繹推理是從一般性前提出發，通過推導，得出具體陳述或個別結論，即從一般推及個別，歸納總結是從個別到一般，二者相互區別對立，又相互聯繫補充，歸納是演繹的基礎，演繹是歸納的前導。通過對個別評點話語的分析，得出一些特點的陳述和結論，是運用演繹的方法。而在眾多評點話語中，抽取出典型性、代表性範疇，可作為對這些話語的涵蓋，則是歸納總結的方法。

四是跨學科研究法。跨學科研究法可謂是當今學界顯而又顯的研究方法。這種方法的研究目的是超越以往分門別類的研究方式，實現對問題的整合性研究。客觀來講，沒有一種學科是純粹的，每種學科都或顯或隱地與其他學科存在一定的聯繫。隨著研究的深入和日益開放化、實用性，這種方法的採用亦勢在必行。如本研究不僅採用歷史、哲學的研究視點，而且跨語言學、文字學、民俗學、軍事學、堪輿學、音樂、書法、繪畫、建築等各個領域和門類，呈現出一種包容、開放的研究格局和態勢。

五是譜系系統法。這種研究方法強調歷史性還原事物的複雜性，強調體系的完整性、集中性、結構性，關注整體與局部、局部與局部、整體與外部環境之間的有機聯繫，呈現出整體性、動態性、目的性、清晰性等特徵。既注重細部研究，又思考把各種概念或範疇按照合理標準容入到一個譜系體中，以便進行相對科學地研究。

六是比較和視角切換法。將中國古代的研究方式方法放在古今中西的大背景下，與西方相關的文論進行比對，用一種全新的眼光審度明清小說評點，找尋其中包蘊的悲劇意識和女性聲音。等等。

第一章　明清小說評點的生成與演變簡述

　　由於本書是明清小說評點範疇譜系研究，明清小說評點範疇譜系的構築依託於明清小說評點範疇，而明清小說評點範疇則是以明清小說評點為基礎而形成的。所以對明清小說評點範疇譜系的探討，離不開對明清小說評點之相關內容的考察。有鑑於此，在正式構建出明清小說評點範疇譜系之前，本書茲對明清小說評點之發生、演變等作一簡單、概要的介紹說明。

一、明清小說評點的孕生土壤

　　「小說」的概念古已有之，且與今所言之「小說」迥異已是共識。研究者通過對古代典籍中「小說」概念的考索，得到了對「小說」概念演進的認知。如先秦莊子所言之「小說」，指的是一些瑣屑的微不足道的言論。東漢桓譚口中的「小說」，指的是「短書」，所謂「短書」，即是用來講清一些小道理的故事傳說或寓言等，往往採用譬喻的方式，篇幅短小。東漢史學家班固所言之「小說」，唐代《隋書·經籍志》中所著錄的「小說」，直至清代紀曉嵐等編撰的《四庫全書總目》中所列之「小說」，大多均不是現在所言的「小說」概念。中國古代小說以遠古的神話傳說為源頭，經歷了魏晉南北朝「志人小說」、「志怪小說」的雛形時期，到唐代傳奇、宋元話本走向成熟，明代小說全面繁榮，清代則達至鼎盛。

　　「評點」是古人在閱讀、賞鑒、批評、研究文章時所採用的重要方法之一。閱讀者通過仔細閱讀文本，對文本的思想內容、形式特色、寫作技巧進

行批評、分析，以此獲得對文本深入、恰切的理解和認識。「小說評點」淵源於詩文評點。詩文評點在唐代已肇其端，宋代即頗為普遍。宋代重文輕武，大興科舉。科舉考試採用經義的文體，廣大士子為著仕宦之前途，摳索經義寫作之要，蔚為風氣，以此，宋代興發出文章評點之學。宋代的古文評點，即顯現出文本細讀、評點細緻的特點。宋代的詩文評點滋染到小說領域，出現了一般認為的中國歷史上第一部小說評點之作，即劉辰翁《世說新語》評點。劉辰翁對《世說新語》的評點處於小說評點的肇端階段，評語頗為簡略，用三言兩語的批點詞句，表達了對小說中人物、事件的感慨、體會，缺乏對小說文本系統深入的分析、闡解。嚴格說來，劉辰翁《世說新語》評點離明清小說評點有一定的距離，其遣詞用語更像詩話，而不似小說評點。

明清小說評點是「評點」這一文學批評形式最為輝光的顯現。明清小說評點得以發生、發展離不開其所植根的土壤。法國十九世紀著名文學批評家泰納在其所著《藝術哲學》中，提出了著名的「三因素」說，即文藝創作及其發生發展的前途指向，是由「種族」、「環境」和「時代」等三種「原始力量」所共同決定的。泰納此經典論斷用在明清小說評點的生成發衍方面，仍頗為適切而有可資借鑒、探討的價值。

其一，天人合一、感性直觀的民族天性。明清小說評點這種特殊的文學批評方式孕生於中華民族天人合一、感性直觀的種族性母胞中。中華民族的種族特性具有整一性，在看待外界事物和問題上，不是將自身與外界割離開來，而是把自身與外界作為一個整體來體察和看待。天人合一是中國人最根本的思維方式。人與外界事物所形成的整體是和諧相生、統而為一的。儒家所強調的天人合一，是一種「從心所欲而不逾矩」的人心與規矩的和合。心無所拘、道無所失，兩相成全，完美融契。釋家亦講求天人合一，人之原初本性的顯現便合乎自然與天道，心之所志，自然而然，天人合一者的眼中沒有複雜的形式道理、亂花迷霧，而是一心所運，心無旁鶩，卻達到了根性的真實。道家崇尚的是「天地與我並生，而萬物與我為一」〔註1〕的高妙境界，倡導人性的解放與對自然的皈依，旨在打破種種加在自然性的人身上的邏輯性、規約性、後天性的教條和藩籬，實現與萬物的同生復歸。感性直觀亦是中華民族的種族根性，不同於西方的「模仿說」，中國古代文藝理論中有「物感」一說。充滿感性的先民置身於大自然中，被外在景物所感發，內心升騰起各

〔註1〕〔清〕郭慶藩撰，王孝魚點校，莊子集釋〔M〕，北京：中華書局，2013：77。

種各樣的感受。由「物」感「心」，客觀事物作用於主體人心，發而為言便是詩歌，體而為形便是舞蹈，表之在書即為文章。「一切景語皆情語」，作者主體與客觀事物的距離消弭、合而為一，導致物我偕忘，精神的靈動生發而出，感性的能量得到淋漓盡致的傳達，情感於物，由感而發所創就的文學作品自然飽富人之主體感情。心之所志，筆之所至，無所規羈。天人合一、感性直觀的因子流淌在中華民族的種族性血液中，從古到今，未曾斷絕。這是一種原始的推力，我們並非有意去突出它、運用它，而是以一種集體無意識的形制，所作所為無不包含它、體現它。明清小說評點便孕生在包含天人合一、感性直觀基質的土壤之中。評點者與小說文本合而為一、不可分割。評點者用一己之心去體悟小說文本，不受批評規則、教條的羈約，有感即發，頗為隨性。一方面，評點者的評點語與小說文本在形式上合為一體，充盈在小說文本的文首、文尾與文中各處；另一方面，評點者的評點語與小說文本在內容上融會貫通，所評所述，不脫離開小說文本，往往是就小說文本的思想內容、寫作方法等作評，而不是撇開文本，分析論述某一方面的理論問題。明清小說評點體現了天人合一、感性直觀的民族根性，評點者有感於小說文本，感動於「物」，隨感而發，滿富情感，在評點者與小說文本之間不存在人為的規約、屏障，評點者直截作評，心中所想傾瀉而出，一覽無餘。

其二，「物質環境」與「社會環境」的雙流激蕩。泰納將「環境」因素分為「物質環境」和「社會環境」兩個不同的層面。「物質環境」指地理、氣候等自然環境。「社會環境」則包括國家政策、宗教信仰、政治格局、軍事戰爭等等。自古而來，國家的版圖雖不斷變換，但文明的河流綿延不息。地處亞洲東部、太平洋西岸，擁有著幅員遼闊的土地，西高東低的地勢好似層層階梯，廣袤的土地上，地形複雜多樣，形成了各式各類的氣候。在氣候類型方面，東部形成了亞熱帶季風氣候、溫帶季風氣候、熱帶季風氣候，西北部形成了溫帶大陸性氣候；在溫度帶方面，熱帶、亞熱帶、暖溫帶、中溫帶、寒溫帶等皆備；在乾濕方面，濕潤、半濕潤、半乾旱、乾旱俱有。正是如此豐富多樣的地理、氣候環境孕生出各種不同類型的文學作品。明清小說評點即衍生於這樣的物質環境中，物質環境的不同自然造就了小說及其評點類型的多樣。從社會環境來看，中國經歷了長期封建君主專制。封建君主專制萌芽於戰國，確立於秦朝，鞏固於西漢，完善於隋唐，加強於北宋，發展於元朝，強化衰落於明清。君主專制由個人意志決定國家政策，如遇賢明君

主，自然有利於國家政治，但若國主昏聵，則民不聊生，國家政治具有極大的不確定性，高度集權容易導致朝政腐敗，朝政不穩，政局便動盪，統轄範圍內，必定爭端四起，各方勢力逐鹿中原，引發戰亂。文學作品作為社會政治的反映，便打上了各色油彩。但文學與政治並不是簡單的正相關關係，有時社會的動亂反會催生出優秀的思想和作品，穩定的盛世有時則將文學帶入疲軟低谷。如春秋戰國時代的百家爭鳴，魏晉南北朝時期文學的自覺。而太平治世的文化高壓，「文字獄」的大興反會對文學創作不利。明清小說評點亦有其發生演進的獨特軌跡，卻又受制於大的社會環境。明清小說評點的孕生需要依託於一定的環境，封建、閉塞的環境所造成的文人心境是矛盾、分裂的，一方面保持著正統和中規中矩，另一方面又裹挾著反叛、革新的特異能量。表現在明清小說評點中，亦是新與舊、進步與保守、壓抑與沖決的博弈。明清小說評點家們「借小說以開言路」，在一定程度上，與封建專制的政治環境形成了對抗之勢。在宗教信仰的社會大生態環境方面，社會文化觀念的儒釋道雜糅孕生了明清小說評點多元化合的文化基底，造就了明清小說評點思想養料的豐富多態性。

其三，明清特定時代的薰染導引。明清小說評點生發在明清這一特定時代，其發生發展自然脫離不了明清特定的時代因素。從歷史分期來看，明清兩代經歷了明王朝、清王朝兩個朝代的風雲變幻。明朝是中國封建社會最後一個漢族政權，是中國封建社會由盛轉衰的起始王朝。明朝共 276 年，起於 1368 年朱元璋在應天稱帝，止於 1644 年明崇禎帝在北京煤山自縊，基本可劃分為三個時期：第一時期是明朝早期，亦是盛期，時間從 1368 年明朝建立至 1435 年明英宗承襲皇位；第二時期是明代中期，亦是由盛轉衰期，時間從 1435 年至 1506 年明武宗即皇帝位；第三時期是明代晚期，亦是明王朝逐步衰亡的時期，時間從 1506 年至 1644 年明崇禎帝自縊。清代是中國漫長封建社會發展過程的終點，是中國歷史上最後一個封建王朝。清代共有 267 年的歷史，起於 1644 年清政權建立，止於 1911 年清朝宣統皇帝退位，大致可劃歸作三個時期：第一時期是清代早期，在這一時期清朝由政權建立、穩固到走向興盛，時間是從 1644 年清軍入關到 1796 年乾隆退位；第二時期是清代中期，亦是清朝由盛轉衰的時期，時間從 1796 年清嘉慶皇帝繼承皇位到 1860 年清咸豐帝晚期時鴉片戰爭爆發；第三時期是清代晚期，清朝進一步衰落並逐漸淪為西方列強所掌控下的半殖民地半封建社會，時間跨度上是從 1860 年

至 1911 年清朝宣統皇帝退位。〔註2〕從明清兩朝的經濟狀況來看，兩朝經濟達到封建社會的鼎盛。明代農業糧食生產專業化、商業化，明朝工商業如鐵、造船、建築、絲綢、紡織、瓷器、印刷等均處於世界領先位置，民間手工業不斷發展壯大。商業的發展使得城市化水平提高，人口數量不斷攀升。林崗《明清小說評點》提到，在幅員遼闊的明朝，經濟發展呈現不平衡態勢，地區差距明顯，長江下游東南地區較富裕而西北西南等邊陲地區則相對貧窮。豪商巨賈大多集中在今天的江浙徽一帶。〔註3〕經濟發展的不平衡，自然導致明清小說評點分布的不平衡。清朝開墾荒地，經濟農業也較發達，但清初的圈地惡政，破壞了中原地區的經濟，清朝的重農抑商政策，亦制約了明代發展起來的資本主義經濟萌芽。清代的商業非常發達，形成了十大商幫，但清政府的海禁政策和康熙晚期的禁礦政策等，均阻礙了工商業的發展。清代的人口增加，達到歷代王朝的峰值，晚清時人口已過四億。總之，明清時期城市商品經濟、資本主義萌芽、娛樂經濟、印刷業等的發展催生了小說作者、評點者、閱讀群等。從明清兩朝的時代氛圍來看，明代「以理學開國」，朝廷對理學進行大肆宣揚〔註4〕，明代前期，統治者加強思想統治，編訂《五經大全》、《四書大全》、《性理大全》等等，倡揚君道、臣道、父道、子道，〔註5〕頒定科舉定式等材料〔註6〕。王陽明對理學的提倡進行反撥，主張「心即理也」〔註7〕。明中以後，經濟發展，城市繁榮，市民文化興盛，人慾高漲，上上下下追求享樂，在這樣的風氣下，供娛樂把玩的小說如雨後春筍般滋長，產生了一系列小說作品。〔註8〕「異端之尤」李贄大倡「童心說」，以「忠義」之名評點《水滸傳》，袁宏道稱揚「淫書」《金瓶梅》。〔註9〕經濟發展的負面影響

〔註2〕參見趙炎秋，明清近代敘事思想〔M〕，長沙：湖南師範大學出版社，2011：
　　　1～2，22。
〔註3〕參見林崗，明清小說評點〔M〕，北京：北京大學出版社，2012：14～15。
〔註4〕參見汪湧豪，範疇論〔M〕，上海：復旦大學出版社，1999：158。
〔註5〕參見呂玉華，中國古代小說理論發展研究〔M〕，濟南：山東教育出版社，2015：
　　　129。
〔註6〕參見邱興躍，明代儒學的世俗化與民間文化心理研究——以明代白話通俗小
　　　說為中心〔M〕，成都：西南交通大學出版社，2013：25。
〔註7〕陳榮捷，王陽明傳習錄詳注集評〔M〕，臺北：臺灣學生書局，1983：30。
〔註8〕參見石麟，中國古代小說文本史〔M〕，鄭州：中州古籍出版社，2013：192，
　　　並李舜華，明代章回小說的興起〔M〕，上海：上海古籍出版社，2012：42。
〔註9〕參見呂玉華，中國古代小說理論發展研究〔M〕，濟南：山東教育出版社，2015：
　　　132。

是導致世風日下，道德淪喪，晚明朝綱廢弛〔註10〕，人民生活水深火熱〔註11〕，晚明的士大夫個性張揚〔註12〕，如「癡」如「狂」〔註13〕，以獨特的方式與現實社會對抗，小說及其評點活動大興。清代實行文化「高壓政策」，掀起「實學思潮」〔註14〕，大力推行程朱理學，實行科舉，提倡八股文，實行禁書、修書與文字獄，鉗制民眾思想。〔註15〕清代中期，重考據的乾嘉學派興起，對小說及其評點產生間接影響。清代從道光開始，閉關鎖國、重農抑商導致國力日下，社會矛盾加劇，晚清頹勢益顯。明清科舉的時代風氣與明清小說評點有密切關聯，落第士子鬱鬱不得志，轉著說、評說以澆塊壘。在明清特定時代的氤氳作用下，明清小說評點不斷生產發酵。

二、明清小說評點者的評點動機推力

明清小說有了其賴以生存發育的土壤，還有促使其生長繁榮的動力因素。其中不可忽視的一點即為不同類型的明清小說評點者其各自相異的評點動機推力。

不同小說評點者進行小說評點攜有不同動機。關於小說評點者的構成和類型劃分，譚帆《中國小說評點研究》有系統詳盡的論述〔註16〕，筆者此處不再贅述。評點者有一定的評點動機，才會去進行小說評點，故言評點動機的存在是明清小說發生、發展不可或缺的條件之一。明清小說評點者的評點動機有很多，如文以明道、經世致用、勸誡教育、傳播知識、補史之闕、羽翼信史、通俗、方便讀者閱讀、提升小說名氣、廣告、宣傳、增加品牌效應、提高小說地位、發憤著書、立言不朽、炫學、寄託、批判諷今、自娛自樂、澆塊壘等等，難以盡舉。下簡要列出幾例，以作說明。

其一，「廣而告之」，多銷多賣。持有此類評點動機的多為書坊主。書坊主為獲得經濟效益，令小說大賣，便會在小說封面登載類似廣告語之類，如

〔註10〕參見林崗，明清小說評點〔M〕，北京：北京大學出版社，2012：21。

〔註11〕參見蔣玉斌，明代中晚期小說與士人心態〔M〕，成都：巴蜀書社，2010：25。

〔註12〕參見蔣玉斌，明代中晚期小說與士人心態〔M〕，成都：巴蜀書社，2010：52。

〔註13〕參見蔣玉斌，明代中晚期小說與士人心態〔M〕，成都：巴蜀書社，2010：136。

〔註14〕參見汪湧豪著，範疇論〔M〕，上海：復旦大學出版社，1999：180～181。

〔註15〕參見趙炎秋，明清近代敘事思想〔M〕，長沙：湖南師範大學出版社，2011：25。

〔註16〕參見譚帆，中國小說評點研究〔M〕，上海：華東師範大學出版社，2001：69～99。

仁壽堂主周曰校刊刻的《三國志通俗演義》封面有言：「是書也，刻已數種，悉皆偽舛，茫昧魚魯，觀者莫辨，予深憾焉。輒購求古本，敦請名士，按鑑參考，再三讎校。俾句讀有圈點，難字有音注，地理有釋義，典故有考證，缺略有增補，節目有全像。」〔註17〕打廣告請名士作評，吸引讀者眼球，使小說受買者青睞。

其二，勸誡教育，有益風化。如無名氏《五虎平西前傳序》：「春秋之筆，無非褒善貶惡，而立萬世君臣之則。小說傳奇，不外悲歡離合，而娛一時觀鑒之心。然必以忠臣報國為主，勸善懲惡為先。閱其致身烈士，無不令人起敬起恭；觀此誤國奸徒，又皆令人可憎可忿。故書必削佞鋤奸，褒善貶惡，植綱常以為勸懲者，方可刊行於世。至若竊玉偷香諸小說，非不領異標新，觀者豔羨，然其用意不軌於正，終屬有傷風化之書。夫古今之治化，關乎典籍之敷陳。維持名教之君子，雖布演傳奇，必寓勸善懲惡之旨。俾閱者好善惡惡之念，油然而生，是傳奇亦足以導善而戒奸也。」〔註18〕無名氏認為，選取小說進行刊行的重要標準是小說揚善抑惡、罰鋤姦佞、有裨綱常。小說刊行評點應出於有益社會風俗教化的目的。

其三，補史之闕，羽翼信史。如袁于令《隋史遺文序》云：「蓋本意原以補史之遺，原不必與史背馳也。竊以潤色附史之文，刪削同史之缺，亦存其作者之初念也。相成豈以相病哉？至其忠藎者亟為褒嘉，奸回者亟為誅擯，悼豪傑之失足，表驕佟之喪□，無往非昭好去惡，提醒顓蒙，原不欲同圖己也。試叩四方俠客，千載才人，得無相視而笑？『英雄所見略同』，或於正史之意不無補云。」〔註19〕袁于令在序文中指出，小說之「補史」效用，是正史之意的補充，這一評點目的亦包含有提高小說地位的動機在內。

其四，發憤著書，立言不朽。如平子《小說叢話》所言：「金聖歎定才子書，一、《離騷經》，二、《南華經》，三、《史記》，四、《杜詩》，五、《水滸傳》，六、《西廂記》。所謂才子者，謂其自成一家言，別開生面，而不傍人門戶，而又別於聖賢書者也。聖歎滿腹不平之氣，於《水滸》、《西廂》二書之批語中，

〔註17〕參見譚帆，中國小說評點研究〔M〕，上海：華東師範大學出版社，2001：73。
〔註18〕丁錫根編著，中國歷代小說序跋集（中）〔M〕，北京：人民文學出版社，1996：997。
〔註19〕丁錫根編著，中國歷代小說序跋集（中）〔M〕，北京：人民文學出版社，1996：957。

可略見一斑。」〔註20〕金聖歎借評點小說《水滸傳》，以澆胸中塊壘。又如金聖歎《第五才子書施耐庵水滸傳》序三：「夫文章小道，必有可觀，吾黨斐然，尚須裁奪，古來至聖大賢，無不以其筆墨為身光耀。」〔註21〕正如金聖歎所言，古來聖人賢者，均通過立言以獲不朽，其進行小說評點亦有此意。

其五，自娛自樂，快人快己。如李贄《續焚書》即道：「《水滸傳》批點得甚快活人，《西廂》、《琵琶》塗抹改竄得更妙。」〔註22〕李贄在批點《水滸傳》的過程中，所體驗到的是一種酣暢淋漓的「甚快活人」的感覺，這種感覺自然是萬般愉悅的，而批書的自娛性動機亦於此體現出來。評點者在進行小說評點出於快己動因的同時也意欲使人感到快樂。如金聖歎《水滸傳》第十二回回評：「……今讀《水滸》至東郭爭功，其安得不謂之畫火畫潮第一絕筆也……讀者至此，其心頭眼底，胡得不又為之驚魂動魄，閃心搖膽……不惟書裏梁中書呆了，連書外看書的人也呆了……如此行文，真是畫火畫潮，天生絕筆。自有筆墨，未有此文；自有此文，未有此評。嗚呼！天下之樂，第一莫若讀書，讀書之樂，第一莫若讀《水滸》，即又何忍不公諸天下後世之酒邊燈下之快人恨人也。」〔註23〕金聖歎大讚《水滸傳》著者摹寫對戰的本領，讚《水滸》之筆為「畫火畫潮第一絕筆」，推讀《水滸》乃天下第一之樂，故金聖歎不忍此書埋沒，批之讚之，欲讓小說及其評點使後世之人快。

三、明清小說評本受眾群的滋養催化

明清小說評點發生發展的另一個重要條件是明清小說寫作問世、刊刻出售、傳抄租賃等增多，明清小說及其版本豐富多樣，統治階級對於通俗讀物相對寬鬆的政策等等。明清小說及評點本受眾群眾夥，讀者群反過來對明清小說評點產生了滋養催化的作用，促進了明清小說評點進一步發展衍變。

明清時期小說及評本能夠得以傳播，其中一個重要因素是印刷技術的進步。印刷技術早在宋元時期便飛速發展，印刷技術的發展使得印製書頁的成

〔註20〕朱一玄編，明清小說資料彙編（上）〔M〕，天津：南開大學出版社，2012：109～110。
〔註21〕陳曦鍾，侯忠義，魯玉川輯校，水滸傳會評本〔M〕，北京：北京大學出版社，1981：10。
〔註22〕朱一玄編，明清小說資料彙編（上）〔M〕，天津：南開大學出版社，2012：276。
〔註23〕陳曦鍾，侯忠義，魯玉川輯校，水滸傳會評本〔M〕，北京：北京大學出版社，1981：245。

本大幅降低，繼而使明清普通讀物得以大規模印刷成為可能。〔註24〕再加上明清通俗小說大多採用坊刻本的形式，書坊主為了降低印刷成本，獲取經濟利益，大多使用極其廉價的竹紙進行印製，這便使得書的售價降低〔註25〕，提高了小說讀者的購買力，增廣了小說受眾群。

受眾群根據讀者身份的不同可劃分為不同的讀者類型。如文革紅《清代前期通俗小說傳播機制研究》，分析討論了清代前期小說六類不同的讀者。第一類是「皇親國戚、達官貴人」，第二類是「官員」，第三類是「文人」，第四類是「商人」，第五類是「普通市民」，第六類是「女性讀者」。〔註26〕文革紅對清前期小說受眾群類型的劃分不盡合理，因為這六類讀者的身份具有很明顯的交叉之處。官員亦可以是皇親國戚、達官貴人，也可以是文人、商人，女性讀者也可以是皇親國戚、普通市民等等。文革紅注意到讀者群身份的差別，其研究方法頗具意義。對於明清小說評點刊刻而言，即會有自身假定的讀者群體，有些會在刊刻評點小說時具有一定的針對性。

在整個明清的歷史跨度中，小說及各種評本的受眾群是不斷發展變化的。宋莉華《明清時期的小說傳播》，對明清小說傳播有一個大致明顯的分期。〔註27〕明初至明正德是小說傳播的起步時期，這一時期由於印刷業尚處於較為落後的發展階段，小說傳播主要以抄本進行流傳，這種流傳方式自然限制了小說受眾群的規模，多僅在部分王公貴族和知識階層中間傳播。統治階級的政策對小說傳播起到頗大推動作用，如明代統治者基本秉持鼓勵印刷業發展的態度和政策，在一定程度上，促進了小說刊刻的發展。小說傳播的載體也漸漸由抄本的形式過渡到抄本和刊本共進。明嘉靖至清康熙是小說傳播的黃金時代，明代官府對通俗小說進行倡導，刊印了大量的小說作品，極大地促進了通俗小說受眾群的增廣。明萬曆皇帝便是《水滸傳》的忠實讀者，「上有所好，下必效焉」，最高統治者對普通民眾有很強的號召力和示範效用，閱讀小說在朝廷官員、知識文人中間形成了一種風潮，小說受眾群進一步擴展至普

〔註24〕參見宋莉華，明清時期的小說傳播〔M〕，北京：中國社會科學出版社，2004：52。

〔註25〕參見宋莉華，明清時期的小說傳播〔M〕，北京：中國社會科學出版社，2004：53。

〔註26〕參見文革紅，清代前期通俗小說傳播機制研究〔M〕，廣州：世界圖書出版廣東有限公司，2013：129～132。

〔註27〕參見宋莉華，明清時期的小說傳播〔M〕，北京：中國社會科學出版社，2004：34～43。

通民眾階層，只要略識文字的人包括粗通文字的女性都加入到小說閱讀的行列當中。《三國演義》、《水滸傳》、《西遊記》、《金瓶梅》並稱「四大奇書」，在社會民眾中傳播甚廣。明萬曆之後，出版業臻於成熟、完備，小說刊刻發行商業化濃厚，為博人眼球、促增銷量、迎合世俗、獲取利益，書坊印行大量豔情小說傳播於世，小說受眾群的擴充亦推動了小說評點的勃興。清中葉之後小說傳播步入低谷，社會矛盾尖銳，政治統治腐朽，內憂外患不斷，國力愈加衰微，統治者愈加對文化採取高壓政策。清代禁書極其嚴厲，特別是道光、同治年間，清政府對小說進行大規模查禁。清政府的禁書政策嚴重抑制了小說的刊刻、印刷，小說的不振，傳播接受的低迷，亦對小說評點產生了負面影響。

四、明清小說評點的歷時性圖景

為研究對象劃定一個時間發展的縱軸線是最常見的研究方法之一，也能一目了然地看清研究對象發展演變的軌跡。如趙炎秋將明清敘事思想分為四個發展時期〔註 28〕，又如石麟將中國古代小說評點派發展分為三個時期〔註 29〕，等等。對明清小說評點進行歷時性考察、爬梳，則能將本書所研究的課題放在時空座標中，更易見出明清小說評點範疇的譜系特徵。

譚帆《中國小說評點研究》〔註 30〕將明清小說評點劃分為四個時期：萌興期，明嘉靖元年（1522）至明萬曆四十八年（1620）；繁盛期，明泰昌元年（1620）至清康熙六十一年（1722）；延續期，清雍正元年（1723）至清嘉慶二十五年（1820）；轉型期，清道光元年（1821）至清宣統三年（1911）。其劃分不以朝代更迭、政治興衰為準，而是依照明清小說評點自身發生、發展的量與質的實際情況，此時間軸線所展現出的明清小說評點的歷時圖景貼切、合宜。

如果將明清小說評點的圖譜喻為枝繁葉茂的參天大樹，那麼歷時的時間線條即為大樹的主幹。樹木在適合其生長的土壤中孕生，紮定牢固的根基，才得以形成呈現在世人眼前的地上景觀。

〔註28〕參見方正耀著，郭豫適審訂，中國古典小說理論史〔M〕，上海：華東師範大學出版社，2005：4～5。

〔註29〕參見石麟，中國古代小說評點派研究〔M〕，北京：中國社會科學出版社，2011：9～11。

〔註30〕以下歷時歸納基於此書已有研究成果作論。

　　樹幹第一段，明嘉靖元年（1522）至明萬曆四十八年（1620），共 21 部，包括《三國志通俗演義》二十四卷二百四十節、萬卷樓刊本《三國志通俗演義》十二卷二百四十節、雙峰堂刊本《三國志傳》二十卷（存六卷）、雙峰堂刊本《水滸志傳評林》二十五卷、《征播奏捷傳通俗演義》六卷一百回、《兩漢開國中興傳志》六卷四十二則、《列國前編十二朝傳》四卷五十四節、《列國志傳評林》八卷二百三十四則、杭州容與堂刊本《李卓吾先生批評忠義水滸傳》一百卷一百回、《新鐫李氏藏本忠義水滸傳》一百二十回、《東西兩晉志傳》十二卷、《春秋列國志傳》十二卷二二三節、《雲合奇蹤》二十卷八十則、《豔異編》正集四十卷並續集十九卷、《隋唐兩朝史傳》十二卷一百二十二回、《三國志傳評林》二十卷（殘存八卷）、《三教開迷歸正演義》二十卷一百回、寶翰樓刊本《全漢志傳》十四卷、《繡榻野史》四卷、《片璧列國志》、《南北兩宋志傳》二十卷一百回等。第一段從小說評本的數量上而言較少，質量上有的小說評本夾註僅帶有評論性質，有的小說評本沒有明確標出「評點」二字而只是帶有評點特色，有的小說評本缺乏對小說藝術特色的點評而只對小說的人物、事節作歷史、道德等角度的評斷等，顯示了明清小說評點發展初期的特點。

　　樹幹第二段，明泰昌元年（1620）至清康熙六十一年（1722），共 106 部，包括《李卓吾先生批評西遊記》一百回、明天許齋刊本《古今小說》四十卷四十篇、《于少保萃忠傳》十卷七十回、《鍾伯敬先生批評三國志》一百二十回、《禪真逸史》八卷四十回、《昭陽趣史》二卷、天啟三年金陵九如堂刊本《韓湘子全傳》三十回、《警世通言》四十卷四十回、《鍾伯敬先生批評忠義水滸傳》一百卷一百回、《醒世恒言》四十卷四十篇、《情史》二十四卷、《詳情公案》、明建陽寶善堂鄭以楨刊本《新鐫校正京本大字音釋圈點三國志演義》二百四十則、明尚友堂安少雲刊本《拍案驚奇》四十卷、《魏忠賢小說斥奸書》八卷四十回、《警世陰陽夢》十卷四十回、崢霄館刊本《禪真後史》十集六十回、人瑞堂刊本《隋煬帝豔史》八卷四十回、《鼓掌絕塵》四集四十回、《型世言》十卷四十回、《隋史遺文》六十回、金閶萬卷樓刊本《東度記》二十卷一百回、《七十二朝人物演義》四十卷、貫華堂刊本《第五才子書施耐庵水滸傳》七十回、明崇禎刊本《西遊補》十六回、筆耕山房刊本《弁而釵》四卷二十回、筆耕山房刊本《宜春香質》四集二十回、筆耕山房刊本《醋葫蘆》四卷二十回、明友益齋刊本《岳武穆盡忠報國傳》七卷、《遼海丹忠錄》八卷四十回、

金閶嘉會堂陳氏刊本《新平妖傳》四十回、《新列國志》一百零八回、《皇明大儒王陽明先生出身靖難錄》三卷、《封神演義》二十卷一百回、《武穆精忠傳》八卷八十回、《李卓吾先生批評三國志》一百二十回、文言小說選集《香螺巵》十卷、《殘唐五代史演義傳》八卷六十回、《歡喜冤家》二十四回、明末葉敬池刊本《石點頭》十四卷十四篇、《新刻繡像批評金瓶梅》二十卷一百回、清順治丁酉醉畊堂刊本《醉畊堂刊王仕雲評論五才子水滸傳》七十回、《平山冷燕》二十回、《載花船》八回、《續金瓶梅》六十四回、《金雲翹傳》二十回、《無聲戲小說》十二回、《樵史通俗演義》八卷四十回、《十二樓》十二卷、《鴛鴦針》四卷十六回、《女才子書》十二卷、《照世盃》四卷四回、《玉嬌梨》四卷二十回、《山水情》二十二回、《筆梨園》六回、《古今烈女傳演義》六卷一百一十則、《百鍊真海烈婦傳》十二回、《回頭傳》五卷、《都是幻》二卷十二回、《英雲夢傳》八卷、《幻中真》十二回、遺香堂刊本《繪像三國志》一百二十回、清代小說集《警世奇觀》十八帙（殘存八帙）、《五更風》存四卷、《快心編》初集五卷十回並二集五卷十回並三集六卷十二回、《後西遊記》四十回、《空空幻》十六回、《人間樂》十八回、《合浦珠》十六回、《飛花詠》十六回、《金蘭筏》四卷二十回、《珍珠舶》六卷十八回、《鴛鴦針》存一卷四回總四卷十六回、《雲仙嘯》五冊、《十二笑》十二卷（殘）、《西遊證道書》一百回、《吳江雪》四卷二十四回、《隔簾花影》四十八回、《繡屏緣》二十回、《麟兒報》十六回、《生花夢》四卷十二回、醉畊堂刊本《四大奇書第一種》一百二十回、《李笠翁批閱三國志》一百二十回、《後三國石珠演義》三十回、《水滸後傳》八卷四十回、《情夢柝》四卷二十回、《春柳鶯》十回、《世無匹》四卷十六回、《炎涼岸》八回、《連城璧》全集十二集並外編六卷、《鐵花仙史》二十六回、《女仙外史》一百回、《玉樓春》十二回、《巫夢緣》十二回、《女開科傳》十二回、《好逑傳》四卷十八回、《豆棚閒話》十二則、《濃情快史》三十回、《杏花天》四卷十四回、《燈月緣》十二回、清代擬話本集《生綃剪》十九回、《後西遊記》四十回、《皋鶴堂批評第一奇書金瓶梅》一百回、《混唐後傳》三十七回、《隋唐演義》二十卷一百回、《肉蒲團》四卷二十回等。從小說評本的數量上即可看出此一時期小說評點的繁榮景象。從小說評本的質量上而言，這一時期出現了幾部表現出一定理論批評水平的小說評點之作，顯示出小說評點興盛期的發展成就和高度，但概而言之，大多數小說評本評點內容簡略、理論批評性不強、藝術分析較少。

樹幹第三段，清雍正元年（1723）至清嘉慶二十五年（1820），共 30 部，包括《巧聯珠》十五回、《官板大字全像批評三國志》一百二十回、《二刻醒世恒言》二十四回、《新說西遊記》一百回、桐石山房藏板本《東周列國志》二十三卷一百零八回、《脂硯齋重評石頭記》、《粧鈿鏟傳》四卷二十四回、《癡婆子傳》、《綠野仙蹤》一百回、《聊齋誌異》十六卷、《飛龍全傳》六十回、《雪月梅》十卷五十回、《西遊真詮》一百回、話本小說集《娛目醒心編》十六卷三十九回、《北史演義》六十四卷、《南史演義》三十二卷、《鬼谷四友志》三卷六回、《蝴蝶媒》四卷十六回、《駐春園小史》六卷二十四回、《五色石》八卷、《合錦回文傳》十六卷不分回、《儒林外史》五十六回、《白圭志》四卷十六回、《萬花樓演義》十四卷六十八回、《西遊原旨》一百回、《新增批評繡像紅樓夢》一百二十回、《嶺南逸史》二十八回、《警富新書》四卷四十回、《鏡花緣》一百回、《東漢演義評》八卷三十二回等。此一時期的小說評點接繁榮期餘續，如同人類青春期已過，生長發育速度明顯放緩，但卻並未完全停滯不前。在小說評本的數量上，較小說評點繁榮期數量驟降，但相較小說評點發展的初期卻有一定程度的增加。就小說評本的質量而言，除為數不多的幾部小說評本具有一定的思想藝術批評價值之外，多數小說評本評語簡略，殊少藝術品評，無甚可觀之處。

樹幹第四段，清道光元年（1821）至清宣統三年（1911），共 63 部，包括經綸堂刊本《聊齋誌異》十六卷、黎陽段氏刊本《聊齋誌異遺稿》四卷五十一篇、雙清仙館刊本王希廉評《新評繡像紅樓夢全傳》一百二十回、《林蘭香》八卷六十四回、朱墨套印本《聊齋誌異新評》十六卷、抄本陳其泰評點《桐花鳳閣評紅樓夢》一百二十回、《新譯紅樓夢》四十回、《三分夢全傳》十六回、張新之評抄本《妙復軒評石頭記》一百二十回、《三續金瓶梅》四十回、《蕩寇志》七十回並結子一回、《儒林外史》五十六回、《紅樓夢》一百二十回、《明月臺》十二回、《齊省堂增訂儒林外史》五十六回、《繡雲閣》一百四十三回、《兩緣合記》二卷十六段、《西湖小史》四卷十六回、《何典》十回、文龍評本《金瓶梅》一百回、《兒女英雄傳》四十回並緣起一回、張新之評湖南臥雲山館刊本《繡像石頭記紅樓夢》一百二十回、上海申報館第二次排印本天目山樵張文虎評《儒林外史》五十六回、上海寶文閣刊本天目山樵張文虎評《儒林外史新評》上下卷、徐允臨從好齋輯校本《儒林外史》五十六回、王希廉並姚燮評光緒年間上海廣百宋齋鉛印本《增評補圖石頭記》一百二十回、《野叟

曝言》二十卷一百五十四回、《新貪歡報》二卷十四回、《今古奇聞》二十二卷、《增評補像全圖金玉緣》一百二十回、《花月痕》十六卷五十二回、《青樓夢》六十四回、合陽喻氏刊本三色套印《聊齋誌異》十六卷、《金鐘傳》八卷六十四回、《新中國未來記》五回（未完）、《老殘遊記》二十卷（二集九卷並外編殘稿一卷）、《二十年目睹之怪現狀》一百零八回、《文明小史》六十回、《電術奇談》二十四回、《活地獄》四十三回、《鄰女語》十二回、《女媧石》二卷十六回、《黃繡球》三十回、《新水滸》二十八回、《家庭現形記》十一節、《發財秘訣》十回、《笏山記》十六卷六十九回、《燕南尚生新評水滸傳》、《揚州夢》十回、《天上大審判》六章、《增評加批金玉緣圖說》、《片帆影》二集十六回、《螢窗清玩》四卷、《革命鬼現形記》五十五章、《新野叟曝言》二卷二十回、《新孽海花》二卷十二回、《新近女界現形記》十一集四十五回、《雙拐奇案》二編三十六章、《綠林變相》二編、《新西遊記》六卷三十回、《官場離婚案》十二章、《最近女界秘密史》十九章、《十尾魚》四十回等。此一時段的小說評點，數量較豐，隨著時代的演進，小說的思想內容、形式風格發生了新的變化，這一時期的小說評點亦體現了小說舊評向新評轉變的特色，有的小說評本評語頗多，但總體而言，評語的藝術理論色彩不足。

　　從以上明清小說發演的圖譜可以看出，明清小說評本數量雖眾，但多數體現出的評點價值較少，且共同顯現出理論性、藝術性不足的傾向，故本書將研究重點放在明清兩代七部著名小說即《三國演義》、《水滸傳》、《西遊記》、《金瓶梅》、《聊齋誌異》、《紅樓夢》、《儒林外史》等的評點上，大體是七部評點為主，其他小說評點研究為輔。

第二章　明清小說評點的特點

對明清小說評點特點的探討是析出明清小說評點範疇、構築譜系的基礎。明清小說評點的特點見出範疇的多樣性特質，如儒釋道思想文化滲透下的「忠孝仁義」、「佛」、「奇妙」等範疇；明清小說評點對各體文論借鑒的語境下，詩詞範疇「水窮雲起」、「鍊字」、「蓄轉」的引入，戲曲範疇「關目」、「楔子」、「伏線」的使用，文章範疇「章法」、「筆法」、「讀法」的運用；評點語彙的生動、形象，源於「白描」、「橫雲斷山」、「大落墨」等書法、繪畫範疇，「羯鼓解穢」、「間架」、「筍」等音樂、建築範疇，「擒放」、「脈穴」、「脫卸」等軍事、堪輿範疇，「盤旋」、「金針暗度」、「隔年下種」等禮俗、耕織範疇，「真幻」、「避犯」、「忙閒」等辯證範疇的活用；明清小說評點中所體現的女性觀和悲劇意識則豐富了整個譜系的精神內質。

第一節　儒釋道思想文化的滲透

一、儒家思想的深刻滲透

在明清小說評中，儒家思想貫穿始終。

其一，儒家的君臣觀念。章學誠《丙辰劄記》即言：「《演義》之最不可訓者，《桃園結義》，甚至忘其君臣，而直稱兄弟。」〔註1〕章學誠批評《三國演義》劉備、關羽、張飛桃園三結義，直接以兄弟相稱，不遵從儒家君臣之禮。王侃《江州筆談》亦道：「《三國演義》可以通之婦孺，今天下無不知有關忠義者，演義之功也。忠義廟貌滿天下，而有使其不安者，亦誤於《演義》耳……

〔註1〕朱一玄編，明清小說資料彙編（上）〔M〕，天津：南開大學出版社，2012：75。

『三義』二字，何嘗見於《紀傳》？而竟廟題『三義』，像列君臣三人，以侯於未王未帝之前稱為故主者，與之並坐，侯心安乎……」〔註2〕王侃指出，《三國演義》通俗易懂，使得普天下的人沒有不知道關羽忠義的。但小說演義不該君臣不分，列劉備、關羽、張飛為「三義」，君與臣消弭了等級界限，不符合評者心中的儒家等級觀念。總之，章學誠、王侃均認為即使在歷史演義小說當中，也應君臣有別，不能僭越尊卑、稱兄道弟，這顯示了儒家君臣等級觀念。

其二，推崇忠義仁孝等儒家思想觀念。如《南史演義凡例》：「凡忠義之士，智勇之臣，功在社稷者，書中必追溯其先代，詳載其軼事，暗用作傳法也。」〔註3〕即說明對忠義智勇之臣、利於國家社稷之人的推尊。又如吟嘯主人《近報叢譚平虜傳序》言：「間就燕客叢譚，詳為記錄，以見天下民間亦有此忠孝節義而已。」〔註4〕此亦是對忠孝節義之士的彰顯。又如袁無涯《忠義水滸全書發凡》：「忠義者，事君處友之善物也。不忠不義，其人雖生已朽，而其言雖美弗傳。此一百八人者，忠義之聚於山林者也；此百廿回者，忠義之見於筆墨者也……故李氏復加『忠義』二字，有以也夫。」〔註5〕袁無涯讚賞忠義之士，認為如果人不忠不義，雖生已死。《水滸傳》一百單八好漢即是忠義之士，《水滸傳》之書即是用忠義之筆墨寫就。袁無涯認為李贄為《水滸傳》加上「忠義」二字，正是對忠義的發揚。余象斗《題〈水滸傳〉敘》亦言：「先儒謂盡心之謂忠，心制事宜之謂義。愚因曰：盡心於為國之謂忠，事宜在濟民之謂義。若宋江等其諸忠者乎？其諸義者乎……」〔註6〕余象斗對《水滸傳》的溢美即因其踐行了儒家忠義思想，水滸英雄盡心為國可謂忠，事在濟民可稱義。種柳主人《玉蟾記序》亦道：「……自二帝三王立法以教百姓，迨夫孔子明其道於無窮，忠孝節義仁慈友愛亦惟情而已。」〔註7〕《玉蟾記》記述張昆與十二美女鏟奸除惡最終完婚之事，亦以孔子之道、忠孝節義作標榜。

〔註2〕朱一玄編，明清小說資料彙編（上）〔M〕，天津：南開大學出版社，2012：84。
〔註3〕朱一玄編，明清小說資料彙編（上）〔M〕，天津：南開大學出版社，2012：128。
〔註4〕丁錫根編著，中國歷代小說序跋集（中）〔M〕，北京：人民文學出版社，1996：1031。
〔註5〕陳曦鍾，侯忠義，魯玉川輯校，水滸傳會評本〔M〕，北京：北京大學出版社，1981：31。
〔註6〕陳曦鍾，侯忠義，魯玉川輯校，水滸傳會評本〔M〕，北京：北京大學出版社，1981：33～34。
〔註7〕丁錫根編著，中國歷代小說序跋集（下）〔M〕，北京：人民文學出版社，1996：1652。

又如笑花主人《今古奇觀序》:「仁義禮智,謂之常心;忠孝節烈,謂之常行……」〔註8〕笑花主人所推崇的,均為仁義禮智、忠孝節烈等儒家思想觀念、行為標尺。又有如張尚德《三國志通俗演義引》:「客問於余曰:『劉先生、曹操、孫權各據漢地為三國,史已志其顛末,傳世久矣。復有所謂《三國志通俗演義》者,不幾近於贅乎?』余曰:『……忠孝節義必當師,奸貪諛佞必當去;是是非非,了然於心目之下,裨益風教,廣且大焉,何病其贅耶?』」〔註9〕張尚德認為,《三國志通俗演義》之所以當做,乃因闡發陳壽《三國志》之意,使得忠孝節義等儒家思想觀念深入人心,普通百姓以忠孝節義為行為標尺,這對國家統治、人心風俗大有裨益。

其三,明清小說批評家在進行小說評批時多引儒家經典。如樵雲山人《飛花豔想序》:「……四書五經,文之正路也;稗官野史,文之支流也。四書五經,如人間家常茶飯,日用不可缺;稗官野史,如世上山海珍羞,爽口亦不可少……不歸於忠孝節義之談,而止及飲食男女之事,是何異於日用山海珍羞,而廢家常茶飯也……令人讀之,猶見河洲窈窕之遺風。則是書一出,謂之閱稗官野史也可,即謂之讀四書五經也亦可。」〔註10〕《飛花豔想》乃樵雲山人所作言情小說,中多涉風情淫蕩情節,屢遭查禁,即便如此,作者樵雲山人仍說其有儒家經典《詩經》首篇《關雎》之遺風,且可將其作「四書五經」來讀。又如崔市道人《醒風流傳奇序》:「……故十五國風,孔子不刪鄭衛,蓋有以也……蓋以天下臣不思忠,子不思孝,貪貨略而忘仁……授以一服清涼散也,而惟於色為甚。」〔註11〕崔市道人亦以孔子不刪鄭衛之詩作引證,小說著者著書以給人心風俗授以一服清涼散,使臣思忠、子思孝、人不貪而仁。憂患餘生《官場現形記敘》亦引儒家經典道:「昔孔子作《春秋》而亂臣賊子懼,孔子曰:『知我者其惟《春秋》乎?罪我者其惟《春秋》乎?』……」〔註12〕無名氏所引乃儒

〔註 8〕丁錫根編著,中國歷代小說序跋集(中)〔M〕,北京:人民文學出版社,1996:793。

〔註 9〕丁錫根編著,中國歷代小說序跋集(中)〔M〕,北京:人民文學出版社,1996:888。

〔註10〕丁錫根編著,中國歷代小說序跋集(下)〔M〕,北京:人民文學出版社,1996:1274。

〔註11〕丁錫根編著,中國歷代小說序跋集(下)〔M〕,北京:人民文學出版社,1996:1283～1284。

〔註12〕丁錫根編著,中國歷代小說序跋集(下)〔M〕,北京:人民文學出版社,1996:1715。

家學派創始人孔子作《春秋》亂臣賊子懼之事。又如茂苑惜秋生《官場現形記序》引儒家經典言：「《論語》曰：『上有好者，下必有甚者矣。』《易》曰：『上行下效，捷於影響。』……」〔註13〕茂苑惜秋生所引乃儒家經典《論語》、《易經》。金聖歎在評點中融貫儒家思想，其在《水滸傳回評》「楔子」即評曰：「……吾讀《孟子》，至伯夷避紂居北海之濱、太公避紂居東海之濱二語，未嘗不歎紂雖不善，不可避也……彼孟子者，自言願學孔子，實未離於戰國遊士之習，故猶有此言，未能滿於後人之心。若孔子其必不出於此。」〔註14〕金聖歎在批評《水滸傳》中，旁述閱讀儒家著作《孟子》等的心得體會，對儒家代表人物孔子、孟子發表自己的觀點和言論。張書紳《西遊記總論》亦道：「……孔子之贊《詩》曰：『《詩》三百，一言以蔽之，曰思無邪。』予今批《西遊記》一百回，亦一言以蔽之，曰：『只是教人誠心為學，不要退悔。』」〔註15〕此為張書紳擬孔子贊《詩經》之言批《西遊記》。張書紳《新說西遊記總批》又道：「《孟子》云：『故天將降大任於是人也，必先苦其心志……』……《孟子》一章，是言綱領指趣；《西遊》一部，正是細論條目工夫。把一部《西遊記》，即當作《孟子》讀亦可。」〔註16〕張書紳引《孟子》之語證明《西遊記》得《孟子》精髓，可作《孟子》來讀。欣欣子《金瓶梅詞話序》道：「……其中未免語涉俚俗，氣含脂粉。餘則曰：不然。《關雎》之作，樂而不淫，哀而不傷……」〔註17〕欣欣子批評《金瓶梅詞話》，徵引儒家經典《詩經》中《關雎》之「樂而不淫，哀而不傷」的特點，以此證明《金瓶梅詞話》的「中庸」本質。又有如廿公《金瓶梅跋》：「《金瓶梅傳》，為世廟時一巨公寓言，蓋有所刺也。然曲盡人間醜態，其亦先師不刪《鄭》、《衛》之旨乎。」〔註18〕廿公引孔子不刪鄭衛之詩，來說明《金瓶梅》是刺世之作，大可行於世的合理性

〔註13〕 丁錫根編著，中國歷代小說序跋集（下）〔M〕，北京：人民文學出版社，1996：1718。

〔註14〕 陳曦鍾，侯忠義，魯玉川輯校，水滸傳會評本〔M〕，北京：北京大學出版社，1981：38。

〔註15〕 丁錫根編著，中國歷代小說序跋集（下）〔M〕，北京：人民文學出版社，1996：1362。

〔註16〕 朱一玄，劉毓忱編，西遊記資料彙編〔M〕，天津：南開大學出版社，2012：324～325。

〔註17〕 丁錫根編著，中國歷代小說序跋集（中）〔M〕，北京：人民文學出版社，1996：1078。

〔註18〕 丁錫根編著，中國歷代小說序跋集（中）〔M〕，北京：人民文學出版社，1996：1080。

地位。又如《新刻繡像批評金瓶梅評語》第五十六回，原文常峙節伸著舌道：「六房嫂子就六箱了，好不費事，小戶人家一匹布也難得。」崇眉批：「孟子曰：勿視其巍巍然，正欲開豁此等眼孔。」〔註19〕「勿視其巍巍然」全句為「說大人，則藐之，勿視其巍巍然」〔註20〕，出自《孟子·盡心下》，意即向諸侯等地位尊貴的人進言談話，應藐視之，無需將其顯赫地位和權勢放在眼裏。張竹坡《第一奇書非淫書論》道：「《詩》云：『以爾〈事〉［車］來，以我賄遷。』此非瓶兒等輩乎……『《詩》三百，一言以蔽之，曰思無邪。』注云：『《詩》有善有惡。善者起發人之善心，惡者懲創人之逆志。』……今夫《金瓶》一書，亦是將《褰裳》、《風雨》、《蘀兮》、《子衿》諸詩細為摹仿耳。」〔註21〕張竹坡將《金瓶梅》中的人事與儒家經典《詩經》中的相關篇章相對應，來證明《金瓶梅》非淫書，《金瓶梅》與《詩經》同，善的內容使人向善，惡的內容誡人去惡，此《金瓶梅》著者作書之志。何守奇評《聊齋誌異》卷一《瞳人語》道：「此即罰淫，與《論語》首論為學孝悌，即繼以戒巧言令色意同。」〔註22〕何守奇將《瞳人語》大體意旨與《論語》相較，顯示了小說評點家在具體評點過程中所滲透的儒家思想觀念。又如《聊齋誌異》卷三《老饕》，但明倫評道：「《書》云：『滿招損，謙受益，時乃天道。』《易·彖辭》：『天道虧盈而益謙。』」〔註23〕但明倫直接援引儒家經典《書》、《易》中語作評。《聊齋誌異》卷六《庫將軍》，但明倫又評：「《論語》云：『因不失其親，亦可宗也。』」〔註24〕此乃但明倫引《論語》之句作評。《聊齋誌異》卷七《二商》，但明倫評：「……《詩》有之曰：『兄弟鬩于牆，外禦其侮。』《易·家人》之初九爻曰：『閑有家，悔亡。』……」〔註25〕此乃但明倫援引儒家經典《詩》、《易》等中的相關之語作評。《聊齋誌異》卷七《仙人島》，但明倫評：「孔子曰：『如有周公之才之美……』……夫『滿招損，謙受益』，《書》之言也。『謙尊而光，卑不可逾』，《易》之言也。『抑抑威儀，溫溫恭人』，《詩》之言也。『君子不欲多上人，盈而蕩，天之道，舉趾高，心不固』，《傳》之言也。『敖不可長，志不可滿，退

〔註19〕秦修容整理，金瓶梅：會評會校本〔M〕，北京：中華書局，1998：746。
〔註20〕楊伯峻譯注，孟子譯注〔M〕，北京：中華書局，2008：268。
〔註21〕〔明〕蘭陵笑笑生著，〔清〕張道深評，王汝梅、李昭恂、於鳳樹校點，張竹坡批評金瓶梅〔M〕，濟南：齊魯書社，1991：20。
〔註22〕張友鶴輯校，聊齋誌異會校會注會評本〔M〕，北京：中華書局，1962：13。
〔註23〕張友鶴輯校，聊齋誌異會校會注會評本〔M〕，北京：中華書局，1962：361。
〔註24〕張友鶴輯校，聊齋誌異會校會注會評本〔M〕，北京：中華書局，1962：738。
〔註25〕張友鶴輯校，聊齋誌異會校會注會評本〔M〕，北京：中華書局，1962：905。

讓以明』,《禮記》之言也。」〔註26〕以上引文說明,但明倫多引孔子及儒家經典《詩》、《書》、《禮》、《易》等之言作評。又如臥閒草堂本《儒林外史回評》第二十五回評曰:「《詩》云:『中心藏之,何日忘之?』太守有焉。《易》云:『謙謙君子,卑以自牧。』文卿有焉。」〔註27〕評點者直接用儒家經典《詩》、《易》中的相關文字作為《儒林外史》中有關人物的點評。又如夢覺主人《紅樓夢序》言:「賈寶玉之頑石異生,應知琢磨成器,無乃溺於閨閣,幸耳《關雎》之風尚在;林黛玉之仙草臨胎,逆料良緣會合,豈意摧殘蘭蕙,惜乎《摽梅》之歎猶存。」〔註28〕夢覺主人在評價《紅樓夢》中主要人物賈寶玉、林黛玉時,即引《詩經》中有關篇章作為衡量、判斷人物行為道德的標準。張新之《紅樓夢讀法》亦言:「《石頭記》乃演性理之書,祖《大學》而宗《中庸》……是書大意闡發《學》、《庸》,以《周易》演消長,以《國風》正貞淫,以《春秋》示予奪,《禮經》、《樂記》融會其中……」〔註29〕張新之認為《紅樓夢》可作儒家經典之書來讀,祖《大學》、宗《中庸》,闡發了《大學》、《中庸》的大意,貫穿了《周易》盛衰演化之道,以《國風》、《春秋》為指針、導引,融進《禮經》、《樂記》等精髓,故張新之認為,一部《石頭記》,乃集儒家思想之成。哈斯寶《〈新譯紅樓夢〉回批》第四回批道:「孔子說:『君子哉,遽伯玉!邦有道則仕,邦無道則可卷而懷之。』」〔註30〕又《〈新譯紅樓夢〉回批》第十四回批道:「……《國風》上說:『蓺麻如之何?衡從其畝。取妻如之何?必告父母。』……」〔註31〕以上引文說明,哈斯寶引用儒家經典《詩經·國風》中有關篇章來評點《紅樓夢》中人物事宜。

其四,明清小說評點者儒人之追求,以及對小說文本儒家式的解讀。許寶善《南史演義序》道:「……正心、修身、齊家、治國、平天下之道,胥於

〔註26〕張友鶴輯校,聊齋誌異會校會注會評本〔M〕,北京:中華書局,1962:955。

〔註27〕〔清〕吳敬梓著,李漢秋輯校,儒林外史匯校匯評〔M〕,上海:上海古籍出版社,2010:293。

〔註28〕丁錫根編著,中國歷代小說序跋集(中)〔M〕,北京:人民文學出版社,1996:1157。

〔註29〕馮其庸纂校訂定,陳其欣助纂,八家評批紅樓夢〔M〕,北京:文化藝術出版社,1991:73。

〔註30〕〔清·蒙古族〕哈斯寶著,亦鄰真譯,《新譯紅樓夢》回批〔M〕,呼和浩特:內蒙古人民出版社,1979:34。

〔註31〕〔清·蒙古族〕哈斯寶著,亦鄰真譯,《新譯紅樓夢》回批〔M〕,呼和浩特:內蒙古人民出版社,1979:59。

是乎在，寧可執金粉兩字概之耶！且聖人刪詩，不廢鄭衛，亦以示勸懲之意。」
〔註32〕「正心、修身、齊家、治國、平天下」乃儒士終身追求的目標和力爭
達到的境界，即便是稗官小說也與之休戚相關，無論是勸善抑或懲惡，總不
脫離此終極旨歸。許康甫《螢窗異草三編序》言：「夫古人不朽有三：立德，
立功，終以立言。儒者著書立說，必上觀千古，下觀千古，動有關於世道人
心，非徒逞才華於淹博已也。」〔註33〕儒人著書立說以求「立言」，「文以載
道」，稗官小說亦如是，非止作者才華的個人秀場，而是承載了有補世道的社
會功用。據《缺名筆記》載：《西遊記》一書，論者謂其結構取法於《中庸》……
《水滸傳》亦由《易》象參入……「宋江……取訟象……李逵……取井象。劉
唐……取鼎象也。」……「卦只三陰，故以顧大嫂、孫二娘、扈三娘象之。三
娘，歸妹也，雷澤歸妹，震三兌七，合成『一丈』。震居東方，其色『青』；扈
成之妹，歸於王英，取卦象爾！」……〔註34〕《西遊記》被解讀者用儒家經
典剖析解釋，《西遊記》結構乃參比《中庸》，而《水滸傳》亦可用《易》象來
解釋，如主要人物宋江、李逵、劉唐、顧大嫂、孫二娘、扈三娘等都對應相應
的卦象。金聖歎《水滸傳回評》更是以大段儒士之論予以作評，難以盡引，茲
摘錄一段如第四十二回：「粵自仲尼歿而微言絕，而忠恕一貫之義……見其父
而知愛之謂孝，見其君而知愛之謂敬……擇乎中庸，得一善，固執之而弗失，
能如是矣，然後謂之慎獨……而明於明德，更無惑矣……夫始乎明，終乎明
德，而正心修身齊家治國平天下，無不全舉如此……是則孔子昔者之所謂忠
之義也……此固昔者孔子志在《春秋》、行在《孝經》之精義。後之學者，誠
得聞此，內以之治其性情即可以為聖人，外以之治其民物即可以輔王者。」
〔註35〕金聖歎雖批點《水滸傳》，卻以大段論述闡發儒家的「忠恕」、「孝敬」、
「中庸」、「明德」等思想，顯示了儒家思想即使在小說評點中亦一以貫之的
中心主導地位。定一《小說叢話》中有這樣一段話：……有忠君者，有忠民
者。忠君者，據亂之時代也；忠民者，大同之時代也。忠其君而不忠其民，又
豈得謂之忠乎？吾觀《水滸》諸豪，尚不拘於世俗，而獨倡民主、民權之萌

〔註32〕丁錫根編著，中國歷代小說序跋集（中）〔M〕，北京：人民文學出版社，1996：
　　　　945。
〔註33〕朱一玄編，明清小說資料彙編（下）〔M〕，天津：南開大學出版社，2012：1063。
〔註34〕朱一玄編，明清小說資料彙編（上）〔M〕，天津：南開大學出版社，2012：316。
〔註35〕陳曦鍾，侯忠義，魯玉川輯校，水滸傳會評本〔M〕，北京：北京大學出版社，
　　　　1981：788。

芽，使後世倡其說者，可援《水滸》以為證，豈不謂之智乎……〔註36〕《孟子・梁惠王下》載：齊宣王問曰：「湯放桀，武王伐紂，有諸？」孟子對曰：「於傳有之。」曰：「臣弒其君，可乎？」曰：「賊仁者謂之賊，賊義者謂之殘；殘賊之人謂之一夫。聞誅一夫紂矣，未聞弒君也。」〔註37〕又《孟子・離婁下》載：孟子告齊宣王曰：「君之視臣如手足，則臣視君如腹心；君之視臣如犬馬，則臣視君如國人；君之視臣如土芥，則臣視君如寇讎。」〔註38〕孔子說：「君使臣以禮，臣事君以忠」〔註39〕，君禮臣忠，君以君道，臣以臣道。《水滸傳》中，君失其道，魚肉百姓，梁山英雄揭竿而起，為民請命，替天行道，忠於民眾，便踐行了《孟子》思想。

其五，「春秋筆法」的使用。《三國志通俗演義序》有云：「……吾夫子因獲麟而作《春秋》。《春秋》，魯史也。孔子修之，至一字予者褒之，否則貶之。然一字之中，以見當時君臣父子之道，垂鑒後世，俾識某之善，某之惡，欲其勸懲警懼，不致有前車之覆。此孔子立萬萬世至公至正之大法，合天理，正彝倫，而亂臣賊子懼。故曰：『知我者其惟《春秋》乎！罪我者其惟《春秋》乎！』……」〔註40〕孔子作《春秋》，一字寓褒貶，亂臣賊子懼之，小說之作，亦可指點江山，蘊含勸誡之義，達到助益政綱之效。「春秋筆法」是孔子首創的描述寫法，稱「微言大義」，用筆曲折而意含褒貶。即作者不直接表明自己的態度，而是以曲折迂迴的方式委婉出之，一字置褒貶，簡練含蓄地點評人事。小說評點中，評者亦點出小說中「春秋筆法」的運用。如脂硯齋等《紅樓夢評》，第三回，原文：「題奏之日，輕輕謀了一個復職候缺。」甲戌側評：「《春秋》字法。」原文又有：「不上兩個月，金陵應天府缺出，便謀補了此缺。」甲戌側評：「《春秋》字法。」〔註41〕

二、佛

明清小說評點中，佛家思想或涉佛之論多有呈現。

〔註36〕朱一玄，劉毓忱編，水滸傳資料彙編〔M〕，天津：南開大學出版社，2012：366。

〔註37〕楊伯峻譯注，孟子譯注〔M〕，北京：中華書局，2008：31。

〔註38〕楊伯峻譯注，孟子譯注〔M〕，北京：中華書局，2008：142。

〔註39〕楊伯峻譯注，論語譯注〔M〕，北京：中華書局，2009：30。

〔註40〕丁錫根編著，中國歷代小說序跋集（中）〔M〕，北京：人民文學出版社，1996：887。

〔註41〕朱一玄，紅樓夢脂評校錄〔M〕，濟南：齊魯書社，1986：44。

　　其一，明清小說評點家在點評小說時摻入談佛之論。如金聖歎《水滸傳回評》第四十四回有大段佛論，茲摘部分：「佛滅度後，諸惡比丘，於佛事中，廣行非法，破壞象教……惡世比丘，行非法時……外作種種，無量莊嚴，其中包藏，無量淫惡……世間當知，如是種種，怪異之事，皆是惡僧，為錢財故，巧立名色……破壞佛法，破壞世法，破壞嘗住，破壞檀越。如是惡僧，出現世時，如來象數，應時必滅……菩薩大人，欲護我法，必先驅逐，如是惡僧，可以刀劍，而斫刺之，彼若避走，疾以弓箭，而射殺之。在在處處，搜捕掃除，毋令惡種，尚有遺留。是則名為，真正護法，是則名為，愛戀如來……若復有人，顧瞻禍福，猶豫不忍，是人即為，世間大愚……安得先佛，重出於世，一為廓清，令我眾生，知是福田……」〔註42〕金聖歎在評點《水滸傳》的過程中，突然加入此段論佛文字，表面看之，實是突兀，偏離主題，但這段論佛文字卻亦是服務於點評《水滸傳》之旨的。佛中有惡僧，破壞佛法，世間亦有惡人，魚肉百姓。為護衛佛法，必須掃除惡僧，為保護民眾，必須清除惡人。金聖歎以為《水滸傳》亦是此意。

　　其二，在具體評點過程中滲入佛家思想或以佛學觀念評點小說。如花月癡人《紅樓幻夢自序》：「凡人居六合之中，困苦悲離，富貴利達，無非夢幻泡景……」〔註43〕《金剛經》末尾有「一切有為法，如夢幻泡影，如露亦如電，應作如是觀」四字偈。世界上的一切現象都是由因緣構成的，世界上所有的因為因緣和合而成的現象、事物，都是暫時的，即如同夢幻泡影一樣不真實。因為事物是由條件構成的，所以一旦事物存在的條件消失了，事物也就消失了。世間一切由條件構成的現象，都是好像夢幻泡影、露水閃電般虛幻。花月癡人亦是此意。閒齋老人《儒林外史序》道：「《西遊》元虛荒渺，論者謂為談道之書，所云意馬心猿、金公木母，大抵心即是佛之旨……」〔註44〕即心即佛是佛宗用語，即說不須向外求佛，你的自心即是佛。《達摩血脈論》亦有即心是佛，亦復如是。除此心外終無別佛可得；心即是佛，佛即是心；心外無佛，佛外無心。閒齋老人總結論者對《西遊記》的批評大抵是說「心即是佛」

〔註42〕陳曦鍾，侯忠義，魯玉川輯校，水滸傳會評本〔M〕，北京：北京大學出版社，1981：830～831。
〔註43〕丁錫根編著，中國歷代小說序跋集（中）〔M〕，北京：人民文學出版社，1996：1198。
〔註44〕〔清〕吳敬梓著，李漢秋輯校，儒林外史匯校匯評〔M〕，上海：上海古籍出版社，2010：9。

便是此意。李贄《批點西遊記序》言：「不曰東遊，而曰西遊，何也？東方無佛無經，西方有佛與經耳。西方何以獨有佛有經也？東生方也，心生種種魔生。西滅地也，心滅種種魔滅；魔滅然後有佛，有佛然後有經耳。然則東獨無魔乎？曰：已說心生種種魔生也；生則不滅，所以獨有魔無佛耳……此所以不曰東遊，而曰西遊也……」〔註45〕李贄解釋了「西遊」之名的由來，因為佛與經之故，東方心生魔生，西方心滅魔滅，魔滅然後有佛，有佛然後有經，故取經當「西遊」，而不可能是「東遊」。張書紳《新說西遊記總批》道：「一部《心經》，原講君子存理遏欲之要。何以云色不異空？蓋色乃像也，即指名利富貴之可見者而言。此原身外之物，毫無益於身心性命，雖有若無，故曰不異空。又何以云空不異色？蓋空即指修己為學之事也。人看是個空的，殊不知道明德立之後，祿位名壽無不在其中，與有者無少間，故曰不異色。由是觀之，人以為色者，不知卻是空，所謂『金也空，銀也空，死後何曾在手中』者是也。人以為空者，不知卻是色，所謂『富家不用買良田，書中自有千鍾粟，安居不用築高堂，書中自有黃金屋』者是也……」〔註46〕佛家講「……五蘊皆空，度一切苦厄……色不異空，空不異色，色即是空，空即是色……」(《《般若波羅蜜多心經》》)，「五蘊皆空」能使人擺脫「一切苦厄」，「五蘊」即「色蘊」、「受蘊」、「想蘊」、「行蘊」、「識蘊」，是佛家對世間一切生滅現象所作的簡單歸納和說明。張書紳結合《心經》講《西遊記》是互參相較，揭示其中所含佛家旨意。又如《金瓶梅》文龍批本第五回回評亦援引佛家經典《般若波羅蜜多心經》作評：「……色即是空，空即是色。武二安在哉！西門大官人安在哉……」〔註47〕書中主人公均消失不見，一切如佛家所言，均是夢幻泡影。又有《新刻繡像批評金瓶梅評語》第一百回，原文：「勸爾莫結冤，冤深難解結。一日結成冤，千日解不徹……」崇眉：「楞嚴耶？法華耶？大悲耶？亦復如是觀。讀此書而以為淫者、穢者，無目者也。」〔註48〕由崇眉批語可知，《金瓶梅》當看作佛經來讀，視之淫書者皆有眼無珠。馮鎮巒評《聊齋誌異》卷三《西僧》道：「紀曉嵐曰：『靈鷲山在今之拔達克善，諸佛菩薩骨塔俱存，有石室六百間，即大雷音寺也。回部游牧者居

〔註45〕丁錫根編著，中國歷代小說序跋集（下）〔M〕，北京：人民文學出版社，1996：1387。

〔註46〕朱一玄，劉毓忱編，西遊記資料彙編〔M〕，天津：南開大學出版社，2012：334。

〔註47〕朱一玄編，金瓶梅資料彙編〔M〕，天津：南開大學出版社，2012：583。

〔註48〕秦修容整理，金瓶梅：會評會校本〔M〕，北京：中華書局，1998：1461。

之。我兵追剿波羅泥都霍集占，至其地，亦無他異。』六祖惠能曰：『東方人造罪念佛，求生西方；西方人造罪念佛，又求生何國？』妙哉斯言！」但明倫又評道：「佛在心頭，能盡人心，即是佛心。必履其地以求之，是不能解佛所說義也。不住色，不住相；以法求，以音聲求，且猶不可，況以遍地黃金而生慕心哉！」〔註49〕從以上所引馮鎮巒和但明倫對《聊齋誌異》的評點可以看出，馮鎮巒評點引佛家高僧之語相為啟發，但明倫評點亦對佛家精義信手拈來，將佛家精義滲透進對小說的理解中。張文虎《儒林外史評》第二十八回，「僧官迎了出來，一臉都是笑」，評：「阿彌陀佛。」「聽憑三位老爺，喜歡那裡，就請了行李來。」評：「善知識。」〔註50〕可見張文虎的評點語均為佛家用語。又如脂硯齋等《紅樓夢評》第一回，原文：「我如今大施佛法助你助，待劫終之日，復還本質，以了此案。」甲戌側評：「妙！佛法亦須償還，況世人之〈償〉［債］乎？近之賴債者來看此句，所謂遊戲筆墨也。」〔註51〕《紅樓夢》批點者從小說文本中，解讀出佛法也需要償還，並與人事做了有趣勾連。

此外，還有小說評論家直接以佛禪喻小說，如解弢《小說話》：「有以禪喻書法者，吾則以禪喻小說。《儒林外史》如來禪也；《金瓶梅》菩薩禪也；《綠野仙蹤》祖師禪也。至《紅樓》則兼有之矣。」〔註52〕解弢直接將小說以佛禪作比，將《儒林外史》比作「如來禪」，將《金瓶梅》比作「菩薩禪」，將《綠野仙蹤》比作「祖師禪」，且認為《紅樓夢》「如來禪」、「菩薩禪」、「祖師禪」三禪兼而有之，顯示了鮮明的思想傾向。

三、奇妙

「奇」與「妙」既可分開言，又可合而言之，均是明清小說評中的重要範疇。「奇」與「妙」均淵源於道家，如《老子》五十七章有：「以正治國，以奇用兵。」〔註53〕《老子》第一章亦有：「道可道，非常道；名可名，非常名。無名，天地之始；有名，萬物之母。故常無，欲以觀其妙；常有，欲以觀其

〔註49〕張友鶴輯校，聊齋誌異會校會注會評本〔M〕，北京：中華書局，1962：357。
〔註50〕〔清〕吳敬梓著，李漢秋輯校，儒林外史匯校匯評〔M〕，上海：上海古籍出版社，2010：321。
〔註51〕朱一玄，紅樓夢脂評校錄〔M〕，濟南：齊魯書社，1986：3。
〔註52〕朱一玄編，紅樓夢資料彙編〔M〕，天津：南開大學出版社，2012：873。
〔註53〕饒尚寬譯注，老子〔M〕，北京：中華書局，2006：138。

徽。此兩者，同出而異名，同謂之玄。玄之又玄，眾妙之門。」〔註54〕《老子》此二章提及「奇」、「妙」。

在明清小說評點中，「奇」、「妙」或「奇妙」均是評點家評點小說的常用之語。特別是「妙」，出現頻率頗高，明清小說評點家喜好單用一「妙」字來作評，此中之例，不可盡數。「奇」、「奇妙」等亦常有之。如張書紳《新說西遊記總批》：「《西遊記》稱為四大奇書之一。觀其龍宮海藏、玉闕瑤池、幽冥地府、紫竹雷音，皆奇地也；玉皇王母、如來觀音、閻羅龍王、行者八戒沙僧，皆奇人也；遊地府、鬧龍宮、進南瓜、斬業龍、亂蟠桃、反天宮、安天會、盂蘭會、取經，皆奇事也；西天十萬八千里，觔斗雲亦十萬八千里，往返十四年五千零四十八日，取經即五千零四十八卷，開卷以天地之數起，結尾以經藏之數終，真奇想也；詩詞歌賦，學貫天人，文絕地記，左右迴環，前伏後應，真奇文也：無一不奇，所以謂之奇書。」〔註55〕張書紳從「奇地」、「奇人」、「奇事」、「奇想」、「奇文」等五個方面分析了《西遊記》之奇。如「奇地」有「龍宮海藏」、「玉闕瑤池」、「幽冥地府」、「紫竹雷音」等；「奇人」有「玉皇王母」、「如來觀音」、「閻羅龍王」、「行者八戒沙僧」等；「奇事」有「遊地府」、「鬧龍宮」、「進南瓜」、「斬業龍」、「亂蟠桃」、「反天宮」、「安天會」、「盂蘭會」等；「奇想」有「西天十萬八千里」、「觔斗雲亦十萬八千里」、「往返十四年五千零四十八日」、「取經即五千零四十八卷」、「開卷以天地之數起」、「結尾以經藏之數終」等；「奇文」如「詩詞歌賦」、「學貫天人」、「文絕地記」、「左右迴環」、「前伏後應」等。可見《西遊記》乃無一不「奇」的「奇」書。煙水散人《賽花鈴題辭》中亦說到「奇」：「予謂稗家小史，非奇不傳。然所謂奇者，不奇於憑虛駕幻，談天說鬼，而奇於筆端變化，跌宕波瀾。」〔註56〕煙水散人認為，小說貴「奇」，「奇」不在故弄玄虛，而在筆底變化百端。天花藏主人《畫圖緣序》亦言及「奇」、「妙」以及「奇妙」：「緣者，天漠然而付，人漠然而受者也。雖若無因，而忽生枝生葉，生花生果，湊合成樹。又若一絲一縷，有因而不亂者，此其所以為奇，所以為妙，不得不謂之緣，而歸之天也……天顛倒之以為奇，仙指示之以為妙，而人疑疑惑惑、驚驚喜喜於奇妙

〔註54〕饒尚寬譯注，老子〔M〕，北京：中華書局，2006：2。

〔註55〕朱一玄，劉毓忱編，西遊記資料彙編〔M〕，天津：南開大學出版社，2012：324。

〔註56〕丁錫根編著，中國歷代小說序跋集（下）〔M〕，北京：人民文學出版社，1996：1271。

中，而不知奇妙之所在。」〔註57〕天花藏主人認為，「緣」乃天漠然付，人漠然受之物。「緣」如樹木之自然生枝生葉，開花結果。人在「奇妙」之中疑惑，在「奇妙」之中驚喜，而不知「奇妙」之為何。天花藏主人闡釋了「緣」何以為「奇」，何以為「妙」，以及「奇妙」之緣由。黃人《小說小話》言：「《水滸》魯智深傳中，狀元橋買肉妙矣，而尚不如瓦官寺搶粥之妙也。武松傳中景陽岡打虎奇矣，而尚不如孔家莊殺狗之奇也。何則？抑豪強，伏鷙猛，自是英雄本色，能文者尚可勉力為之；若搶粥吃狗，真無賴之尤矣。然愈無賴愈見其英雄，真匪夷所思矣，而又確為情理所有者，此所以為奇妙也。」〔註58〕黃人認為，《水滸傳》中魯智深狀元橋買肉之「妙」不如瓦官寺搶粥之「妙」，武松景陽岡打虎之「奇」不如孔家莊殺狗之「奇」。小說中「奇」與「妙」之處，均匪夷所思而又合乎情理。黃人對小說之「奇妙」的分析闡釋，顯示了道家思想對小說作者以及評者的影響。

　　需要說明的是，儒釋道三家思想在滲入到具體的明清小說評點之後便很難截然分開，總體是儒家思想佔據較大權重。如就言僧論道的《西遊記》而言，張書紳《新說西遊記總批》說：「《西遊》一書，古人命為證道書，原是證聖賢儒者之道。至謂證仙佛之道，則誤矣……實寓《春秋》之大義，誅其隱微，引以大道，欲使學者煥然一新。」〔註59〕張書紳認為《西遊記》表面說佛論道，實則闡證聖賢儒者之道，蘊含《春秋》大義，揚明忠孝仁義之旨。張書紳又言：「《西遊》一書，以言仙佛者，不一而足……今《西遊記》，是把《大學》誠意正心、克己明德之要，竭力備細，寫了一盡，明顯易見，確然可據，不過借取經一事，以寓其意耳。亦何有於仙佛之事哉？」〔註60〕《西遊記》雖大部篇幅寫仙寫佛，但內在精神卻是倡儒家仁義禮智之學和三綱五常之道，把《大學》誠意正心、克己明德之旨深入闡發，而不過借西天取經之「酒杯」裝之。又如劉一明《西遊原旨讀法》道：「《西遊》即孔子窮理盡性至命之學。猴王西牛賀洲學道，窮理也……斷魔歸本，盡性也……無非窮理盡性至命之學。」〔註61〕

〔註57〕丁錫根編著，中國歷代小說序跋集（下）〔M〕，北京：人民文學出版社，1996：1256～1257。

〔註58〕朱一玄，劉毓忱編，水滸傳資料彙編〔M〕，天津：南開大學出版社，2012：358。

〔註59〕朱一玄，劉毓忱編，西遊記資料彙編〔M〕，天津：南開大學出版社，2012：323。

〔註60〕朱一玄，劉毓忱編，西遊記資料彙編〔M〕，天津：南開大學出版社，2012：323～324。

〔註61〕〔清〕劉一明，西遊原旨〔M〕，北京：中國致公出版社，2015：15～16。

劉一明認為，《西遊記》之本質是寫儒人之事，以學道悟佛寓窮理盡性。

儒釋道三家思想不可全然分開，而是融匯結合在一起，「三教合一」，共同作用於明清小說評點的思想機制。復以《西遊記》為例。袁于令《西遊記題詞》言：「……余謂三教已括於一部……」〔註62〕袁于令認為，儒釋道三教之精義隄括於一部《西遊記》當中。劉一明《西遊原旨序》亦言：「《西遊記》者……其書闡三教一家之理……」〔註63〕劉一明亦說《西遊記》所闡發的是「三教一家」的道理。劉一明《西遊原旨讀法》又道：「《西遊》貫通三教一家之理。在釋則為《金剛》、《法華》，在儒則為《河洛》、《周易》，在道則為《參同》、《悟真》。故以西天取經，發《金剛》、《法華》之秘；以九九歸真，闡《參同》、《悟真》之幽；以唐僧師徒，演《河洛》、《周易》之義。」〔註64〕劉一明指出，釋中之《金剛》、《法華》，即為儒中之《河洛》、《周易》，即為道中之《參同》、《悟真》。《西遊記》則貫通了儒釋道三家之理。馮陽貴《西遊原旨跋》亦言：「原夫《西遊》之作……闡三教一家之理……」〔註65〕正因為儒釋道三家具有相互貫通的內質性精髓義理，才使得三家融匯成為可能，明清小說及評點中即體現了儒釋道三者貫通的義理。

在其他小說評點中，也融入了儒釋道三家相貫通的思想，如《紅樓夢》，第二十二回，戚序回後評：「儒家正心，道者煉心，釋輩戒心，可見此心無有不到，無不能入者，獨畏其入於邪而不反，故用〈心〉[正]煉戒以縛之……」〔註66〕《紅樓夢》評點者在評點《紅樓夢》中，將儒家、道家、佛家精義互較闡發，對深刻解析相關人物事節頗有助益。

第二節　廣泛借鑒各體文論範疇

一、詩詞範疇

就詩詞而言，主要體現在以下三方面。

〔註62〕朱一玄編，明清小說資料彙編（上）〔M〕，天津：南開大學出版社，2012：427。

〔註63〕〔清〕劉一明，西遊原旨〔M〕，北京：中國致公出版社，2015：5。

〔註64〕〔清〕劉一明，西遊原旨〔M〕，北京：中國致公出版社，2015：13。

〔註65〕丁錫根編著，中國歷代小說序跋集（下）〔M〕，北京：人民文學出版社，1996：1374。

〔註66〕朱一玄，紅樓夢脂評校錄〔M〕，濟南：齊魯書社，1986：181。

（一）水窮雲起

「水窮雲起」化用自唐代詩人王維的詩句「行到水窮處，坐看雲起時」，被明清小說評點者借鑒用於小說評點當中。例子頗多。

如袁無涯本《水滸傳》第六十四回回末評：「此篇有水窮雲起之妙，吾讀之而不知其為水滸也。張順渡江迎醫生，而殺一盜，殺一淫，此是極奇手段作此傳者，無是極奇文字。及請得安道全，忽出神行太保應接上山，此又機法之變，而不可測識者也……」〔註67〕此回講宋江染病，張順要到建康府請安道全來醫治，在揚子江船上被張旺投入水中，被盜走了身上所帶盤纏。張順咬斷了繩索，在王定六的幫助下到達建康府，殺了娼妓，逼安道全上梁山。後又敘出戴宗使神行法接安道全上山，醫好了宋江的疾病。此節文字千回百轉，在看似無路可走的情況下出現轉機，故評點者讚歎《水滸傳》著者行文敘事採用「機變之法」，有「水窮雲起」之妙。又如金聖歎評點《水滸傳》第三十回道：「行到水窮，又看雲起，妙筆。寫武松殺張都監，定必寫到殺得滅門絕戶，方快人意。」〔註68〕此回武松在鴛鴦樓，殺死蔣門神、張團練、張都監，連夜越城而走。後有孟州知府著人緝拿武松，張青介紹武松到二龍山寶珠寺魯智深、楊志處去。金聖歎所評「行到水窮，又看雲起」，即化用詩句「行到水窮處，坐看雲起時」，既指《水滸傳》著者行文之筆的妙轉，又指人物遭際的轉機。金聖歎又在《水滸傳》第四十七回評道：「作文固有水窮雲起之法，不圖此處水到極窮，雲起極變也。」〔註69〕即言《水滸傳》「水窮雲起」的機轉之筆。第四十八回又道：「真是行到水窮，坐看雲起，而所起之雲，又止膚寸，不圖後文冉冉而興，騰龍降雨，作此奇觀也。」〔註70〕此處亦是言《水滸傳》著者「水窮雲起」行文之妙。除《水滸傳》評點外，又有如清初《豆棚閒話》評點者用到「水窮雲起」評語，第四則總評：「凡著小說，既要入情中，又要出人意外，如水窮雲起，樹轉峰來。使閱者應接不暇，卻掩卷而

〔註67〕陳曦鍾，侯忠義，魯玉川輯校，水滸傳會評本〔M〕，北京：北京大學出版社，1981：1189。

〔註68〕陳曦鍾，侯忠義，魯玉川輯校，水滸傳會評本〔M〕，北京：北京大學出版社，1981：573。

〔註69〕陳曦鍾，侯忠義，魯玉川輯校，水滸傳會評本〔M〕，北京：北京大學出版社，1981：894。

〔註70〕陳曦鍾，侯忠義，魯玉川輯校，水滸傳會評本〔M〕，北京：北京大學出版社，1981：904。

思，不知後來一段路徑才妙。」〔註71〕評點者所說的「水窮雲起」，是指小說著者「出人意外」的寫作本領，讀者在閱讀小說之時，看似小說情節已無可發展，但卻不曾料到故事又發生了陡然之變，可謂峰迴路轉。又如張書紳《新說西遊記》第三十回總評亦化用了「水窮雲起」：「……直逼到水窮山盡，然後一筆轉回……」〔註72〕這裡的「直逼到水窮山盡，然後一筆轉回」與「水窮雲起」並無二致。又有《西遊證道書》第八十三回回前評：「三藏之脫而復陷，陷而復搬，可謂思路絕矣。乃忽轉出牌位香爐一段，絕處逢生，水窮雲起，因而波及天王哪吒，又演成許大一回文字，可見文心無盡，其奇險幽折當更有過於陷空山無底洞者。」〔註73〕此處，評者所論「水窮雲起」是就《西遊記》著者文心構思之靈動活轉而言。唐三藏遇難復脫難，脫難復遇難，在讀者看來，彷彿作者思路已絕。但卻未料到又有牌位香爐一段奇絕文字，讀去令人有「水窮雲起」之感。又如但明倫評《聊齋誌異》的《青梅》篇道：「真是千磨百折，不到山窮水盡處，不肯輕作轉筆。」〔註74〕到得山窮水盡處，才作轉筆，意近「水窮雲起」，即言《聊齋誌異》著者文筆大折大轉，引人入勝。

　　類似以上所列「水窮雲起」之例，還有許多，此不一一列舉。筆者茲用「水窮雲起」一詞，作為明清小說評點語中化用詩句的代表。

　　除化用詩句外，明清小說評批文字中還多有詩性的批評話語。茲舉數例。

　　如元九《警世陰陽夢醒言》：「……慘為淒風愁雨，舒為景星慶雲。泰則小往大來，亢則陰疑陽戰。遍恒河沙界，歷千古億劫……」〔註75〕元九所用詞語「雨」、「雲」、「來」、「戰」、「界」、「劫」，具有詩詞的押韻特徵。且行文對仗，如「慘」對「舒」、「淒風」對「景星」、「愁雨」對「慶雲」等等，讀來如詩歌一般，朗朗上口。如舒元煒《紅樓夢序》：「……鎔金刻木，則曼衍魚龍；范水模山，則觸地邱壑。儼昌黎之記畫，雜曼倩之答賓。善戲謔分，姑謀

〔註71〕〔清〕艾衲居士等著，王秀梅點校，豆棚閑話〔M〕，北京：中華書局，2000：35。

〔註72〕〔清〕張書紳著，《古本小說集成》編委會編，新說西遊記〔M〕，上海：上海古籍出版社，1990：937。

〔註73〕黃永年，黃壽成點校，黃周星定本西遊證道書〔M〕，北京：中華書局，1993：699。

〔註74〕楊志平，陳靜，釋「水窮雲起」法——以古代小說評點為中心〔J〕，名作欣賞，2009，（2）：10～14。

〔註75〕丁錫根編著，中國歷代小說序跋集（中）〔M〕，北京：人民文學出版社，1996：1027。

樂也。代白丁兮入地，襁墨吏兮燃犀。歡娛席上，幻出清淨道場；脂粉行中，
參以風流裙屐。放屠刀而成佛，血濺夭桃；借冷眼以觀時，風寒落葉。」〔註
76〕舒元煒採用了古詩體中楚辭體的形式行文。「楚辭體」，又名「騷體」，產生
於戰國中晚期南方長江流域楚地，是由戰國時楚國詩人屈原吸收南方民歌之
精華，並與上古神話傳說相結合，而創造出的一種新體詩歌形式。楚辭體的
特點是使用楚地特有的方言、聲韻，具有濃厚的楚地色彩。舒元煒行文中「兮」
字的使用等等，均體現了楚辭體的特色。且多用排句，對仗工整，具有詩歌
體式，並具楚辭體詩歌所特有的濃鬱抒情成分與浪漫色彩。又如陳詩雯《紅
樓復夢序》：「……心香一線，幻來色界三千；春夢無端，倏起瓊樓十二。普天
才子，作如是之達觀；絕世佳人，喚奈何於幽恨……悲歡離合，仙人就三生
石以指迷；怒罵笑嬉，菩薩現百千身而說法。奇奇怪怪，既瀾翻而不窮；擾擾
紛紛，總和盤而托出……」〔註77〕陳詩雯的此序亦富有詩歌特徵。詩歌在形
式上，不是以句子為單位，而是以行為單位，並且分行的主要根據是節奏。
詩歌富有豐富的想像、聯想和幻想，具有音律美。陳詩雯的行文，便是一排
排的詩行，具有節奏感，韻律美。想像豐富，意境幽渺。且句與句形成對仗，
如「心香一線」對「春夢無端」、「普天才子」對「絕世佳人」、「悲歡離合」對
「怒罵笑嬉」、「奇奇怪怪」對「擾擾紛紛」等等。又如歸鋤子《紅樓夢補自
序》：「月如無恨，月自常圓；天若有情，天應終老……演紅樓之歌曲，即色皆
空；驚黑海之波濤，回頭是岸。絳珠還淚，誰憐淚眼之枯；頑石多情，終負情
天之債。憶雯娟而飲恨，涕蠟流乾；代寶黛以銜悲，唾壺擊碎……王嬙歸漢，
不埋塞外之香；荀粲齊眉，尚剩奩間之粉……」〔註78〕上引序文亦是以對仗
工整的排句組合而成，如「月如無恨」對「天若有情」、「即色皆空」對「回頭
是岸」、「絳珠還淚」對「頑石多情」、「涕蠟流乾」對「唾壺擊碎」、「王嬙歸
漢」對「荀粲齊眉」等等。且其用語行文飽含情感，想像奇特，節奏和諧，跳
躍自如，又虛實相生，意境優美，具有詩歌之特徵。類似的例子，還有如鄒弢
《青樓夢敘》：「結鶯花之社，白傅情深；開歌舞之筵，散人錄著。堤前插柳，

〔註76〕丁錫根編著，中國歷代小說序跋集（中）〔M〕，北京：人民文學出版社，1996：
　　　　1159。
〔註77〕朱一玄編，明清小說資料彙編（下）〔M〕，天津：南開大學出版社，2012：
　　　　661。
〔註78〕朱一玄編，明清小說資料彙編（下）〔M〕，天津：南開大學出版社，2012：
　　　　663。

貽六代之笙歌；涇裏張帆，集三吳之粉黛……」〔註79〕閉戶先生《鼓掌絕塵》系列題辭、序文亦具有濃厚的詩性，茲摘取數句。如《鼓掌絕塵題辭》：「看到心花開綻處，筆歌墨舞，世上如今半是君；想來淚血迸流時，玉悴香消，此曲只應天上有。」〔註80〕《鼓掌絕塵風集序》：「……秋風瑟瑟，腸斷佳人為玉簫；曉風離離，只恐夜深花睡去。」〔註81〕《鼓掌絕塵花集序》：「花當春暖，醉陌上之流鶯；花遇秋深，飄月中之飛兔……」〔註82〕《鼓掌絕塵雪集序》：「……林下美人徐來，暗香襲我；山中高士正臥，清氣逼人。」〔註83〕《鼓掌絕塵月集序》：「……月滿杯中，今人不見古時月；杯空月落，今月曾經照古人。」〔註84〕又煙水散人《女才子書自敘》：「……筆墨無靈，孰買長門之賦；鬢絲難染，徒生明鏡之憐。」〔註85〕熊飛《英雄譜弁言》：「……無題之詩，脫口便韻；不淚之泣，對物便鳴……」〔註86〕概之，以上所舉諸例，均顯示了濃鬱的詩性特徵，語言優美，詞藻華麗，句式規整，甚或駢言對偶，押韻排比，音韻悅耳，讀之鏗鏘，給人以詩美享受。

除詩性評批文字之外，還有評批文字中的詩或詩評。如袁宏道《聽朱生說水滸傳》：「……後來讀《水滸》，文字益奇變。《六經》非至文，馬遷失組練……」〔註87〕袁宏道將觀聽《水滸傳》的感受用詩的形式表達出來，既是對自我情感體驗的抒寫，又表明了對《水滸傳》的看法和態度。又如馮夢龍《情史序》：「余因為序而作《情偈》以付之。偈曰：天地若無情，不生一切

〔註79〕丁錫根編著，中國歷代小說序跋集（下）〔M〕，北京：人民文學出版社，1996：1218。

〔註80〕丁錫根編著，中國歷代小說序跋集（中）〔M〕，北京：人民文學出版社，1996：802。

〔註81〕丁錫根編著，中國歷代小說序跋集（中）〔M〕，北京：人民文學出版社，1996：804。

〔註82〕丁錫根編著，中國歷代小說序跋集（中）〔M〕，北京：人民文學出版社，1996：804。

〔註83〕丁錫根編著，中國歷代小說序跋集（中）〔M〕，北京：人民文學出版社，1996：805。

〔註84〕丁錫根編著，中國歷代小說序跋集（中）〔M〕，北京：人民文學出版社，1996：806。

〔註85〕丁錫根編著，中國歷代小說序跋集（中）〔M〕，北京：人民文學出版社，1996：831。

〔註86〕丁錫根編著，中國歷代小說序跋集（下）〔M〕，北京：人民文學出版社，1996：1474。

〔註87〕朱一玄編，明清小說資料彙編（上）〔M〕，天津：南開大學出版社，2012：291。

物。一切物無情，不能環相生。生生而不滅，由情不滅故……」〔註88〕「詩偈」一般指隱含著作者的思想感情或寄託著人物命運的詩歌。「偈」是佛經中的唱詞。馮夢龍的這首《情偈》便是類似佛家偈頌的詩作，以詩的形式闡釋了自己的「情教觀」。又有如張尚德《三國志通俗演義引》：「今古興亡數本天，就中人事亦堪憐。欲知三國蒼生苦，請聽通俗演義篇。忠烈赤心扶正統，奸回白首弄威權。須知善惡當師戒，遺臭流芳億萬年……」〔註89〕該詩很長，只截取部分，即可知張尚德將《三國演義》的思想內容及其自身對《三國演義》深刻內蘊的理解體悟、分析闡發用詩的具體形式呈現出來。

　　不僅是前述如明清小說序文、跋文、敘言、弁言等評批文字，具體的小說文本評點文字也不乏詩性的評點語，或是小說文本評點文字本身即是以詩的形式呈現出來。如但明倫評《聊齋誌異》卷一《長清僧》道：「行高乃不墮落，性定乃不動搖……紛華靡麗，諸色皆空；槁木死灰，生心可住。依然故榻，三千界只此蒲團；受爾布袍，八十年本來面目。」〔註90〕但明倫此則評語雖不是詩的形式，卻具有詩性特點。對句、偶句、排比、用韻隨手拈出，卻又不著痕跡。有些評點語是直接以詩或「詩餘」即詞的形式呈現出來。如《紅樓夢》，第二回，戚序回後又評：「有情原比無情苦，生死相關總在心。也是前緣天作合，何妨黛玉淚淋淋。」〔註91〕評點語以四句七言詩的形式呈現出來，用詞押韻，音律和諧。又如第三回，戚序回前評：「我為你持戒，我為你吃齋；我為你百行百計不舒懷，我為你淚眼愁眉難解。無人處，自疑猜，生怕那慧性靈心偷改。」又評：「寶玉通靈可愛，天生有眼堪穿。萬年幸一遇仙緣，從此春光美滿。隨時喜怒哀樂，遠卻離合悲歡。地久天長香影連，可意方舒心眼。」〔註92〕此二處的評點語以「詩餘」即小詞的形式呈現出來，且注入了熾烈的情感在內。如戚序回前評的接連四個以「我為你」起頭的句子一字排開，增加了語勢，令讀者感受到撲面而來的濃情厚意。又如第五回，戚序回前評：「萬種豪華原是幻，何嘗造孽，何是風流。曲終人散有誰留。為甚營求，

〔註88〕丁錫根編著，中國歷代小說序跋集（中）〔M〕，北京：人民文學出版社，1996：614。

〔註89〕丁錫根編著，中國歷代小說序跋集（中）〔M〕，北京：人民文學出版社，1996：889。

〔註90〕張友鶴輯校，聊齋誌異會校會注會評本〔M〕，北京：中華書局，1962：44。

〔註91〕朱一玄，紅樓夢脂評校錄〔M〕，濟南：齊魯書社，1986：40。

〔註92〕朱一玄，紅樓夢脂評校錄〔M〕，濟南：齊魯書社，1986：41。

只愛蠅頭。一番遭遇幾多愁，點水根由，泉湧難酬。」又評：「……春困葳蕤擁繡衾，恍隨仙子別紅塵。問誰幻入華胥境，千古風流造孽人。」〔註93〕此兩處批點，分別以「詩餘」或詩的形式作評。又如第四十八回，戚序回前評：「心地聰明性自靈，喜同雅品講詩經，姣柔倍覺可憐形。皓齒朱唇真嫋嫋，癡情專意更娉娉，宜人解語小星星。」〔註94〕亦是以優美詩詞句子作評。又有如第六十四回，戚序回後評：「五首新詩何所居？翠兒應自日欷歔。柔腸一段千般結，豈其尋常望雁魚？」又評：「五百年風流債，一見了偏作怪。你貪我愛自難休，天巧姻緣渾無奈。」接著又評：「父母者於子女間，莫失教訓說前緣。防微之處休弛縱，嚴厲才能真愛憐。」〔註95〕以上所舉《紅樓夢》評點諸例，均是以七言四句詩的形式對《紅樓夢》相關回目的內容進行總結性的評斷。

明清小說評點的化用詩句作評，或運用詩性的評點語，或直接以詩批之等等，均顯示了詩歌對小說評點的影響。中國本身就是詩的國度，詩性是國人的國民性，詩質滲入到人們的血液骨髓當中。即便是在小說原文中也摻雜著大量詩文，可謂「文備眾體」。小說中不乏有優美詩作，顯示了小說創作者的詩才。小說評者也主動發掘小說中優美的詩篇作賞鑒。如《花月痕贅語》有言：「書中詩，如，三更涼夢回徐塌，一夜西風瘦沈郎。安得護花鈴十萬，禁他枝上五更風……哀感頑豔，悱惻纏綿，情見乎詞，皆自道也。其他好句尚多，見於考證中者不列焉。」〔註96〕《花月痕》乃是清魏秀仁所作繼《紅樓夢》之後的又一部長篇言情小說，是在中國小說史上第一部以妓女為主要人物的長篇小說，敘寫了韓荷生、韋癡珠與青樓女子杜采秋、劉秋痕的愛情故事。癡男怨女之風花雪月自然少不了詩歌點綴。《花月痕贅語》中即列舉了小說《花月痕》中諸多優美的詩句，並對所引小說中詩句的詩情、詩美作了簡要評鑒。認為小說作者詩作哀感頑豔，纏綿悱惻，蘊含了濃烈的情感在內。以此可見小說作者富於詩才，小說評者亦極具詩感。

明清小說評點文字包含有詩，詩與文可互參互證，加深對小說文本的理解。如毛宗崗《三國志演義回評》第九十一回評道：「讀武侯祭瀘水一篇，而歎兵之不可輕用也。古人不得已而用兵，則有遣戍卒之詩，有勞還卒之詩，

〔註93〕朱一玄，紅樓夢脂評校錄〔M〕，濟南：齊魯書社，1986：85。

〔註94〕朱一玄，紅樓夢脂評校錄〔M〕，濟南：齊魯書社，1986：481。

〔註95〕朱一玄，紅樓夢脂評校錄〔M〕，濟南：齊魯書社，1986：514。

〔註96〕朱一玄編，明清小說資料彙編（下）〔M〕，天津：南開大學出版社，2012：694。

必備述其骨肉綢繆、室家系戀之況。至於楊柳雨雪，蟲戶鹿場，無不代寫離憂，為之永歎……『死生契闊，與子成說』，《衛風》所以悲也。『轉予于恤，有母尸饔』，《祈父》所以怨也……嘗覽唐人《從軍行》及諸《塞上曲》，如『磧裏征人三十萬，一時回首月中看』，又如『可憐無定河邊骨，猶是深閨夢裏人』，其詞之痛，情之傷，有令人泫然泣下者。今武侯秋夜奠文，可以彷彿矣。」〔註97〕毛宗崗在《三國演義》評點文字中，引用《詩經》中有關篇章，如《詩經・邶風・擊鼓》中的「死生契闊，與子成說」、《詩經・小雅・祈父》中的「胡轉予于恤，有母之尸饔」，以及自身所熟稔的唐詩，如唐代詩人李益《從軍北征》中的「磧裏征人三十萬，一時回首月中看」、唐代詩人陳陶《隴西行》中的「可憐無定河邊骨，猶是春閨夢裏人」等。雖所引詩作與原文稍有出入，但基本意涵未變，毛宗崗將這些所引詩句與小說《三國演義》中的有關事節兩相參比，更加深了對小說文本的理解。同樣的，還有如馮鎮巒評《聊齋誌異》卷十一《司札吏》曰：「予嘗見牛山詩中有云：『老僧詩另有門頭，《文選》《離騷》一筆勾。扭肚攣腸醃臢句，山神說道不須謅。』『那岩打坐這岩眠，聽了松聲又聽泉。多謝風多多禮數，花香直送到床前。』『信心媽媽上山遊，一句彌陀一個頭。磕到山門開鈔袋，紙錢買罷買香油。』」〔註98〕馮鎮巒引用相關詩句作評，亦可與小說原文兩相參較生發，頗有啟迪意義。

（二）鍊字

詩講究「鍊字」。「鍊字」又稱「鍊詞」，即根據內容和意境的需要，精心挑選最貼切、最富有表現力的字詞來表情達意。鍊字的目的是以最恰當的字詞，貼切生動地表現人或事物。鍊字所達到的藝術效果是使得詩歌簡練精美、形象生動、含蓄深刻等。詩歌因其篇幅規制所限，惜墨如金，固然字字珠璣，然而對於長篇巨帙的小說而言，也並非不對一字一詞加以斟酌，即也講究「鍊字」。

明清小說評點家們對小說中一字一詞的使用都有仔細的審視裁度。《缺名筆記》載：「《三國志》有古、俗二本。俗本記事多乖誤……且文中加入『之、乎、者、也』等字，詞句又冗長……尤見其拙。小說本有文言、白話之別，文

〔註97〕〔元末明初〕羅貫中原著，〔清〕毛宗崗評點，毛批三國演義〔M〕，天津：天津古籍出版社，2006：680。
〔註98〕張友鶴輯校，聊齋誌異會校會注會評本〔M〕，北京：中華書局，1962：1505～1506。

言加入白話，則俗不可耐，猶之白話加入文言，亦酸腐不可讀也。且白話中入以『虛字』，每成笑柄……」〔註99〕批評者對小說文本中加入「之、乎、者、也」等字不滿意，以為這些字會造成文筆拖沓冗長。並認為文言與白話不可混用，特別是白話當中不可加入「虛字」。一字一詞不可輕視，往往一個字就能改變甚至破壞整句話的意思。也正因如此，批點者極為重視審音度字的工作，此項工作看似無足輕重，實則顯示了對待小說文本與讀者一絲不苟的態度，使得文化承傳不致以訛傳訛。如袁無涯《〈出像評點忠義水滸全傳〉發凡》道：「訂文音字，舊本亦具有功力，然淆訛舛駁處尚多。如首引一詞，便有四謬。試以此刻對勘舊本，可知其餘。至如『耐』之為『奈』，『躁』之為『燥』，猶云書籍。若混『戴』作『帶』，混『煞』作『殺』，混『樞』作『拴』；『沖』『衝』之無分，『徑』『竟』之莫辨，遂屬義乖。如此者，更難枚舉，今悉校改……」〔註100〕袁無涯指出了《水滸傳》舊本文字的訛誤之處，並將書中錯字、別字及意義混淆之字一一改正，顯示了對小說創作及其所用文字的重視程度，對單個字所費的心力雖與詩歌之「鍊字」尚有差距，在藝術效果上也無可比擬，但在本質意涵的重要性上卻難分伯仲。毛宗崗《三國志演義回評》第四十四回評道：「以橋作喬，此讀別字也。孔明欲欺周郎，故有意為之。奈何近世孔明之多多乎！弄璋而以為弄驊，伏臘而以為伏獵矣，芊而以為羊、金根而以為金銀矣，吾不知其將賺何人，將施何計，而亦學孔明之改別字也。為之一笑。」〔註101〕毛宗崗點評《三國演義》中孔明故意改一字來用計策欺周瑜，一字之別即能起到扭轉事局、推動情節的重大效果，而譏嘲現世中的人不重文字，屢屢訛誤，笑料百出。明清小說評點者點評小說也達到了「鍊字」的評點態度，不放過文中每一細微之處，哪怕是一字一詞。如張文虎《儒林外史評》第三十六回，原文：「借了楊家一個姓嚴的管家跟著。」評曰：「前後無所謂姓楊者，恐『楊』乃『祁』之誤。」〔註102〕張文虎敏銳地發見「楊」

〔註99〕朱一玄編，明清小說資料彙編（上）〔M〕，天津：南開大學出版社，2012：98。
〔註100〕陳曦鍾，侯忠義，魯玉川輯校，水滸傳會評本〔M〕，北京：北京大學出版社，1981：32。
〔註101〕〔元末明初〕羅貫中原著，〔清〕毛宗崗評點，毛批三國演義〔M〕，天津：天津古籍出版社，2006：326。
〔註102〕〔清〕吳敬梓著，李漢秋輯校，儒林外史匯校匯評〔M〕，上海：上海古籍出版社，2010：401。

為「祁」誤。又如裕瑞《棗窗閒筆・鏡花緣書後》:「……又言帳目『賬』字,當作『巾』旁『帳』,字古有出處,『賬』則後添之俗字耳。此不過小說,非古文也,仍覺用『賬』字通俗。」〔註 103〕小說作為一種區別於其他門類的文學體裁,其用字亦是有講究的,白話小說不同於文言古本,選字宜通俗易懂,即便是在單個字的選用上,亦應注意其「文言性」或「白話性」,選取適宜於小說所使用的文字。

明清小說評者注意到小說作者用字精警獨到,有些不只有表面意涵,還有隱含之義在內。如張竹坡《〈金瓶梅〉寓意說》言:「……車(扯)淡、管世(事)寬、遊守(手)、郝(好)賢(閒)……祝(住)實(十)念(年)……常峙(時)節(借)、卜(不)志(知)道……賁(背)第(地)傳、傅(負)自新(心)、甘(幹)出身、韓道(搗)國(鬼)……吳神仙,乃鏡也……黃真人,土也……侯林兒,言樹倒猢猻散……他如張好問、向汝晃(謊)之類,不可枚舉……」〔註 104〕張竹坡認為,《金瓶梅》中人物的人名都有所寄寓,如車淡即扯淡、管世寬即管事寬、遊守即遊手、郝賢即好閒、祝實念即住十年、常峙節即常時借、卜志道即不知道、賁第傳即背地傳、傅自新即負自心、甘出身即幹出身、韓道國即韓搗鬼等等。以及吳神仙、黃真人、侯林兒等人所含之意,張竹坡均給出了解釋。不論其解釋是否符合《金瓶梅》著者本人所欲表達的意思,都能表明,張竹坡作為小說批評者獨具隻眼,對小說的批評不僅注意到小說文字的表面,還深入發掘小說文字寓意。

此外,批點者的批點語言亦講求「鍊字」,言簡意賅,一針見血。如《新刻繡像批評金瓶梅評語》第九十三回,原文:「因見任道士年老,赤鼻……」崇夾評只一「肖」字。〔註 105〕張文虎《儒林外史評》第二十五回,原文:「我看老爹像個斯文人,因什做這修補樂器的事?」評:「有心人。」原文又有:「你有甚心事,不妨和在下說,我或者可以替你分憂。」評:「熱腸。」〔註 106〕評點者用簡單的二三字即概括、總結出小說人物的性格特點。又如《紅樓

〔註 103〕朱一玄編,明清小說資料彙編(上)〔M〕,天津:南開大學出版社,2012:521。
〔註 104〕〔明〕蘭陵笑笑生著,〔清〕張道深評,王汝梅、李昭恂、於鳳樹校點,張竹坡批評金瓶梅〔M〕,濟南:齊魯書社,1991:17〜18。
〔註 105〕秦修容整理,金瓶梅:會評會校本〔M〕,北京:中華書局,1998:1374。
〔註 106〕〔清〕吳敬梓著,李漢秋輯校,儒林外史匯校匯評〔M〕,上海:上海古籍出版社,2010:285。

夢》第七回，原文：「叫作『冷香丸』。」甲戌側評：「新雅奇甚！」〔註107〕評點者用「新雅奇甚」四字簡練概括了「冷香丸」此名稱的特徵。又如第八回，原文：「只見大如雀卵。」甲戌側評：「體。」「燦若明霞。」甲戌側評：「色。」「瑩潤如酥。」甲戌側評：「質。」「五色花紋纏護。」甲戌側評：「文。」〔註108〕批點者選用「體」、「色」、「質」、「文」等分別只一字便概括出小說原文所言為何，可見小說評點者在使用評點文字時的鍊字之精。

　　詩有詩眼，「說」有「文眼」。評者的功力在於犀利辨出小說中的「文眼」。如李贄《西遊記評》，第一回，原文：「欲知造化會元功，須看《西遊釋厄傳》。」側評：「『釋厄』二字著眼！不能釋厄，不如不讀《西遊》。」〔註109〕李贄指出，「釋厄」二字便是《西遊記》「文眼」。又如第六回，總評：「千變萬化，到大士手內即住，亦有微意。蓋菩薩只是『自在』兩字，由他千怪萬怪，到底跳不出自在圈子。此作者之意也。世上只有自在好，千怪萬怪無益也。」〔註110〕如李贄所評，「自在」便是此回的「文眼」，也是行世的關鍵。又如《紅樓夢》，第一回，原文：「意欲下凡造歷幻緣。」甲戌側評：「點『幻』字。」原文又有：「那僧便說已到幻境。」甲戌側評：「又點『幻』字，云書已入幻境矣。」〔註111〕「幻」字是文中的關鍵，評點者指出《紅樓夢》整部書建構在「幻」字基礎上，不是真實的情境而是「幻境」。又如第四回，原文：「至李守中繼承以來，便說『女子無才便有德』。」甲戌側評：「『有』字改的好。」〔註112〕「女子無才便是德」，出自清朝張岱：「眉公曰：『丈夫有德便是才，女子無才便是德。』此語殊為未確。」（《公祭祁夫人文》）眉公是明末文學家、書畫家陳繼儒，他曾道：「女子通文識字，而能明大義者，固為賢德，然不可多得；其他便喜看曲本小說，挑動邪心，甚至舞文弄法，做出無醜事，反不如不識字，守拙安分之為愈也。女子無才便是德。可謂至言。」「女子無才便是德」，本是無稽之談，對女性思想的禁錮並不比纏足束腰等非人道肉體摧殘高明多少，溫

〔註107〕朱一玄，紅樓夢脂評校錄〔M〕，濟南：齊魯書社，1986：122。
〔註108〕朱一玄，紅樓夢脂評校錄〔M〕，濟南：齊魯書社，1986：139～140。
〔註109〕〔明〕吳承恩原著，〔明〕李卓吾評點，李卓吾先生批點西遊記〔M〕，天津：天津古籍出版社，2006：1。
〔註110〕〔明〕吳承恩原著，〔明〕李卓吾評點，李卓吾先生批點西遊記〔M〕，天津：天津古籍出版社，2006：45。
〔註111〕朱一玄，紅樓夢脂評校錄〔M〕，濟南：齊魯書社，1986：12～13。
〔註112〕朱一玄，紅樓夢脂評校錄〔M〕，濟南：齊魯書社，1986：70。

水煮青蛙，殺人於無形，讓女性默默淪為人身和精神的雙重奴隸而不自知。當愚昧與服從意味著德行，壓榨與施暴便成了理所當然。當喪失了獨立人格、思想與自主選擇的自由，女性在社會學意義上就不是一個全整的人，而是被物化、異化的次人甚或被利用的工具。「女子無才便是德」此言絞殺了女性豐滿的精神世界，砍斷了她們意欲飛昇的羽翼，澆滅了她們夢想斑斕的火種，剩下的都是做穩了奴隸而不自知的人和欲做奴隸而不得的人，卻從沒想過要做自身命運、選擇、生活的主人。《紅樓夢》重要價值之一便在於其思想的進步性與前瞻性。《紅樓夢》著者肯定、讚美、欣賞、謳歌女性，《紅樓夢》中女性不只作為奉獻、犧牲的母性符號來獲准其存在的合理性，而是作為鮮活靈動並具有創造性價值的生命個體躍動人間。將「女子無才便是德」更作「女子無才便有德」，只動一字，便擺明了作者所佔據的鮮明的女性立場，所持秉的開明進步的腔調，增加了語言反諷的力度，讓讀者深刻感知到其中所蘊藉的濃濃荒謬、戚戚悲哀和深深無助。抗爭之途雖漫長坎坷，但有所意識卻是第一步。變「是」為「有」，好比詩之「鍊字」，一字之別，效用大矣，類似詩家所言「點石成金」之能，如第八回，原文：「這可使不得，吃了冷酒，寫字手打颭兒。」蒙府評：「點石成金。」〔註113〕《紅樓夢》第七十三回，原文：「嚇得連忙死緊攪住。」庚辰夾評：「妙，這一『嚇』字方是寫世家夫人之筆……」〔註114〕評點者指出，「嚇」是此句的「文眼」，《紅樓夢》著者選用此字適切地注明了小說人物的身份。又如王希廉《紅樓夢回評》第七十回評道：「『青雲』二字本指仙家而言，自岑嘉州有『青雲羨鳥飛』句，後人遂以訛承訛，作為功名字畫。寶釵詞內『青雲』字應仍指仙家言，則與寶玉出家更相映照。」〔註115〕「青雲」是寶釵所作之詞的關鍵，需正確理解其意蘊。王希廉在此特別指出後人以訛傳訛的謬誤，即認為「青雲」指對功名利祿的追求，而實際上，句中的「青雲」取其本義「仙家」，與最後寶玉的出家兩相呼應。王希廉提供了對之更適切的理解，這種精益求精、直達真義的態度與詩家之「鍊字」無差。還有如哈斯寶《〈新譯紅樓夢〉回批》第二十一回所評：「……寶玉一個『寶』，寶釵一個『寶』，讓這兩個『寶』接近成親，怎能不寫出一個寶琴？何以為證？

〔註113〕朱一玄，紅樓夢脂評校錄〔M〕，濟南：齊魯書社，1986：145。
〔註114〕朱一玄，紅樓夢脂評校錄〔M〕，濟南：齊魯書社，1986：530。
〔註115〕馮其庸纂校訂定，陳其欣助纂，八家評批紅樓夢〔M〕，北京：文化藝術出版社，1991：1733。

賈母說為寶玉聘寶琴，便是。自寶琴而寶釵，還有多遠……讓寶琴出場用意有二……『琴』字詮釋就須是『親』，直詁才是琴瑟之琴……」〔註116〕哈斯寶闡說《紅樓夢》著者在小說人物命名上寓有深意，並非隨意為之，而是經過慎思熟考、精心擇選的結果，以此達到最具巧妙的藝術效果。

詩有所謂「詩眼」。「詩眼」是一句詩中的關鍵和靈魂，傳達著整首詩的精義，提升整體的詩感境界。在明清小說評點中，當評點家認為文句一語中的，表情達意恰到好處、精妙無比之時，會點評「著眼」二字，表明文句如果寫得真確適恰，便如同詩中之眼，可洞見神髓。評點者點評「著眼」處數之不盡，不便全舉，茲舉如李贄《西遊記評》第三十八回，原文：「這正是青酒紅人面，黃金動道心。」側評：「著眼！」總評：「描畫行者耍處，八戒笨處，咄咄欲真，傳神手也！」〔註117〕傳神寫照正在「畫眼睛」，不論「詩眼」，抑或「文眼」，終究如此。

小說雖為長篇，不如詩歌短小精悍，亦不可忽略一字一句，如金聖歎《水滸傳序三》言：「若誠以吾讀《水滸》之法讀之，正可謂莊生之文精嚴，《史記》之文亦精嚴。不寧惟是而已，蓋天下之書，誠欲藏之名山，傳之後人，即無有不精嚴者。何謂之精嚴？字有字法，句有句法，章有章法，部有部法是也。」〔註118〕正如金聖歎所言，流傳於世的經典著作，不論長短，均行文精嚴。小說長文欲傳之於世，必應講求精嚴，選詞用字如同詩歌一般採用「鍊字」之法。不只是著者，評點家之評點語亦應「鍊字」，如著超《古今小說評林》道：「……評文難在刻字，刻而能露，尤難之難者，且逐節批解，意周義密……」〔註119〕評點家點評小說文字也應力求達到「意周義密」之境。

（三）蓄轉

詩講求含蓄，詞貴愈轉愈深，均蘊藉「詞短言長」、「言有盡而意無窮」等意。

〔註116〕〔清·內蒙古〕哈斯寶著，亦鄰真譯，《新譯紅樓夢》回批〔M〕，呼和浩特：內蒙古人民出版社，1979：80。
〔註117〕〔明〕吳承恩原著，〔明〕李卓吾評點，李卓吾先生批點西遊記〔M〕，天津：天津古籍出版社，2006：291，294。
〔註118〕陳曦鍾，侯忠義，魯玉川輯校，水滸傳會評本〔M〕，北京：北京大學出版社，1981：10。
〔註119〕朱一玄編，明清小說資料彙編（上）〔M〕，天津：南開大學出版社，2012：118。

　　小說似詩詞，亦講求蓄轉。如《新刻繡像批評金瓶梅評語》，第四十三回，原文：「不然，我就叫狼筋抽起來。」崇夾：「下語絕有含蓄。」〔註120〕評者即揭示出小說遣詞用語之含蓄。又如第六十二回，原文：「他莫不就攛你不成？」崇夾：「語淺悲深。」〔註121〕即是淺短之語含深長悲意於其中。又如第六十四回，原文：「只見靈前燈兒也沒了，大棚裏丟的桌椅橫三豎四。」崇眉：「寫亂，寫懶，寫辛苦，只兩語，宛然。」〔註122〕評點者揭出《金瓶梅》作者用三兩之語寫盡人情事狀的高超本領，用語含蓄有致，傳神寫照。《金瓶梅》文龍批本，第六十六回評有：「分明一群酒鬼、色鬼、勢利鬼，說鬼掉鬼，鬼鬧排場而已。我亦藉此書信手批之，鬼混而已矣。」〔註123〕評者文龍用幾個詞語即概括出《金瓶梅》所講為何，以及自己批書之意，言簡意賅，蓄意深遠。詞有折轉，小說亦有折轉，均貴轉得自然無痕，流暢而有深致。如《紅樓夢》，第二回，原文：「只顧算別人家的賬，你也吃一杯酒才好。」蒙府評：「筆轉如流，毫無沾滯。」〔註124〕

　　詩法中有「合掌」之說。「合掌」為詩病的一種，指對仗中意義相同的現象，一聯中對仗，出句和對句完全同義或基本同義，稱為「合掌」。「合掌」是詩家大忌，因詩之篇幅本就有限，用字應講求簡省，應當用有限的文字，表達儘量豐富的內容，而如果在字數不多的情況下，意思還重複，就沒有多少內容可言了，此即為「忌」的道理。「合掌」本為佛教用語，即指合併手掌表示敬意的禮儀，南宋朱熹首度將「合掌」一詞用在文學批評領域，明清之後，科舉八股盛行，「合掌」由此成為八股文批評術語。最早在小說評點中使用「合掌」此詞的是《三國演義》評者毛宗崗，其《讀三國志法》即言：「今之不善畫者，雖使繪兩人亦必彼此同貌；今之不善歌者，即使唱兩調亦必前後同聲，文之合掌，往往類是。」〔註125〕毛宗崗又在《三國演義》第四十六回回前評：「孔明掌中之字與周瑜掌中之字，不約而同，此合掌文字也，又參之以黃蓋之言，是三人之文皆為合掌矣……然必文如公瑾方許其合掌，文如孔明方不

〔註120〕秦修容整理，金瓶梅：會評會校本〔M〕，北京：中華書局，1998：580。
〔註121〕秦修容整理，金瓶梅：會評會校本〔M〕，北京：中華書局，1998：845。
〔註122〕秦修容整理，金瓶梅：會評會校本〔M〕，北京：中華書局，1998：880。
〔註123〕朱一玄編，金瓶梅資料彙編〔M〕，天津：南開大學出版社，2012：631。
〔註124〕朱一玄，紅樓夢脂評校錄〔M〕，濟南：齊魯書社，1986：39。
〔註125〕〔元末明初〕羅貫中原著，〔清〕毛宗崗評點，毛批三國演義〔M〕，天津：天津古籍出版社，2006。

厭其重複。每怪今人作文，動手便合，落筆便重，彼此只是一般，前後更無添換，則何不取周瑜、孔明之文讀之耶？」〔註126〕「合掌」在詩是病，在「說」卻因作者不同而有天壤之分。好的小說作者能將「合掌」文字寫得「不合掌」、有特色，而蹩腳的小說作者則沒有創新，寫人敘事重複無別、枯燥乏味。又如毛宗崗《三國演義》第九十四回回前評：「平蠻之後，又有平羌；藤甲之後，又有鐵車……或詳或略，或長或短，事不雷同，文亦不合掌，如此妙事，如此妙文，真他書之所未有。」〔註127〕毛宗崗指出，《三國演義》著者多次描寫同類事件卻將「合掌」之事寫得「不合掌」，各有不同特色。其他小說中如脂硯齋甲戌本《紅樓夢》第十六回回批：「寶玉之李嬤，此處偏又寫一趙嬤，特犯不犯。先有『梨香院』一回，今又寫此一回，兩兩遙對，卻無一筆相重，一事合掌。」〔註128〕評者借用詩法術語「合掌」來說明《紅樓夢》著者寫人論事犯而不同的創新手段。其他並不列在名著之屬的小說，評點家也用到「合掌」一語予以評價。如鄒弢《青樓夢》第四十二回回前評：「寫各人分別，不作一樣寫，妙在各有悲慘，各有去法，閱此可免合掌之病。」又如第四十七回回前評：「……庶幾不嫌合掌。」又《蕩寇志》第一百三十七回范金門、邵循伯夾評：「……今此處張、陶二人忽作對收，其合掌宜易矣……」〔註129〕這些評語均指小說作者在寫人敘事上能見差異、能出特色、犯而不同之功。

此外，評論者還往往「以詩論說」、「以說比詩」。「以詩論說」者如眷秋《小說雜評》：「小說中之《水滸》、《石頭記》，於詞中周、辛。《石頭記》之境界惝恍，措語幽咽，頗類清真。其敘黛玉之滿懷幽怨，抑鬱纏綿，便不減美成《蘭陵王》、《瑞鶴仙》諸作。《水滸》之雄暢沉厚，直逼稼軒；讀《北固亭懷古》及《別茂嘉十二弟》之詞，乃令人憶及林武師、武都頭……」〔註130〕又道：「《水滸》與《石頭記》，其取境絕不同。《水滸》簡樸，《石頭記》繁麗；

〔註126〕〔元末明初〕羅貫中原著，〔清〕毛宗崗評點，毛批三國演義〔M〕，天津：天津古籍出版社，2006：340。

〔註127〕〔元末明初〕羅貫中原著，〔清〕毛宗崗評點，毛批三國演義〔M〕，天津：天津古籍出版社，2006：703。

〔註128〕朱一玄，紅樓夢脂評校錄〔M〕，濟南：齊魯書社，1986：218。

〔註129〕陳才訓，明清小說評點中的「合掌」說〔J〕，古典文學知識，2013，（4）：81～85。

〔註130〕朱一玄編，明清小說資料彙編（上）〔M〕，天津：南開大學出版社，2012：333。

《水滸》剛健,《石頭》旖旎;《水滸》雄快,《石頭》縹緲……」〔註131〕眷秋
將《水滸傳》比作辛棄疾之詞,將《紅樓夢》比作周邦彥之詞。將《紅樓夢》
著者敘林黛玉的文字與周邦彥的《蘭陵王》、《瑞鶴仙》等詞作對比,將《水滸
傳》的文風與辛棄疾的詞境作對比,將《水滸傳》中林沖、武松等人的精神風
貌與辛棄疾《北固亭懷古》、《別茂嘉十二弟》等詞相提並論。眷秋以談論詩
詞的方式品鑒小說,將小說喻作相似風格的詩詞。並將小說之趣味與風格以
論詞之語道之,如評論《水滸傳》,眷秋採用「簡樸」、「剛健」、「雄快」等詞,
評論《紅樓夢》採用「繁麗」、「旖旎」、「縹緲」等詞,頗類詩詞評。還有「以
說比詩」者,如張竹坡《第一奇書非淫書論》:「《詩》云:『以爾車來,以我賄
遷。』此非瓶兒等輩乎?又云:『子不我思,豈無他人?』此非金、梅等輩乎?
狂且、狡童,此非西門、敬濟等輩乎……『《詩》三百,一言以蔽之,曰思無
邪。』注云:『《詩》有善有惡。善者起發人之善心,惡者懲創人之逆志。』……
今夫《金瓶》一書,亦是將《褰裳》、《風雨》、《蘀兮》、《子衿》諸詩細為摹仿
耳。」〔註132〕張竹坡將《詩經》中的詩句與《金瓶梅》中的具體人物如李瓶
兒、潘金蓮、龐春梅、西門慶、陳敬濟等相比附,又將《詩經》作詩之旨與
《金瓶梅》為說之宗相提並論,認為《金瓶梅》發揮了《詩經》的本義和宗
旨。張竹坡為闡明《金瓶梅》非淫書,「以說比詩」,將《金瓶梅》比成《詩
經》的別本和摹仿之作。

　　與詩之風格各異相類,小說亦有不同品範,如解弢《小說話》所言:「《水
滸》如燕市屠狗,慷慨悲歌;《封神》如倚劍高峰,海天長嘯;《紅樓》如紅燈
綠酒,女郎談禪;《聊齋》如梧桐疏雨,蟋蟀吟秋……」〔註133〕「燕市屠狗,
慷慨悲歌」的《水滸》,「倚劍高峰,海天長嘯」的《封神》,「紅燈綠酒,女郎
談禪」的《紅樓》,「梧桐疏雨,蟋蟀吟秋」的《聊齋》……每一部小說正如同
一首首不一樣的詩篇,雖詩境各異,風格有別,情致不同,趣味相差,但都各
臻其美,各具其妙,各有其情,各秉千秋。總之,無論小說文字,還是評批文
字,都打上了詩的烙印。

〔註131〕朱一玄編,明清小說資料彙編(上)〔M〕,天津:南開大學出版社,2012:333。
〔註132〕〔明〕蘭陵笑笑生著,〔清〕張道深評,王汝梅、李昭恂、於鳳樹校點,張
　　　　竹坡批評金瓶梅〔M〕,濟南:齊魯書社,1991:20。
〔註133〕朱一玄編,明清小說資料彙編(下)〔M〕,天津:南開大學出版社,2012:
　　　　632。

二、戲曲範疇

明清小說評點廣泛借鑒各體文論的範疇。就戲曲而言，主要體現在以下三方面。

（一）關目

「關目」，是戲曲用語，泛指情節的安排和構思。今存元刊雜劇劇本的扉頁，往往冠以「新編關目」的字樣，以表示劇本情節的新奇，明清時期的戲曲仍沿用此詞。李贄認為傳奇創作的要點之一便是「關目好」。「關目」還指戲曲中的說白，如李漁《閒情偶寄・演習・變調》：「體質維何，曲文與大段關目是已。」〔註134〕其中「關目」，即指戲曲中的說白。

戲曲中的「關目」問題一直受到學者關注和研究。研究者們注重打開視閾，從不同角度和層面對其考索。如陳慶紀《李漁戲曲的關目藝術及當代意義》〔註135〕，闡述李漁的戲曲關目理論和創作實踐，如他認為戲劇關目應新奇有趣、不落窠臼，關目應描摹細緻、一絲不紊，除此之外，還應把著眼點放在普通人情上面，而不是有意關注荒謬的奇事怪聞。邱飛廉《釋道情結與明清傳奇關目大逆轉之肯綮》〔註136〕，認為儒家文化和佛家思想深入到戲曲創作的內蘊機制裏，所宣揚的是儒家道德觀念和輪迴報應思想。具體到戲曲中關目逆轉的範式即是在釋道思想的導引下所發生的劇情大逆轉，往往能化腐朽為神奇，迎合觀眾欣賞審美的需要。王安葵《論戲曲「關目」》〔註137〕，指出「關目」在中國古典戲曲理論中所佔據的重要地位。關目的好壞影響到整個劇曲藝術效果的優劣。精彩的關目是戲曲作品能成為傳世經典的重要原因之一。如《牡丹亭》「遊園」、「驚夢」，《長生殿》「密誓」、「埋玉」，《桃花扇》「卻奩」、「守樓」等等精彩關目所傳達的是動人心魄的情感，主要目的是感人。姚昌炳《從元雜劇「關目之拙劣」看其詩化特徵》〔註138〕，圍繞王國維在《宋元戲曲考》中對元雜劇三條批評之一即「關目之拙劣」展開討論。認為

〔註134〕〔清〕李漁，李漁全集〔M〕，第三卷，杭州：浙江古籍出版社，1991：72。
〔註135〕陳慶紀，李漁戲曲的關目藝術及當代意義〔J〕，山西師大學報（社會科學版），2006，33（4）：49～52。
〔註136〕邱飛廉，釋道情結與明清傳奇關目大逆轉之肯綮〔J〕，戲劇文學，2006，（10）：44～47，80。
〔註137〕王安葵，論戲曲「關目」〔J〕，藝術百家，2011，（3）：135～139。
〔註138〕姚昌炳，從元雜劇「關目之拙劣」看其詩化特徵〔J〕，長江大學學報（社會科學版），2011，34（7）：8～9，22。

元雜劇受抒情詩影響而表現出明顯的詩化傾向，即便是曲學理論，也打上了明顯的詩的痕跡。這說明不同文學體裁既相對獨立，又互為影響、交融，不可截然分開。中國戲曲有其自身特性，即是「戲」和「曲」的相合，與詩歌的關係尤為密切。中國傳統以詩為尊，以抒情為尊，受此傳統影響，雖是敘事性文學的戲曲亦極為重視情感的抒發和宣洩。去看戲的觀眾，所關注更多的，也是劇中人物的情感狀態、情感表達，而往往忽視戲曲的具體情節、細節。如《竇娥冤》所表達的就是竇娥之「冤情」，所鞭撻的是社會政治的黑暗和腐朽，所讚頌的是竇娥面對惡勢力毫不低頭的勇敢和執著。劇作者的目的便是傳達這樣一種精神，觀劇者所汲取的也是這樣一種力量，而至於具體情節、細節是否真實合理，則不在考慮範圍之內。又如《琵琶記》謳歌的是趙五娘的無私奉獻、善良堅忍、吃苦耐勞、忍辱負重、溫柔體貼、孝順公婆。戲曲細節並非重點，觀劇者著迷的是劇中人物情感的抒發和表現，與之產生共鳴，以獲得心靈的慰藉和滿足。此外，值得一提的還有張勇敢《清代戲曲評點史論》，論文提到戲曲關目亦有「避」、「犯」，「犯而能避」，亦講求貫穿照應。在戲曲評點術語中出現了「關鍵」此批評術語。關目布局講求原則，應做到「自然」、「繁簡合宜」等等。〔註139〕

明清小說評點便借用了戲曲理論批評中「關目」這一術語。如毛宗崗《三國志演義回評》第二回回評：「前於玄德傳中，忽然夾敘曹操；此又於玄德傳中，忽然帶表孫堅。一為魏太祖，一為吳太祖，三分鼎足之所從來也……此全部大關目處。」〔註140〕毛宗崗站在全書宏闊構架的立場上，剖析此回為全書的大關目，即為顯示《三國演義》全書的主要情節構思之處。又如毛宗崗《三國志演義回評》第六十一回評道：「……蓋阿斗為西川四十餘年之帝，則取西川為劉氏大關目，奪阿斗亦劉氏大關目也。至於遷秣陵，應王氣，為孫氏僭號之由；稱魏公，加九錫，為曹氏僭號之本。而曹操夢日，孫權致書，互相畏忌，此鼎足三分一大關目也。以此三大關目，為此書半部中之眼……」〔註141〕毛宗崗看到第六十一回在《三國演義》中所處的中間位置，對全書主

〔註139〕張勇敢，清代戲曲評點史論〔D〕，華東師範大學博士學位論文，2014：78～92。

〔註140〕〔元末明初〕羅貫中原著，〔清〕毛宗崗評點，毛批三國演義〔M〕，天津：天津古籍出版社，2006：8。

〔註141〕〔元末明初〕羅貫中原著，〔清〕毛宗崗評點，毛批三國演義〔M〕，天津：天津古籍出版社，2006：453。

要人物作了總的評析。毛宗崗所言「大關目」，即借自戲曲術語「關目」，指的是《三國演義》中重要的故事情節。毛宗崗認為，對於劉氏而言，奪取西川、阿斗為一大關目，因阿斗乃西川四十餘年之帝。鼎足三分的一大關目是曹操夢日，孫權致書，曹操與孫權互相畏忌。《三國演義》書中三大關目即知。

論及「關目」者，還有如張竹坡《金瓶梅回評》第六十四回所評：「……瓶兒一死，即使姦情敗露，書童遠去，是藏別離之調於簫中悲也。此是作者，特以簫聲之悲歡離合，寫銀瓶之存亡，為一部大關目處也。」〔註142〕張竹坡認為，李瓶兒的死是全書的重要情節，是西門家由盛轉衰的標誌性事件。張竹坡所言「關目」，既似戲曲「關目」指故事情節而言，又指示事情的關鍵性和重要地位。又有第八十六回，張竹坡夾批：「此處又以小玉之簪，映轉金蓮、玉樓、瓶兒諸簪，為離合大關目。」〔註143〕亦言及「關目」。

張偉《互文性視域下明清小說評點敘事的戲曲符號及其審美指向》，提出「關目」之本義為「關鍵、眼目」。〔註144〕由此，在小說批評中，與「關目」同意而用之的還有「關鍵」、「關節」等等。如李贄《水滸傳回評》，第六十回評言：「李卓吾曰：『改聚義廳為忠義堂，是梁山泊第一關節，不可草草看過。』」〔註145〕此處的「關節」即指「關目」而言。再如張竹坡《金瓶梅回評》第二十九回評道：「此回乃一部大關鍵也。上文二十八回一一寫出來之人，至此回方一一為之遙斷結果……直謂此書至此結亦可。」〔註146〕此處，張竹坡所言「關鍵」亦即關目，即為重要的情節，「文眼」，是整部《金瓶梅》的總綱性文字。

（二）楔子

「楔子」本是戲曲術語，王國維《宋元戲曲考》第十一章《元劇之結構》

〔註142〕〔明〕蘭陵笑笑生著，〔清〕張道深評，王汝梅、李昭恂、於鳳樹校點，張竹坡批評金瓶梅〔M〕，濟南：齊魯書社，1991：965。

〔註143〕〔明〕蘭陵笑笑生著，〔清〕張道深評，王汝梅、李昭恂、於鳳樹校點，張竹坡批評金瓶梅〔M〕，濟南：齊魯書社，1991：1376。

〔註144〕張偉，互文性視域下明清小說評點敘事的戲曲符號及其審美指向〔J〕，貴州師範大學學報（社會科學版），2014，（2）：109。

〔註145〕〔明〕施耐庵集撰，〔明〕羅貫中纂修，〔明〕李贄評點，《古本小說集成》編委會編，李卓吾批評忠義水滸傳〔M〕，上海：上海古籍出版社，1992：1987。

〔註146〕〔明〕蘭陵笑笑生著，〔清〕張道深評，王汝梅、李昭恂、於鳳樹校點，張竹坡批評金瓶梅〔M〕，濟南：齊魯書社，1991：432。

分析元雜劇中的「楔子」道：「普通雜劇，大抵四折，或加楔子。案《說文》：『楔、櫼也。』今木工於兩木間有不固處，則斫木札入，謂之楔子，亦謂之櫼。雜劇之楔子亦然。四折之外，意有未盡，則以楔子足之。」〔註147〕戲曲理論家吳梅認為「楔子」是「登場首曲，北曰楔子」〔註148〕，王驥德《曲律》言：「登場首曲，北曰楔子，南曰引子。」〔註149〕康保成《重論「四折一楔子」》，指出元雜劇中的「楔子」，來自佛教誦經的「契」。〔註150〕黎傳緒《元雜劇「楔子」簡論》，分析了「楔子」處在戲劇之開頭，其形式為小令，其主要作用是交代清楚整部劇的故事所得以發生的背景和事情的起因，或也敘及劇中主要人物及人物之間的基本關係。並說明了多本劇中的「楔子」不同於單本劇中的「楔子」的特殊性。〔註151〕解玉峰《元劇「楔子」推考》，則從各個層面考察了元劇中的「楔子」。從「楔子」本義談起，到「楔子」的延伸義，用列表的形式統計了現存元劇中「楔子」的使用情況，指出「楔子」本是附加物，並非是必有之物。〔註152〕張迪《論四折一楔子體制的形成》，從歷史傳播等角度討論了「楔子」是怎樣從一折衷分出，成為獨立的演劇單位的。〔註153〕

小說中的「楔子」便是對戲曲「楔子」的借用和延續。文學領域，雖分門別派，但精神一貫，形制內容上也互為融通。

如有學者探討到小說借用戲曲體制因素等內容。徐大軍《〈紅樓夢〉利用戲曲體制因素論略》，認為《紅樓夢》在故事結構、情節構設和人物描摹等方面借鑒了雜劇「楔子」的體制、戲曲副末開場的程式以及戲曲科諢的體制等等。《紅樓夢》雖沒有標識「楔子」，沒有明確的「楔子」部分，但其開頭的神話故事構架在敘事結構上便起到「楔子」的作用。而《紅樓夢》第五回警幻仙子請寶玉聽《紅樓夢曲》一節便隱蔽化用了戲曲中副末開場的程式。《紅樓夢》中如劉姥姥進大觀園等一些引人發笑的幽默橋段便類似戲曲中的插科打諢。〔註154〕汪道倫《〈紅樓夢〉對曲藝的融會貫通》，亦討論了《紅樓夢》與戲曲

〔註147〕王國維，宋元戲曲史〔M〕，上海：商務印書館，1943：118。
〔註148〕康保成，重論「四折一楔子」〔J〕，中華戲曲，2004，(1)：6。
〔註149〕康保成，重論「四折一楔子」〔J〕，中華戲曲，2004，(1)：6。
〔註150〕康保成，重論「四折一楔子」〔J〕，中華戲曲，2004，(1)：7。
〔註151〕黎傳緒，元雜劇「楔子」簡論〔J〕，江西社會科學，2003，(7)：53。
〔註152〕解玉峰，元劇「楔子」推考〔J〕，上海戲劇學院學報，2006，(4)：54～65。
〔註153〕張迪，論四折一楔子體制的形成〔J〕，名作欣賞，2012，(23)：25～27，52。
〔註154〕徐大軍，《紅樓夢》利用戲曲體制因素論略〔J〕，紅樓夢學刊，2011，第四輯：264～286。

之間的緊密聯繫。肯定《紅樓夢》前五回可視為整部小說「楔子」的觀點。並指出《紅樓夢》第一回中有三個「楔子」，即女媧補天被棄之石、絳珠還淚和《好了歌》及其注解。此外，「楔子」還有《紅樓夢》第五回中所出現的「護官符」，而寶玉夢遊太虛幻境聽《紅樓夢曲》則是「楔子」中的「總楔子」。除此，《紅樓夢》與曲藝的融通之處，還表現在對虛幻與真實的處理上，鋪敘和穿插的使用上，運用曲藝中的「點砌」和「打諢」等等。〔註155〕

學者們除在宏觀上討論小說與曲藝的關係外，在具體小說作品與具體戲曲作品的單獨比較上也有建樹，如宋常立《〈桃花扇〉「試一齣・先聲」與〈紅樓夢〉楔子的構思——兼談怎樣認識〈紅樓夢〉與〈桃花扇〉的關係》，認為《紅樓夢》與《桃花扇》不僅在「楔子」處、內涵方面頗為相似，而且最重要的起決定性作用的因素當歸於兩部作品在悲劇的同質性和同構的悲情心理上的一致。〔註156〕

學者關注到小說中「楔子」的重要地位，對之多有探討。如朱淡文《楔子・序曲・引線・總綱——〈紅樓夢〉第一回析論》，深入剖析《紅樓夢》第一回作為「楔子」的綜合意義。〔註157〕張振昌、胡淑莉《〈紅樓夢〉甲戌本「楔子」探微》，從對版本的細緻考察證明了《紅樓夢》甲戌本「楔子」是曹雪芹在原稿的基礎上增刪而成。〔註158〕劉相雨《論〈紅樓夢〉的楔子——兼論中國古典長篇小說的開頭模式》，分析了《紅樓夢》等其他中國古典長篇小說以神話故事作為小說開頭的特色，論證了《紅樓夢》「楔子」所蘊含的哲學理趣，與小說正文的緊密關係，對全書故事架構的影響和作用，以及其所映像的小說敘事角度的轉變等等。〔註159〕張加輝《論金批〈水滸〉「楔子」中的虎蛇》，分析了金批《水滸》中的「楔子」與小說正文在內容和結構兩方面的對稱作用，並指出其中的「虎蛇」，對應了《水滸傳》中整個一百單八將梁山

〔註155〕汪道倫，《紅樓夢》對曲藝的融會貫通〔J〕，紅樓夢學刊，1994，第二輯：223～244。

〔註156〕宋常立，《桃花扇》「試一齣・先聲」與《紅樓夢》楔子的構思〔J〕，紅樓夢學刊，2010，第二輯：255～267。

〔註157〕朱淡文，楔子・序曲・引線・總綱——《紅樓夢》第一回析論〔J〕，紅樓夢學刊，1984，第二輯：137～156。

〔註158〕張振昌，胡淑莉，《紅樓夢》甲戌本「楔子」探微〔J〕，社會科學戰線，1997，（6）：103～109。

〔註159〕劉相雨，論《紅樓夢》的楔子——兼論中國古典長篇小說的開頭模式〔J〕，紅樓夢學刊，1999，第一輯：55～62。

好漢。〔註160〕運麗君《從臥閒草堂評點看〈儒林外史〉楔子的功能》，指出《儒林外史》中的「楔子」櫽括全書，確立了整部小說的中心題旨，且其內含的思想是全書總綱。「楔子」中人物品格所隱隱對應的是小說中人物的主要類型。「楔子」所代表的還有小說謀篇上的基本特色。〔註161〕

　　明清小說「楔子」受到評者重視。如太冷生《古今小說評林》道：「作小說莫難於楔子。楔子莫佳於《水滸》……《紅樓夢》不欲落人窠臼，故輕輕以『此開卷第一回也』下筆，可見作者抱負不凡。」〔註162〕小說中「楔子」難寫，在於其重要性和櫽括全局的重要地位。而《紅樓夢》沒有明確標識的「楔子」，正表現了其不同於他書的卓絕不凡。又如鄧狂言《紅樓夢釋真》：「……小說之難，莫難於作楔子。作者因《水滸》之楔子妙空古今……故絕不肯再作一篇落人窠臼文字，乃特創此體……又絕對的不見其相犯之跡……故特用『開卷第一回』五字，作直截宣布宗旨之言，而微文見義，納全書於其個中，此首句之大意也。」〔註163〕鄧狂言與太冷生持見相同，即認為寫小說最難的部分是「楔子」。鄧狂言同樣讚歎《水滸傳》「楔子」之妙，但更推重《紅樓夢》著者的另闢蹊徑。《水滸傳》「楔子」已然妙絕，《紅樓夢》之所以不作「楔子」，是不肯落人窠臼，而用「開卷第一回」此五字微言大義，統攝全書。

　　論小說「楔子」者，還如金聖歎《水滸傳回評》「楔子」評曰：「此一回，古本題曰楔子。楔子者，以物出物之謂也。以瘟疫為楔，楔出祈禳？以祈禳為楔，楔出天師；以天師為楔，楔出洪信；以洪信為楔，楔出遊山；以遊山為楔，楔出開碣；以開碣為楔，楔出三十六天罡、七十二地煞：此所謂正楔也。中間又以康節、希夷二先生，楔出劫運定數；以武德皇帝、包拯、狄青，楔出星辰名字；以山中一虎一蛇，楔出陳達、楊春；以洪信驕情傲色，楔出高俅、蔡京；以道童猥獕難認，直楔出第七十回皇甫相馬作結尾：此所謂奇楔也。」〔註164〕金聖歎闡釋了自身所認為的「楔子」的所指，即認為是用一種事物推

〔註160〕張加輝，論金批《水滸》「楔子」中的虎蛇〔J〕，語文學刊（高教版），2006，（7）：36～37。

〔註161〕運麗君，從臥閒草堂評點看《儒林外史》楔子的功能〔J〕，語文學刊（高教版），2006，（11）：26～28。

〔註162〕朱一玄編，明清小說資料彙編（下）〔M〕，天津：南開大學出版社，2012：649。

〔註163〕朱一玄，劉毓忱編，水滸傳資料彙編〔M〕，天津：南開大學出版社，2012：334。

〔註164〕陳曦鍾，侯忠義，魯玉川輯校，水滸傳會評本〔M〕，北京：北京大學出版社，1981：39。

引出另一種事物的對象。如「瘟疫」引出「祈禳」,「祈禳」引出「天師」,「天師」引出「洪信」,「洪信」引出「遊山」,「遊山」引出「開碣」,「開碣」引出「三十六天罡、七十二地煞」等等,均是由一事物引出另一事物。金聖歎還由此伸發出去,將「楔子」分為「正楔」和「奇楔」,犖栝出《水滸傳》的宏闊構架、主體事節、基本人物和關鍵之處等。

其他小說評點者亦關注到「楔子」,論及於此,如臥閒草堂本《儒林外史回評》第一回中有:「元人雜劇,開卷率有楔子。楔子者,借他事以引起所記之事也。然與本事毫不相涉,則是庸手俗筆,隨意填湊,何以見筆墨之妙乎?作者以《史》、《漢》才,作為稗官,觀楔子一卷,全書之血脈經絡,無不貫穿玲瓏,真是不肯浪費筆墨。」〔註165〕《儒林外史》評者認為,《儒林外史》之「楔子」比元雜劇之「楔子」來得高明,元雜劇「楔子」有些與故事整體並無牽涉,只是庸筆俗手隨意填湊,而《儒林外史》之「楔子」則具有提綱挈領之能,貫穿全書經脈。還如張竹坡亦論到「楔子」,其《金瓶梅讀法》:「……既云做一楔子,又何有顧忌命名之義……」〔註166〕張竹坡又在《金瓶梅回評》第六十七回評道:「接言黃四,蓋為後愛月家楔子也,愛月兒,又為王招宣林氏楔子也……」〔註167〕又《金瓶梅回評》第八十三回回評:「此回方是結果金蓮之楔子,卻用一縱一擒,又一縱,又一擒作章法。」〔註168〕以上所引張竹坡所言及的「楔子」,可作引子來理解,即認為小說中先敘及一個人物,以此人物為「楔子」,來引出下一個人物。此外,還如陳其泰《紅樓夢回評》第四回亦論及「楔子」:「此回只是寶釵入都楔子,順手帶敘香菱,非著意文字也。」〔註169〕陳其泰此處所提「楔子」,亦是引子之意。

(三)伏線

「伏線」指前文為後文預先埋下的線索或暗示,本是戲曲用語,後借用

〔註165〕〔清〕吳敬梓著,李漢秋輯校,儒林外史匯校匯評〔M〕,上海:上海古籍出版社,2010:33。

〔註166〕〔明〕蘭陵笑笑生著,〔清〕張道深評,王汝梅、李昭恂、於鳳樹校點,張竹坡批評金瓶梅〔M〕,濟南:齊魯書社,1991:39。

〔註167〕〔明〕蘭陵笑笑生著,〔清〕張道深評,王汝梅、李昭恂、於鳳樹校點,張竹坡批評金瓶梅〔M〕,濟南:齊魯書社,1991:1002。

〔註168〕〔明〕蘭陵笑笑生著,〔清〕張道深評,王汝梅、李昭恂、於鳳樹校點,張竹坡批評金瓶梅〔M〕,濟南:齊魯書社,1991:1332。

〔註169〕〔清〕陳其泰評,劉操南輯,桐花鳳閣評《紅樓夢》輯錄〔M〕,天津:天津人民出版社,1981:57。

於小說。在小說批評中，多有出現。如《竹坡閒話》：「然則《金瓶梅》，我又何以批之也哉？我喜其文之洋洋一百回，而千針萬線，同出一絲，又千曲萬折，不露一線……如此妙文，不為之遞出金針，不幾辜負作者千秋苦心哉……其書之細如牛毛，乃千萬根共具一體，血脈貫通，藏針伏線，千里相牽……」〔註170〕張竹坡認為，《金瓶梅》小說著者具有一絲構文、不露痕跡的寫作本領。張竹坡之所以要批點《金瓶梅》，便是要把隱藏的「伏線」一一揭示出來，以饗讀者。張竹坡指出，《金瓶梅》的小說文本可謂「藏針伏線，千里相牽」，如若把整部小說的文字譬為散落的珠子，「伏線」便是將珠子串連起來的那根重要的引線，其作用是將小說的各部分關聯起來，形成一個統一連貫的整體。

「伏線」是常用之小說評點語。此中之例，舉之不盡。茲以《紅樓夢》評點為例，便可見一斑。如《紅樓夢》第十一回原文：「媳子回來瞧瞧去就知道了。」蒙府評：「伏線自然。」〔註171〕第十四回原文：「論理，我們裏面也須得他來整治整治。」庚辰側評：「伏線在二十板之誤差婦人。」〔註172〕原文又有：「趕亂完了，天已四更將近，總睡下又走了困。」庚辰側評：「此為病源伏線……」〔註173〕第十六回原文：「只在家中養息。」甲戌側評道：「為下文伏線。」〔註174〕第二十四回原文：「況他們有甚正事談講。」庚辰側評言：「為學詩伏線。」〔註175〕又如王希廉《紅樓夢回評》第二十六回評道：「馮紫英來而即去，正是為蔣玲伏線。」〔註176〕亦言及「伏線」。還如哈斯寶《〈新譯紅樓夢〉回批》第十八回評：「……在第十六回中我說過後幾回的伏線有幾條，本回寶釵譏笑黛玉，惜春要畫畫，便是其中兩條。」〔註177〕提到「伏線」。等等。從以上所舉之例可以看出，「伏線」在明清小說評點中出現頻次頗高，明清小說評點者以

〔註170〕〔明〕蘭陵笑笑生著，〔清〕張道深評，王汝梅、李昭恂、於鳳樹校點，張竹坡批評金瓶梅〔M〕，濟南：齊魯書社，1991：10，11。
〔註171〕朱一玄，紅樓夢脂評校錄〔M〕，濟南：齊魯書社，1986：169。
〔註172〕朱一玄，紅樓夢脂評校錄〔M〕，濟南：齊魯書社，1986：194。
〔註173〕朱一玄，紅樓夢脂評校錄〔M〕，濟南：齊魯書社，1986：199。
〔註174〕朱一玄，紅樓夢脂評校錄〔M〕，濟南：齊魯書社，1986：212。
〔註175〕朱一玄，紅樓夢脂評校錄〔M〕，濟南：齊魯書社，1986：347。
〔註176〕馮其庸纂校訂定，陳其欣助纂，八家評批紅樓夢〔M〕，北京：文化藝術出版社，1991：606。
〔註177〕〔清·內蒙古〕哈斯寶著，亦鄰真譯，《新譯紅樓夢》回批〔M〕，呼和浩特：內蒙古人民出版社，1979：71。

「伏線」評小說著者敍事手法之妙，「伏線」戲曲範疇的跨域性已淡而不見。

此外，「伏線」還有其他指稱相似的評點語。

如「伏脈」。舉例如《新刻繡像批評金瓶梅評語》第一回，原文：「到不如削去六根清淨。」崇夾：「伏脈。」原文：「敢怕明日還是哥的貨兒哩。」崇夾：「伏脈。」〔註178〕第七十九回，原文：「前日何老爹那裡唱的一個馮金寶兒，並呂賽兒，好歹叫了來。」崇夾：「伏脈。」〔註179〕第八十六回，原文：「就是你家大姐那女婿子，他姓甚麼？」崇夾：「伏脈。」〔註180〕等等。上舉崇夾所評「伏脈」，即「伏線」之意。

或稱「伏筆」。如張文虎《儒林外史評》第七回，原文：「住著一個江右先生，門上貼著『江右陳和甫仙乩神數』。」後評道：「伏筆。」〔註181〕又如王希廉《紅樓夢回評》，第十二回評道：「借賈瑞停柩逗出鐵檻寺，伏筆自然。」〔註182〕又陳其泰《紅樓夢回評》，第九十三回評言：「甄僕報賈，為後得用伏筆。」〔註183〕上舉「伏筆」之例，意同「伏線」。

或單用「伏」字表「伏線」之意。如《新刻繡像批評金瓶梅評語》，第一回，原文：「僧家便是永福寺，道家便是玉皇廟。」崇夾評道：「又伏永福寺、玉皇廟。」〔註184〕第十二回，原文：「院中李桂姐家，亦使保兒送禮來。」崇夾評：「伏。」〔註185〕第十四回，原文：「那花大、花三、花四一般男婦，也都來弔孝送殯。」崇夾評：「伏。」〔註186〕第十五回，原文：「緊靠著喬皇親花園。」崇夾評道：「伏。」〔註187〕第七十四回，原文：「桂姐唱畢，郁大姐才要接琵琶，早被申二姐要過去了。」崇夾評道：「伏。」〔註188〕又如《紅樓

〔註178〕秦修容整理，金瓶梅：會評會校本〔M〕，北京：中華書局，1998：15。

〔註179〕秦修容整理，金瓶梅：會評會校本〔M〕，北京：中華書局，1998：1173。

〔註180〕秦修容整理，金瓶梅：會評會校本〔M〕，北京：中華書局，1998：1272。

〔註181〕〔清〕吳敬梓著，李漢秋輯校，儒林外史匯校匯評〔M〕，上海：上海古籍出版社，2010：99。

〔註182〕馮其庸纂校訂定，陳其欣助纂，八家評批紅樓夢〔M〕，北京：文化藝術出版社，1991：276。

〔註183〕〔清〕陳其泰評，劉操南輯，桐花鳳閣評《紅樓夢》輯錄〔M〕，天津：天津人民出版社，1981：278。

〔註184〕秦修容整理，金瓶梅：會評會校本〔M〕，北京：中華書局，1998：18。

〔註185〕秦修容整理，金瓶梅：會評會校本〔M〕，北京：中華書局，1998：175。

〔註186〕秦修容整理，金瓶梅：會評會校本〔M〕，北京：中華書局，1998：205。

〔註187〕秦修容整理，金瓶梅：會評會校本〔M〕，北京：中華書局，1998：213。

〔註188〕秦修容整理，金瓶梅：會評會校本〔M〕，北京：中華書局，1998：1058。

夢》，第四回原文：「族中男女無有不誦詩讀書者。」甲戌側評道：「未出李紈，先伏下李紋、李綺。」甲辰評：「先伏下文李紋、李綺。」〔註189〕又第十一回原文：「你也該將一應的後事用的東西給他料理料理，沖一沖也好。」蒙府評：「伏下文代辦理喪事。」〔註190〕第十四回原文：「那抱愧被打之人含羞去了。」甲戌側評：「又伏下文，非獨為阿鳳之威勢費此一段筆墨。」〔註191〕第十九回原文：「只掙扎著與無事的人一樣。」已卯夾評：「伏下病源。」〔註192〕上引批點語中的「伏」字，即言「伏線」。

　　「引線」亦為「伏線」。如王希廉《紅樓夢回評》，第十六回評道：「……中間帶敘黛玉回京，北靜王等事，為後文引線。」〔註193〕又第十七回王希廉評道：「寶玉試才，為下文做詩引線……」〔註194〕上引評語中的「為後文引線」、「為下文做詩引線」等均為「伏線」之意。

　　此外，和「伏線」表相似意涵的「草蛇灰線」之說亦常被討論提及。「草蛇」，即一條蛇從草叢中穿過，不會留下腳印，但蛇有一定的體重，還是會留下一些不明顯卻仍然存在的痕跡。「灰線」，意為拿一條縫衣服的線，在燒柴後的爐灰裏拖一下，由於線特別輕，留下的痕跡也是很恍惚的。「草蛇灰線」，意即事物留下隱約可尋的線索和痕跡。反覆使用同一詞語，多次交待某一特定的事物，可以形成一條若有若無的線索，貫穿於情節之中。「草蛇灰線」，最早由金聖歎評點《水滸傳》所提出，金聖歎認為《水滸傳》中景陽岡一段連寫十八次「哨棒」，紫石街一段連寫十六次「簾子」，以及三十八次「笑」，即對同一詞語的重複使用，認為這便是「草蛇灰線」之法。後繼其他評點家也提及此法。如張竹坡《金瓶梅回評》第三回評道：「……吾不知其用筆之妙，何以草蛇灰線之如此也……」〔註195〕張竹坡又在《金瓶梅回評》第二十回評

〔註189〕朱一玄，紅樓夢脂評校錄〔M〕，濟南：齊魯書社，1986：69。

〔註190〕朱一玄，紅樓夢脂評校錄〔M〕，濟南：齊魯書社，1986：171。

〔註191〕朱一玄，紅樓夢脂評校錄〔M〕，濟南：齊魯書社，1986：197～198。

〔註192〕朱一玄，紅樓夢脂評校錄〔M〕，濟南：齊魯書社，1986：266。

〔註193〕馮其庸纂校訂定，陳其欣助纂，八家評批紅樓夢〔M〕，北京：文化藝術出版社，1991：348。

〔註194〕馮其庸纂校訂定，陳其欣助纂，八家評批紅樓夢〔M〕，北京：文化藝術出版社，1991：379。

〔註195〕〔明〕蘭陵笑笑生著，〔清〕張道深評，王汝梅、李昭恂、於鳳樹校點，張竹坡批評金瓶梅〔M〕，濟南：齊魯書社，1991：61。

道：「……處處草蛇灰線，處處你遮我映……」〔註 196〕又第七十六回，張竹坡評：「……不知作者一路隱隱顯顯，草蛇灰線寫來……」〔註 197〕等等。以上所舉諸例，評點者均借用「草蛇灰線」之語作評。還有如脂批本《紅樓夢》第一回甲戌眉批亦道：「……敘得有間架、有曲折、有順逆、有映帶、有隱有見、有正有閏，以至草蛇灰線、空谷傳聲……」〔註 198〕批點者此處即明確提到「草蛇灰線」的小說寫作手法。阮芳《草蛇灰線 伏脈千里——中國古典小說一種獨特的結構技巧》，闡釋了「草蛇灰線」的意涵，以及「草蛇灰線」寫作方法的成因。認為「草蛇灰線」的小說技法能使小說文本前後呼應，連串貫通，使大部頭的小說作品形成完整統一的整體，並且典型事物的重複出現能使小說情節時斷時續，有機跳躍，引起後文，映照前文，揭示人事命運本因，而那一反覆出現的道具般的事物，則構成了小說中永不被讀者忘記的經典物事。〔註 199〕

　　小說批評之所以可借用戲曲批評的術語範疇，本質在於小說與戲曲內質的相通性。小說「文備眾體」，本就包含有關戲曲的內容。小說中的有關事節，可以改編成戲曲，在舞臺上表演，戲曲中的相關故事，也呈現在小說文本當中。如《紅樓夢》第十九回原文中有：「誰想賈珍這邊唱的是《丁郎認父》、《黃伯央大擺陰魂陣》，更有《孫行者大鬧天宮》、《姜子牙斬將封神》等類的戲文……」〔註 200〕又如《紅樓夢》第二十二回寫到：「吃了飯點戲時，賈母一定先叫寶釵點。寶釵推讓一遍，無法，只得點了一折《西遊記》。」〔註 201〕由此可見，《紅樓夢》中出現的是表演戲曲的故事情節，戲曲所表演的故事又是《西遊記》裏的故事。二者互相關聯，互為映套。

　　此外，三愛《論戲曲》亦言：「戲曲者，普天下人類所最樂睹、最樂聞者也，易入人之腦蒂，易觸人之感情。故不入戲園則已耳，苟其入之，則人之思

〔註196〕〔明〕蘭陵笑笑生著，〔清〕張道深評，王汝梅、李昭恂、於鳳樹校點，張竹坡批評金瓶梅〔M〕，濟南：齊魯書社，1991：299。

〔註197〕〔明〕蘭陵笑笑生著，〔清〕張道深評，王汝梅、李昭恂、於鳳樹校點，張竹坡批評金瓶梅〔M〕，濟南：齊魯書社，1991：1189。

〔註198〕朱一玄，紅樓夢脂評校錄〔M〕，濟南：齊魯書社，1986：6。

〔註199〕阮芳，草蛇灰線 伏脈千里——中國古典小說一種獨特的結構技巧〔J〕，湖北廣播電視大學學報，2007，27（3）：80～82。

〔註200〕〔清〕曹雪芹，紅樓夢〔M〕，北京：中國文史出版社，2004：102。

〔註201〕〔清〕曹雪芹，紅樓夢〔M〕，北京：中國文史出版社，2004：120。

想權未有不握於演戲曲者之手矣。使人觀之，不能自主，忽而樂，忽而哀，忽而喜，忽而悲，忽而手舞足蹈，忽而涕泗滂沱，雖些少之時間，而其思想之千變萬化，有不可思議者也。故觀《長阪坡》、《惡虎村》，即生英雄之氣概；觀《燒骨計》、《紅梅閣》，即動哀怨之心腸；觀《文昭關》、《武十回》，即起報仇之觀念；觀《賣胭脂》、《蕩湖船》，即長淫慾之邪思；其他神仙鬼怪，富貴榮華之劇，皆足以移人之性情。由是觀之，戲園者，實普天下人之大學堂也；優伶者，實普天下人之大教師也。」〔註202〕正如三愛所言，戲曲，是普天下的人們最喜歡看、最喜歡聽的。戲曲，最容易被人們所接受，最容易觸動人們的感情。不入戲園便罷，一入戲園，觀眾的喜怒哀樂、思想態度便掌控在演戲者手中了。觀看戲曲的時候，觀眾是不能自主的，劇中之人樂則樂，劇中之人哀則哀，劇中之人喜則喜，劇中之人悲則悲。觀劇者的思想情感隨著劇情的變化而起伏波動。不同劇目還會對觀劇者產生不同影響，觀英雄之劇者生英雄之氣概，觀淫邪之劇者起淫慾之邪思。所以，三愛認為，戲園，實際上是普天下人的「大學堂」；演員，實際上是普天下人的「大教師」。三愛所言之戲曲，與今日之影視劇相似，雖是娛樂小道，不登大雅之文堂，卻在社會公眾中影響最大。在一定意義上而言，影視劇，可算得上是當今普天下人的「大學堂」，而影視劇演員，亦可算得上是當今普天下人的「大教師」了。

　　總之，小說、戲曲在古代同為「小道」，不入「正統」文宗之列，其相似之處亦在於「以小見大」、「以小統大」，對世俗人心潛移默化影響深巨。小說與戲曲的交互，其所產生的效力不容忽視。小說與戲曲之間包括文本本身及文本批評的比較研究也具有深刻意義。

三、文章範疇

　　明清小說評點對文章範疇的借鑒，主要體現在以下三方面。

（一）章法

　　「文章」原義為「有紋樣的表面」。「文章」的「文」字即「紋」，指「紋路」、「紋樣」。「章」本指「屏蔽」，轉指「外表」，「章」為會意字，從音從十。古代奏音樂，連奏十段才結束，這十段樂就是一章。所以，文章也有段落。文章是從「音樂」裏會意出來，應是用文字表達出來的東西，讀起來和

〔註202〕朱一玄，劉毓忱編，水滸傳資料彙編〔M〕，天津：南開大學出版社，2012：564。

音樂一樣美妙無窮、悅耳動聽的文字，傳誦開來，才配得上「文章」一詞的真正含義。「文章」基本義項有六：其一，原指文辭，現從寫作的角度與「文學」區分，指篇幅不很長而獨立成篇的文字。如司馬遷《史記·儒林列傳》：「文章爾雅，訓詞深厚。」〔註203〕其二，泛指著作。其三，比喻曲折隱蔽的涵義。其四，指事情或程序。其五，指禮樂法度。其六，指文采，即錯綜華美的色彩或花紋。

在明清小說評點中，「文章」一詞多有出現。其「文章」之意，大致是對獨立成篇的文字或長篇著作的泛指，即一般所指稱的「文章」之意。明清小說評點中直接使用「文章」一詞之處，俯拾即是。

如毛宗崗《三國志演義回評》第四十一回評道：「⋯⋯予嘗讀《史記》，至項羽垓下一戰，寫項羽、寫虞姬、寫楚歌、寫九里山、寫八千子弟、寫韓信調軍、寫眾將十面埋伏、寫烏江自刎，以為文章紀事之妙，莫有奇於此者；及見《三國》當陽長阪之文，不覺歎龍門之復生也。」〔註204〕《史記》為「二十四史」之首，文字生動，詞氣縱橫，達文章之化境。毛宗崗將《三國演義》之「文章」與《史記》之「文章」相提並論，以突出《三國演義》「文章」之奇。毛宗崗《三國志演義回評》第四十二回又評言：「文章之妙，妙在猜不著。」〔註205〕以「文章」稱《三國演義》之文。毛宗崗又在《三國志演義回評》第四十五回評道：「文有正襯，有反襯。寫魯肅老實以襯孔明之乖巧，是反襯也；寫周瑜乖巧以襯孔明之加倍乖巧，是正襯也⋯⋯讀此可悟文章相襯之法。」〔註206〕毛宗崗以闡「文章」之法分析《三國演義》之「文章」，指出《三國演義》「文章」的「正襯」、「反襯」之法。「文章」之「正襯」，是以相似之人或事物作為襯托物。「文章」之「反襯」，是以相反之人或事物作為襯托物。毛宗崗《三國志演義回評》第四十七回又評言：「文章之妙，有各不相照者⋯⋯文章之妙，又有各不相照而暗暗相照者⋯⋯」〔註207〕毛宗崗在評點中提及了

〔註203〕〔漢〕司馬遷，史記〔M〕，北京：中華書局，2006：701。
〔註204〕〔元末明初〕羅貫中原著，〔清〕毛宗崗評點，毛批三國演義〔M〕，天津：天津古籍出版社，2006：303。
〔註205〕〔元末明初〕羅貫中原著，〔清〕毛宗崗評點，毛批三國演義〔M〕，天津：天津古籍出版社，2006：311。
〔註206〕〔元末明初〕羅貫中原著，〔清〕毛宗崗評點，毛批三國演義〔M〕，天津：天津古籍出版社，2006：333。
〔註207〕〔元末明初〕羅貫中原著，〔清〕毛宗崗評點，毛批三國演義〔M〕，天津：天津古籍出版社，2006：348。

「文章」之「各不相照」、「各不相照而暗暗相照」等妙法。

　　金聖歎在評點《水滸傳》中也多次提及「文章」，如其在《水滸傳回評》第八回評道：「今夫文章之為物也，豈不異哉？如在天而為雲霞，何其起於膚寸，漸舒漸卷，倏忽萬變，爛然為章也……然而終亦必然者，蓋必有不得不然者也。至於文章，而何獨不然也乎……其亦未嘗得見我施耐庵之《水滸傳》也。」〔註208〕金聖歎以大自然中的變化為例，說明「文章」之自然而然，順理成章。天空中之雲霞，由小至大，由大至小，由舒到卷，由卷到舒，瞬息萬變，燦然成章。「文章」亦是，《水滸傳》亦是。金聖歎又在《水滸傳回評》第九回評道：「夫文章之法，豈一端而已乎？有先事而起波者，有事過而作波者……」〔註209〕金聖歎以批「文章」之法，批《水滸傳》，認為《水滸傳》「文章」之法不只一端，而是千變萬化，有「先事而起波」、「事過而作波」等等。

　　此外，李贄《西遊記》評點中亦提及「文章」，如第七十五回原文：「那妖精真個將藥酒篩了兩壺，滿滿斟了一鍾，遞與老魔，老魔接在手中，大聖在肚裏就聞得酒香，道：『不要與他吃！』好大聖，把頭一扭，變著喇叭口子，張在他喉嚨之下。那怪咽的咽下被行者咽的接吃了。」李贄側評道：「天下文章，幻至此極矣。」〔註210〕還如哈斯寶《〈新譯紅樓夢〉回批》，第二十七回評道：「文章中，有筆至意盡的，這不足為奇。筆不至而意已盡，才是奇妙。為寫妙玉之妙，寫得筆至意盡。琴象寶琴，今雖未寫寶琴，猶如其人在場，這才是筆下至而意已盡。」〔註211〕哈斯寶評論《紅樓夢》之「文章」妙法。「筆至意盡」，算不得奇妙，如《紅樓夢》著者對妙玉的描寫便是如此。真正奇妙的「文章」寫法，是「筆不至而意已盡」，如《紅樓夢》著者對薛寶琴的描寫便是如此。哈斯寶又在《〈新譯紅樓夢〉回批》，第二十八回評言：「文章極妙處，是眼觀此地，並不馬上寫出，從遠遠處寫起，曲曲折折，方要到此，又停

〔註208〕陳曦鍾，侯忠義，魯玉川輯校，水滸傳會評本〔M〕，北京：北京大學出版社，1981：186。

〔註209〕陳曦鍾，侯忠義，魯玉川輯校，水滸傳會評本〔M〕，北京：北京大學出版社，1981：204。

〔註210〕〔明〕吳承恩原著，〔明〕李卓吾評點，李卓吾先生批點西遊記〔M〕，天津：天津古籍出版社，2006：568。

〔註211〕〔清·內蒙古〕哈斯寶著，亦鄰真譯，《新譯紅樓夢》回批〔M〕，呼和浩特：內蒙古人民出版社，1979：98。

筆不寫，又曲曲折折，彎彎繞繞，才要到此又住下了筆，不肯輕易寫出自己著眼之處，置人於將信將疑之間，方突然道破。《紅樓夢》之作，全書都用此法……」〔註212〕哈斯寶認為「文章」的極妙寫法，是筆底與眼底的不統一，即筆下不馬上寫出眼下之事，而是從眼不到之處寫起，迴環曲折，漸漸拖至眼下，卻又停住不寫，在最後關頭，才最終道破玄機，筆底與眼底合為一處。《紅樓夢》便是採用了此「文章」寫作妙法。

明清小說評點家在評點過程中，直接指涉文章事，明清小說「文備眾體」的特點，本與文章互通互融，明清小說評點對文章評點範疇的借鑒亦順理成章。明清小說的評點形式，如「序跋」、「讀法」、「眉批」、「旁批」、「夾批」、「總批」、「圈點」等等，均對文章批點多有借鑒。又像「章法井井不紊」、「賓主」、八股文之「股」以及相關「制題」、「相題」、「捽題」、「搗題」、「窘蹙題」、「構文」等等相關語在明清小說評點中亦多有呈現。

如明清小說評點對「章法」的使用。毛宗崗《讀三國志法》說：「《三國》一書，總起總結之中，又有六起六結……凡此數段文字，聯絡交互於其間，或此方起而彼已結，或此未結而彼又起，讀之不見其斷續之跡，而按之則自有章法之可知也。」〔註213〕毛宗崗即用評點「文章」的起結之法評點《三國演義》。指出《三國演義》有「總起總結」、「六起六結」。並借鑒了文章評點範疇的「章法」術語，認為《三國演義》行文擅起擅結、「自有章法」。又如金聖歎《水滸傳回評》，第六十四回評道：「前文一打祝家莊，二打祝家莊，正到苦戰之後，忽然一變，變出解珍、解寶一段文字，可謂奇幻之極。此又一打大名府，二打大名府，正到苦戰之後，忽然一變，變出張旺、孫五一段文字，又復奇幻之極也。世之讀者，殊不覺其為一副爐錘，而不知此實一樣章法也。」〔註214〕金聖歎指出，《水滸傳》著者擅用「章法」，並做到一樣的「章法」，在讀者讀去，卻不覺雷同，不覺重複。如「一打祝家莊，二打祝家莊」之後有「解珍、解寶一段文字」，與之相似，「一打大名府，二打大名府」之後，有「張旺、孫五一段文字」，均為在緊張的戰事中夾雜具有生活氣息的相對輕鬆

〔註212〕〔清·內蒙古〕哈斯寶著，亦鄰真譯，《新譯紅樓夢》回批〔M〕，呼和浩特：內蒙古人民出版社，1979：100。

〔註213〕〔元末明初〕羅貫中原著，〔清〕毛宗崗評點，毛批三國演義〔M〕，天津：天津古籍出版社，2006。

〔註214〕陳曦鍾，侯忠義，魯玉川輯校，水滸傳會評本〔M〕，北京：北京大學出版社，1981：1175。

的文字即為鬆弛有度的調劑之法。又如張竹坡《金瓶梅回評》，第一回評道：
「……小小一詩句，亦章法井井如此，其文章為何如？」〔註215〕張竹坡此處
以「章法」言詩、言小說。張竹坡《金瓶梅回評》，第五十一回又評道：「此回
章法，全是相映……黃、安二主事來拜，是實；宋御史送禮，是虛，又兩兩相
映也。」〔註216〕張竹坡此處分析了《金瓶梅》著者虛虛實實、兩相映照的寫
作「章法」。又如脂硯齋等《紅樓夢評》，第八回原文：「寶玉因讓『林妹妹吃
茶』。眾人笑說：『林妹妹早走了，還讓呢。』」甲戌眉批：「寫顰兒去，如此章
法，從何設想，奇筆奇文。」〔註217〕第二十三回原文：「嗤的一聲笑了。」庚
辰側評：「好章法。」〔註218〕《紅樓夢》評點者此處所言「章法」，即指能夠
取得絕妙藝術效果的好的寫法。《紅樓夢》「章法」亦為現代學者所關注，如
李劼《〈紅樓夢〉的敘述閱讀：自然無為的太極章法》，即從宏觀的敘事構設
層面，分析了《紅樓夢》自然無為的太極式寫作手法。〔註219〕

　　張世君《明清小說評點章法概念析》，認為「章法」是明清小說評點家從
傳統「小學」引進的結構概念，「起結章法」體現了小說敘事在層次方面的特
點，「遙對章法」與古漢語中的對比修辭相似，是對章法層面的表現，「板定
章法」是指明清小說中一些特有的描寫技巧和語言表達形式構成了小說的程
式化敘事。〔註220〕孫愛玲《千秋苦心遞金針──張竹坡之〈金瓶梅〉結構章
法論》，則分析了張竹坡對《金瓶梅》具體章法的闡釋，如「對照映襯」、「穿
插夾敘」、「伏筆照應」、「化隱為顯」等等。〔註221〕趙炎秋《敘事視野下的金
聖歎「章法」理論研究》，分析了金聖歎批評《水滸傳》、《西廂記》對章法基
本原則的討論，即「整一性」原則、「因果律」原則、「二元對立」原則以及
「人物穿插」原則，認為金聖歎對「章法」問題的討論實際上是對文學作品

〔註215〕〔明〕蘭陵笑笑生著，〔清〕張道深評，王汝梅、李昭恂、於鳳樹校點，張
　　　　竹坡批評金瓶梅〔M〕，濟南：齊魯書社，1991：1。
〔註216〕〔明〕蘭陵笑笑生著，〔清〕張道深評，王汝梅、李昭恂、於鳳樹校點，張
　　　　竹坡批評金瓶梅〔M〕，濟南：齊魯書社，1991：745。
〔註217〕朱一玄，紅樓夢脂評校錄〔M〕，濟南：齊魯書社，1986：151。
〔註218〕朱一玄，紅樓夢脂評校錄〔M〕，濟南：齊魯書社，1986：340。
〔註219〕李劼，《紅樓夢》的敘述閱讀：自然無為的太極章法〔J〕，文藝理論研究，
　　　　1993，（5）：71～76。
〔註220〕張世君，明清小說評點章法概念析〔J〕，暨南學報人文科學與社會科學版，
　　　　2004，（3）：82。
〔註221〕孫愛玲，千秋苦心遞金針──張竹坡之〈金瓶梅〉結構章法論〔J〕，貴陽學
　　　　院學報社會科學版，2009，（1）：83～86。

的結構問題即謀篇布局問題的討論。〔註222〕

　　張會恩《古代文章章法論》言：「章法，就是段法，節法……」〔註223〕文章寫作方法有多種，如層疊法、開合法、斷續法、墊拽法（鋪墊、正拽即正面烘托渲染、反拽即反面烘托渲染）、繁複法（反覆淋漓盡致的表達）、逆順法（反正法）、虛實法、賓主法（輕重法）、張弛法（緩急法）、抑揚法、擒縱法、雙關法、對比法、徵引法、總分法等等。〔註224〕散文的章法指的是作者在寫作中廣泛使用的處置方式、計劃安排，具體即為緊扣文章主題的謀篇布局。〔註225〕蔣長棟《中國韻文章法演進概論》，揭櫫了中國韻文章法演進的基本軌跡，即章法基本模式的成型期為先秦基於賦比興的多樣化章法，繼之以漢魏六朝時期基於體物的直陳型章法，後為唐宋時期基於抒情的橫斷型章法，最後發展到元明清時期基於敘事的綜合型章法。〔註226〕

　　「章法」除用在散文、韻文、小說，還用於詩評、詞評、曲評等等。如侯方域《陳其年詩序》道：「夫為詩之道……章法欲清空一氣。」〔註227〕李白樂府詩有「復疊章法」、「圓章法」、「隨物賦形章法」等三種章法。〔註228〕韓愈「以文為詩」，便是在章法結構上，將原來屬於散文範疇的表現手法、題材等等囊括入詩歌寫作當中。〔註229〕董宇宇《詩法審美與文化心理的關係：章法篇——以盛唐律體為例》，認為詩的章法之美是對價值生成過程中情感自然流轉的呈現。〔註230〕詞體亦講章法，詞體章法研究，在形式層面有四個重要問題。〔註231〕陶然《簡論周邦彥詞的章法》，分析了周邦彥詞獨特的章法結構，

〔註222〕趙炎秋，敘事視野下的金聖歎「章法」理論研究〔J〕，長江學術，2011，（3）：73。

〔註223〕張會恩，古代文章章法論〔J〕，湖南師大社會科學學報，1986，（3）：81。

〔註224〕張會恩，古代文章章法論〔J〕，湖南師大社會科學學報，1986，（3）：84～86。

〔註225〕梁克隆，《莊子》散文章法論略〔J〕，中華女子學院學報，2009，（6）：112。

〔註226〕蔣長棟，中國韻文章法演進概論〔J〕，中國韻文學刊，2002，（2）：54。

〔註227〕王樹林，吉素芬，「感遇為詩」「格調」「章法」及其他——侯方域論詩箚記之二〔J〕，黃淮學刊（社會科學版），1995，11（2）：94～95。

〔註228〕陳海燕，李白樂府詩的章法〔J〕，廣東教育學院學報，2000，（2）：45。

〔註229〕趙彩娟，從字法、句法、章法看韓愈的「以文為詩」〔J〕，前沿，2008，（1）：220。

〔註230〕董宇宇，詩法審美與文化心理的關係：章法篇——以盛堂律體為例〔J〕，文史天地理論月刊，2014，（1）：74。

〔註231〕詳見朱崇才，詞體章法形式及其審美特質〔J〕，文學遺產，2010，（1）：116。

其構成章法的手法在南宋詞人那裡得到承繼和發展。〔註232〕姚梅《詩論八股文「章法理論」對李漁曲論的浸染》，則解析了八股文中的「章法理論」對李漁曲論建構的重要影響，說明「章法」在戲曲中的運用。〔註233〕

　　此外，「章法」又是書法學術語，亦稱「布白」。在書法領域而言，章法有「數字」、「一行」、「數行」及「一幅」，「一字」之「小章法」，「數幅」之「大章法」等章法形式。有「相避相形，相呼相應」，局部服從整體，注重動、靜劃分等章法創作規律。〔註234〕

　　「章法」亦用於繪畫領域，如於寧《中國畫章法與現代構成》，頗為全面地分析了作為「畫之總要」的「章法」。〔註235〕又如王益武《中國山水畫的章法探微》，闡述了中國山水畫章法的演進歷程、美學思想、章法特點、章法法則、章法中的起承轉合、章法變遷等等。〔註236〕

（二）筆法

　　「筆法」，本指寫字作畫用筆的方法，即中國畫特有的用線方法。中國書畫主要都是以線條的形式表現出來，所使用的工具均是尖鋒毛筆，要使書畫的線條點畫富有變化，必先講究執筆，在運筆時掌握輕重、快慢、偏正、曲直等方法，稱為「筆法」。陶賢果《筆法的「常」與「變」——筆法的發展演變規律研究》，即探討了書法藝術中各式筆法的發展演變、創新突破等等。〔註237〕賀文榮《論中國古代書法的筆法傳授譜系與觀念》，指出筆法乃中國古代書法傳授的核心內容，探討了書法中筆法傳授譜系的形成過程及其層累性，論及筆法神授、掘冢求得、密室私授、頓悟等筆法傳授方式。〔註238〕鄭守宗

〔註232〕陶然，簡論周邦彥詞的章法〔J〕，杭州大學學報，1994，24（2）：84～88。

〔註233〕姚梅，詩論八股文「章法理論」對李漁曲論的浸染〔J〕，武漢大學學報（哲學社會科學版），1996，（6）：99～103。

〔註234〕鄒韋華，劉熙載書學技法理論研究〔D〕，南京：南京藝術學院，碩士學位論文，2009：23～29。

〔註235〕於寧，中國畫章法與現代構成〔D〕，福州：福建師範大學，碩士學位論文，2004。

〔註236〕王益武，中國山水畫的章法探微〔D〕，長沙：湖南師範大學，碩士學位論文，2008。

〔註237〕陶賢果，筆法的「常」與「變」——筆法的發展演變規律研究〔D〕，廣州：暨南大學，碩士學位論文，2005。

〔註238〕賀文榮，論中國古代書法的筆法傳授譜系與觀念〔J〕，美術觀察，2008，（8）：101～104。

《筆法與筆觸——筆法在我油畫創作中的借鑒與運用》，分析了伴隨書法而產生的「筆法」在中國畫中所得到的新發展及具體使用。〔註239〕

「筆法」進一步被引至文章學領域，又指寫字、作文的技法或特色。

研究者關於「筆法」的討論是多方面的。如對「春秋筆法」、「小說筆法」、「史傳筆法」、「史家筆法」等的探析，顯示了對文學與歷史相結合的研究視野的重視等。可具體作一管窺。如李洲良《春秋筆法與中國小說敘事學》，認為中國小說敘事學的基本範疇和基本特徵便是「春秋筆法」。受儒家「文以載道」思想的影響，小說亦要反映社會現實，以懲惡揚善為基本旨歸。「春秋筆法」不僅表現在小說作者敘事行文、敘事手法、敘事技巧上，亦表現在宏觀的敘事結構方面。〔註240〕其另一篇文章《論「春秋筆法」在六大古典小說敘事結構中的作用》，則選取小說敘事結構層面的角度，闡明小說著者在進行小說的總體構思時是何以寓「春秋」褒貶之義的。〔註241〕陸躍升《古典小說對「〈春秋〉筆法」的接受及其文本意義的詮釋》，認為中國古典小說如《三國演義》、《水滸傳》、《金瓶梅》、《紅樓夢》、《儒林外史》等均使用了「《春秋》筆法」的敘事手法。〔註242〕張珊《金聖歎文學評點背後的經學思維探析——以評點詞「春秋筆法」為線索》，指出「春秋筆法」被金聖歎在評點過程中經常用到，提示了其對經學著作創作體例的模仿和推崇。〔註243〕張金梅《「〈春秋〉筆法」與中國文論》，例析了「《春秋》筆法」在評點中的運用等。〔註244〕朱姍《〈萬曆野獲編〉的史料來源與「小說家筆法」研究》，以《萬曆野獲編》為個案，分析了其中「虛」、「實」等的敘事筆法，及志人筆法等。〔註245〕吳微《「小說筆法」：林紓古文與「林譯小說」的共振與轉換》，認為古文與小說

〔註239〕鄭守宗，筆法與筆觸——筆法在我油畫創作中的借鑒與運用〔D〕，成都：四川大學，碩士學位論文，2007。

〔註240〕李洲良，春秋筆法與中國小說敘事學〔J〕，文學評論，2008，（6）：38～42。

〔註241〕李洲良，論「春秋筆法」在六大古典小說敘事結構中的作用〔J〕，中華文史論叢，2010，（1）：169。

〔註242〕陸躍升，古典小說對「《春秋》筆法」的接受及其文本意義的詮釋〔J〕，小說評論，2013，（S2）：64～69。

〔註243〕張珊，金聖歎文學評點背後的經學思維探析——以評點詞「春秋筆法」為線索〔J〕，明清小說研究，2014，（2）：54～64。

〔註244〕張金梅，「《春秋》筆法」與中國文論〔D〕，成都：四川大學，博士學位論文，2007。

〔註245〕朱姍，《萬曆野獲編》的史料來源與「小說家筆法」研究〔D〕，北京：北京大學，碩士研究生學位論文，2013。

在敘事和描寫上同源，在古文寫作中有所謂「小說筆法」〔註246〕。

　　文史本一家，史家筆法在小說中多有運用，反過來史論中也滲透了小說筆法。如曹平《論〈大唐西域記〉的史傳筆法》，指出《大唐西域記》雖是文學性的小說作品，但其在行文中則融入史傳筆法。〔註247〕張金梅《史家筆法作為中國古代小說評點話語的建構》，揭示了中國古代小說評點話語中之所以滲透史家筆法是源於中國古代小說長期被視為正史附庸，或被直呼曰「稗官野史」。文章闡析了中國古代小說評點話語對史家筆法的借鑒主要表現在三個方面。〔註248〕王珂《唐前志人小說所彰顯的史家精神及敘史筆法》，則闡明了唐前志人小說實脫胎於史傳，乃史家之支流，秉承了史家的倫理精神、實錄精神、經世精神和修身精神，創造性地採用了「微言大義」的史家筆法。〔註249〕其他如萬昭瑩、葉玉《通俗史論中的小說筆法──以〈明朝那些事兒〉為例》，以石悅《明朝那些事兒》為中心，兼及其他通俗史論，探討了類似的史論著作所使用的詼諧、通俗、心靈成長等小說家筆法。〔註250〕孫峻旭《文學與歷史之間──從春秋筆法說起》，以「春秋筆法」為例，為文學與歷史的融通提供了可據性材料。〔註251〕

　　明清小說評點即借用了文章領域的「筆法」範疇，以及「筆法」範疇所包括的「斡旋」、「轉筆」等等。在明清小說評點中，對「筆法」的討論為數眾夥。茲舉例如下。

　　如毛宗崗《三國志演義回評》，第三十一回評道：「此回有伏筆，有補筆，有轉筆，有換筆。如袁氏譚、尚相爭，尚在後面，而在郭圖口中先伏一筆……此伏筆之法也。黃星垂象本桓帝時事，而於此方補一筆……此補筆之法也。袁紹兵敗心灰，正議後嗣，忽因二子一甥來助，復與曹操相持，是忽轉一筆……

〔註246〕吳微，「小說筆法」：林紓古文與「林譯小說」的共振與轉換〔J〕，明清小說研究，2002，（3）：112。

〔註247〕曹平，論《大唐西域記》的史傳筆法〔D〕，烏魯木齊：新疆師範大學，碩士學位論文，2013。

〔註248〕詳見張金梅，史家筆法作為中國古代小說評點話語的建構〔J〕，集美大學學報（哲學社會科學版），2012，15（2）：89～94。

〔註249〕王珂，唐前志人小說所彰顯的史家精神及敘史筆法〔D〕，長沙：湖南師範大學，碩士學位論文，2011。

〔註250〕萬昭瑩，葉玉，通俗史論中的小說筆法──以《明朝那些事兒》為例〔J〕，傳奇‧傳記文學選刊（理論研究），2011，（3）：25～26，29。

〔註251〕孫峻旭，文學與歷史之間──從春秋筆法說起〔D〕，曲阜：曲阜師範大學，碩士學位論文，2006。

此轉筆之法也……至劉備之敗，則用實寫；龔都之死，卻用虛寫，又換一樣筆法。此換筆之法也……」〔註252〕「伏筆」為後文敘述之事先在前文逗漏出一點痕跡。「補筆」為將本在他處發生的事情補在所敘之處。「轉筆」為事情本來要朝著一個方向發展卻使之轉向另一個方向。「換筆」為不同筆法之間的轉換。毛宗崗用《三國演義》中具體的情節事例分別闡明了「伏筆」、「補筆」、「轉筆」、「換筆」等四種不同的筆法。又如《三國演義》第三十四回，毛宗崗評道：「……敘曹丕於入冀州之時，是追敘已往；此敘劉禪於屯新野之日，是現敘目前，又是一樣筆敘法。」〔註253〕此處，毛宗崗分析《三國演義》著者在行文中記敘相似人物事件時所採用筆法的不同與變化。又第三十五回，毛宗崗評道：「……龐統二字，在童之口中輕輕逗出，而玄德卻不知此人之即為鳳雛；元直二字，在水鏡夜間輕輕逗出，而玄德卻不知此人之即為單福。隱隱躍躍，如簾內美人，不露全身，只露半面，令人心神恍惚，猜測不定。至於諸葛亮三字，通篇更不一露，又如隔牆聞環珮聲，並半面亦不得見。純用虛筆，真絕世妙文！」〔註254〕毛宗崗闡釋了《三國演義》中「虛筆」筆法的使用。即不直白、暴露地道出人物事件，而是通過他人、他事隱隱寫去，令人難睹全貌，使得讀者對文中所要有意遮蔽的人物事件更有興致，小說文本中的神秘感帶給了讀者意欲瞭解、發見的閱讀衝動，而也將要重點記敘的人物事件以更微妙、特殊的方式特別突出強調出來。在第三十六回，毛宗崗又評道：「此回以孔明為主，而單福其賓也，即龐統亦其賓也。水鏡雙薦伏龍、鳳雛，而單福專薦伏龍，帶言鳳雛。於孔明則詳之，於龐統則略之，是又有賓主之別焉。蓋主為重，則賓為輕……注意在正筆，而旁筆皆在所省耳。」〔註255〕此段評語，毛宗崗用到文章領域的「賓主」概念，闡發了筆法中的「正筆」、「旁筆」等寫法。「主」為重，「賓」為輕；「主」詳寫，「賓」略寫。「正筆」敘「主」，「旁筆」敘「賓」。又如第三十九回，毛宗崗評道：「前徐庶在玄德面前誇獎孔明，是正筆、緊筆；今在曹操面前誇獎孔明，是旁筆、閒筆。然無旁

〔註252〕〔元末明初〕羅貫中原著，〔清〕毛宗崗評點，毛批三國演義〔M〕，天津：
　　　　天津古籍出版社，2006：227。
〔註253〕〔元末明初〕羅貫中原著，〔清〕毛宗崗評點，毛批三國演義〔M〕，天津：
　　　　天津古籍出版社，2006：250。
〔註254〕〔元末明初〕羅貫中原著，〔清〕毛宗崗評點，毛批三國演義〔M〕，天津：
　　　　天津古籍出版社，2006：257。
〔註255〕〔元末明初〕羅貫中原著，〔清〕毛宗崗評點，毛批三國演義〔M〕，天津：
　　　　天津古籍出版社，2006：264。

筆、閒筆，則不見正筆、緊筆之妙。不但孔明一邊愈加渲染，又使徐庶一邊亦不冷落，真敘事妙品。」〔註256〕毛宗崗在此段評點文字中，分析了小說敘事過程中所使用的「正筆」、「緊筆」、「旁筆」、「閒筆」，以及上述筆法之間的相互關係、相互作用等。「旁筆」、「閒筆」與「正筆」、「緊筆」相互配合，且「旁筆」、「閒筆」對「正筆」、「緊筆」起到襯托作用。毛宗崗又在《三國演義》第四十回評言：「前自三顧草廬之後，便當接火燒博望一篇，卻夾敘孫權殺黃祖，劉琦屯江夏以間之……蓋幾處同時之事，不得詳卻一處，略卻數處也……尤妙在敘孔融處補敘禰衡往事，敘荊州處詳敘王粲生平：偏能於極忙中敘此閒筆。」〔註257〕毛宗崗用《三國演義》中的具體事例分析說明了小說敘事忙中有閒、張弛有道的筆法，在極忙的敘事過程中插入閒筆，便使得故事本身不是維持在一個持續緊張的狀態，而多了閒情逸致，就讀者的閱讀體驗而言，也從緊繃的心弦，轉向一個相對輕鬆愉悅的閱讀狀態。第六十二回，毛宗崗在此回評道：「有以閒筆為伏筆者：正當干戈爭鬥之時，忽有一紫虛上人，如古木寒鴉，蒼岩怪石，此極忙中之閒筆也。乃涪關之役，龐統未死，孔明未來，而紫虛早有『一鳳墜地，一龍昇天』之語，則已為後文伏筆也。與雲長在鎮國寺中見普淨和尚，玄德在南漳莊上見水鏡先生一樣筆墨。」毛宗崗在此回又評：「文有正筆，有奇筆：如玄德之殺楊高，士元之取涪關……皆以次而及者也，正筆也；如黃忠之救魏延，玄德之入敵寨……皆突如其來者也，奇筆也。正筆發明在前，奇筆推原在後；正筆極其次第，奇筆極其突兀，可謂敘事妙品。」〔註258〕在第一段評論中，毛宗崗敘及了兩種筆法，即「閒筆」和「伏筆」，且極忙之文中所看似不經意而插入的「閒筆」往往是為後文埋下的重要「伏筆」，故「閒筆」和「伏筆」這兩種筆法既相互獨立，又有著千絲萬縷的關聯。在第二段評論中，毛宗崗以具體事例分析了「正筆」和「奇筆」這兩種筆法，認為按照一定規則次第敘來，基本不脫出閱讀者經驗範圍之內、預料所及之中的，可謂為「正筆」，而那些超出閱讀者的閱讀期待，是閱讀者始料未及的，給人以突如其來之感的敘述，則可謂為「奇

〔註256〕〔元末明初〕羅貫中原著，〔清〕毛宗崗評點，毛批三國演義〔M〕，天津：天津古籍出版社，2006：287。

〔註257〕〔元末明初〕羅貫中原著，〔清〕毛宗崗評點，毛批三國演義〔M〕，天津：天津古籍出版社，2006：295。

〔註258〕〔元末明初〕羅貫中原著，〔清〕毛宗崗評點，毛批三國演義〔M〕，天津：天津古籍出版社，2006：461。

筆」，「正筆」與「奇筆」的相互配合，才是理想的敘事方式，方可使讀者獲得良好的閱讀體驗。

金聖歎在評點《水滸傳》的過程中，亦對《水滸傳》著者所用筆法進行了細緻分析，如其在《水滸傳回評》第六回評道：「此回多用奇忿筆法。如林沖娘子受辱，本應林沖氣忿，他人勸回；今偏倒將魯達寫得聲勢，反用林沖來勸：一也。閱武坊賣刀，大漢自說寶刀，林沖魯達自說閒話；大漢又說可惜寶刀，林沖魯達只顧說閒話。此時譬如兩峰對插，抗不相下，後忽突然合筍。雖驚蛇脫兔，無以為喻：二也……」〔註 259〕《水滸傳》著者行文極出人意料，如林沖娘子受辱，讀者意料之中的是林沖氣憤，被他人勸回，而不料《水滸傳》著者神來之筆寫成魯智深氣憤，反成林沖勸魯智深等等。在上引評點中，金聖歎即分析了《水滸傳》第六回中的奇忿筆法，金聖歎所言筆法之奇，主要是指《水滸傳》著者在行文敘事的過程中不是風平浪靜、一馬平川，而是跌宕起伏，一波未平、一波又起，在敘述某個看似簡單的事件時，插入讓人意想不到的情節，不按常規出牌，不是遵循大眾化思維，而是從新奇的角度切入，採用出人意外的敘事方式，文筆如盤山之道極盡曲折，令人目不暇接，拍案叫絕，大呼暢快。

《紅樓夢》中所用筆法亦頗豐富。如《紅樓夢》第八十回，戚序回前評：「敘桂花妒，用實筆。敘孫家惡，用虛筆。敘寶玉臥病，是省筆。敘寶玉燒香，是停筆。」〔註 260〕評點者即點出了《紅樓夢》中所使用到的「實筆」、「虛筆」、「省筆」、「停筆」等筆法。又如王希廉《紅樓夢總評》：「《紅樓夢》一書，有正筆，有反筆，有襯筆，有借筆，有明筆，有暗筆，有先伏筆，有照應筆，有著色筆，有淡描筆：各樣筆法，無所不備。」〔註 261〕王希廉指出了《紅樓夢》中使用的「正筆」、「反筆」、「襯筆」、「借筆」、「明筆」、「暗筆」、「先伏筆」、「照應筆」、「著色筆」、「淡描筆」等各種筆法，說明了《紅樓夢》所含筆法的豐富多樣、無所不備。又如哈斯寶《〈新譯紅樓夢〉回批》：「文章必有餘味未盡才可謂妙。瀟湘一事，業已煙滅灰飛，還定要掀起餘波，先寫翠竹青蔥，繼寫如聞哭聲，更寫寶玉一副神態，便勾動人心，猶如自己也置

〔註 259〕陳曦鍾，侯忠義，魯玉川輯校，水滸傳會評本〔M〕，北京：北京大學出版社，1981：158。

〔註 260〕朱一玄，紅樓夢脂評校錄〔M〕，濟南：齊魯書社，1986：561。

〔註 261〕馮其庸纂校訂定，陳其欣助纂，八家評批紅樓夢〔M〕，北京：文化藝術出版社，1991：3～4。

身園中。看作者筆法究竟如何！」〔註262〕《紅樓夢》著者將業已敘完之事重掀餘波，令讀者意猶未盡。在評點中，哈斯寶便揭櫫了《紅樓夢》著者這種敘事必留有餘味的奇妙筆法，即所敘之事，不是敘畢即止，而是餘波迭起，餘音繞梁，三日不絕。

（三）讀法

「讀法」指誦讀文章的方法。明清小說讀法受文章讀法影響，形成了與閱讀文章類似的閱讀法則。張永葳《「看小說如看一篇長文字」——明清小說讀法對文章讀法的依循》，論及明清小說是對宋元以來為科舉而設置的文章讀法的模仿，把小說當文章讀的風氣從明代末年開始形成，在此風氣浸染下，明清小說讀法便益趨文章化。明清小說讀法的主要內容，包括把小說作為一篇文章來理解其大意，如審視一篇文章來剖解小說的結構脈絡、敘事層次、修辭行文等等。〔註263〕王永健《明清小說「讀法」芻論》，以馮鎮巒《讀聊齋雜說》、張竹坡《批評第一奇書金瓶梅讀法》、蔡元放《東周列國志讀法》、金聖歎《讀第五才子書法》、毛宗崗《讀三國志法》、哈斯寶《新譯紅樓夢讀法》、蔡元放《水滸後傳讀法》等為例，頗細緻地分析了明清小說「讀法」的寫法和特點。〔註264〕

金聖歎《水滸傳序三》言：「夫固以為《水滸》之文精嚴，讀之即得讀一切書之法也。汝真能善得此法，而明年經業既畢，便以之遍讀天下之書，其易果如破竹也者，夫而後歎施耐庵《水滸傳》真為文章之總持。」〔註265〕金聖歎將《水滸傳》視為文章來讀。不僅如此，金聖歎還認為，《水滸傳》堪為文章「總持」，讀懂《水滸傳》之行文，讀其他書便勢如破竹。金聖歎《讀第五才子書法》道：「大凡讀書，先要曉得作書之人，是何心胸。如《史記》，須是太史公一肚皮宿怨發揮出來……一部《史記》，只是緩急人所時有六個字，是他一生著書旨意。《水滸傳》卻不然。施耐庵本無一肚皮宿怨要發揮出來，只是飽暖無事，又值心閒，不免伸紙弄筆，尋個題目，寫出自家許多錦心繡

〔註262〕〔清·內蒙古〕哈斯寶著，亦鄰真譯，《新譯紅樓夢》回批〔M〕，呼和浩特：內蒙古人民出版社，1979：121。

〔註263〕張永葳，「看小說如看一篇長文字」——明清小說讀法對文章讀法的依循〔J〕，海南大學學報人文社會科學版，2012，30（3）：30～35。

〔註264〕王永健，明清小說「讀法」芻論〔J〕，明清小說研究，1985，（2）：373～383。

〔註265〕陳曦鍾，侯忠義，魯玉川輯校，水滸傳會評本〔M〕，北京：北京大學出版社，1981：11。

口……」〔註266〕又言:「……《史記》是以文運事,《水滸》是因文生事。以文運事,是先有事生成如此如此,卻要算計出一篇文字來……因文生事即不然,只是順著筆性去,削高補低都由我。」〔註267〕金聖歎指出,讀小說與讀文章同,應明曉作書人作書之目的緣由、心境旨趣。並將《水滸傳》與《史記》作者的寫作心境與寫作方法作比,得出了不同的結論。即《史記》著者心有「宿怨」,作書旨在「緩急人所時有」,寫作方法是「以文運事」;《水滸傳》著者「飽暖無事」,「心閒」「弄筆」,寫作方法是「因文生事」。金聖歎還將《水滸傳》作八股文章來讀,總結出諸多文法,如「倒插法」、「夾敘法」、「草蛇灰線法」、「大落墨法」、「綿針泥刺法」、「背面鋪粉法」、「弄引法」、「獺尾法」、「正犯法」、「略犯法」、「極不省法」、「極省法」、「欲合故縱法」、「橫雲斷山法」、「鸞膠續弦法」等等。

又如劉一明對《西遊記》「讀法」的揭櫫。劉一明《西遊原旨讀法》言:「《西遊》,一案有一案之意,一回有一回之意,一句有一句之意,一字有一字之意。真人言不空發,字不虛下。讀者須要行行著意,句句留心,一字不可輕放過去。知此者,方可讀《西遊》。」〔註268〕又道:「讀《西遊》,首先在正文上用工夫,翻來覆去,極力參悟,不到嘗出滋味實有會心處,不肯休歇。如有所會,再看他人注解,擴充自己識見,則他人所解之臧否可辨,而我所悟之是非亦可知。如此用功,久必深造自得。然亦不可自以為是,尤當求師印證,方能真知灼見,不至有似是而非之差。」〔註269〕《西遊記》雖是「稗官小說」,但堪比文章,意蘊深厚,案有案意,回有回意,段有段意,行有行意,句有句意,字有字意。劉一明認為讀者對待「稗官小說」《西遊記》應有一個嚴肅認真的閱讀態度,語語留心,句句在意,甚至連小說中的每一個字都不可放過。這相較於文章閱讀而言,實是有過之而無不及。劉一明還指出,讀者在閱讀小說《西遊記》的過程中,應在正文上下工夫,對正文反覆參悟,當對正文有所領悟之後,再結合他人注解重新體會,還要及時向良師請教。劉一明認為,讀者應秉持探尋真知的理念和想法,用功再四,以獲取智識上的進步。

〔註266〕陳曦鍾,侯忠義,魯玉川輯校,水滸傳會評本〔M〕,北京:北京大學出版社,1981:15。
〔註267〕陳曦鍾,侯忠義,魯玉川輯校,水滸傳會評本〔M〕,北京:北京大學出版社,1981:16。
〔註268〕〔清〕劉一明,西遊原旨〔M〕,北京:中國致公出版社,2015:13。
〔註269〕〔清〕劉一明,西遊原旨〔M〕,北京:中國致公出版社,2015:19。

此外，還有如張新之《紅樓夢讀法》：「《石頭記》乃演性理之書，祖《大學》而宗《中庸》……」〔註270〕又言：「是書大意闡發《學》、《庸》，以《周易》演消長，以《國風》正貞淫，以《春秋》示予奪，《禮經》、《樂記》融會其中……《周易》、《學》、《庸》是正傳，《石頭記》竊眾書而敷衍之是奇傳，故云：『倩誰記去作奇傳。』」〔註271〕小說之所以可作為文章來讀，是因為其與文章具有內在機理神旨的相通性。張新之認為，《紅樓夢》作為「奇傳」，乃「正傳」之補，其所闡發的是《大學》、《中庸》、《周易》、《國風》、《春秋》、《禮經》、《樂記》等書的精義神髓。

明清小說評點者在小說評點中自覺或不自覺地將文章評點範疇融入進去，這與明清小說評點者的自身素養關聯密切。清人周春在《紅樓夢評例》中言：「……時從盧抱經學士借《十三經注疏考證》，約望後即寄還，緩急於看考證……」〔註272〕明清小說評點者在平素養成的讀文、評文的習慣已融入進自身血液，而評點明清小說只是其厚積而薄發。

第三節　用詞生動形象

一、書法、繪畫範疇

明清小說評點用詞生動、形象的源泉之一是對書法、繪畫範疇的借鑒和使用。張世君《明清小說評點山水畫概念析》，頗為全面地指出了明清小說評點中所使用的山水畫概念。張世君認為，明清小說評點家在評點具體的小說作品時融入了欣賞畫作的眼光和藝術視角，自覺或不自覺地採用了山水畫的技法和鑒賞方式來評點小說文本。明清小說評點家的思維方式呈現出明顯的讀畫的思維傾向。張世君一一分析了明清小說評點中所使用的與繪畫有關的評點術語，如作為中國畫基本技法的勾法「白描」，在小說之中的白描手法，便是用有力度的簡單勾勒以傳人物之神。畫山石的技法「皴法」、「皴染」，在明清小說評點中有「千皴萬染」之說，指的是小說行文敘事的簡略輕巧。畫

〔註270〕馮其庸纂校訂定，陳其欣助纂，八家評批紅樓夢〔M〕，北京：文化藝術出版社，1991：73。

〔註271〕馮其庸纂校訂定，陳其欣助纂，八家評批紅樓夢〔M〕，北京：文化藝術出版社，1991：73。

〔註272〕朱一玄編，紅樓夢資料彙編〔M〕，天津：南開大學出版社，2012：566。

山石的技法「擦法」對應小說評點中的「重作輕抹法」，指小說中一個情節到另一個情節不露痕跡的轉換。以及山水畫中的「點法」和「攢三聚五」的技法等等。〔註273〕白嵐玲《從「詩中有畫」到「稗中有畫」——脂硯齋小說評點的新變》，分析了脂硯齋評點《紅樓夢》援引畫論的主觀因素，即對畫作的精通與癡迷。並援引材料進行印證，說明了「以畫評稗」的評點者個人主觀決定性因素。論者又從《紅樓夢》文本本身與繪畫的緊切關係分析了脂硯齋能夠以援引畫論術語評點《紅樓夢》的客觀依據。《紅樓夢》著者曹雪芹本身即擅詩畫，也將與畫有關的故事情節、道具場景融進《紅樓夢》文本當中，如秦可卿臥室的《海棠春睡圖》，探春房中的《煙雨圖》，賈母屋裏的《雙豔圖》，黛玉房間的《鬥寒圖》等等。此外，《紅樓夢》中諸多故事情境，均詩情畫意、情景交融，所摹人、事、景本就構成一幅幅美麗畫作，如黛玉葬花、寶釵撲蝶、寶琴立雪、湘雲醉臥等等，均被畫家廣為摹繪。文章最後闡析了脂硯齋「以畫評說」的理論核心，即繪畫理論與小說的融通。先前小說評點家如金聖歎等已積累了豐富的援畫入稗的經驗，從一定意義上說，脂硯齋對《紅樓夢》的評點亦是站在前人的肩膀上。〔註274〕

明清小說評點對畫論的借鑒與明清小說本身與繪畫的融通緊密相關。以《紅樓夢》而言，如上舉白嵐玲《從「詩中有畫」到「稗中有畫」——脂硯齋小說評點的新變》一文所述，《紅樓夢》畫意濃重的主觀原因便是曹雪芹對畫作的熱愛和熟稔。李放《八旗畫錄》即載：「曹霑，號雪芹，宜從孫。《繪境軒讀畫記》云：『工詩畫。為荔軒通政文孫。所著《紅樓夢》小說，稱古今平話第一……』」〔註275〕而相應的，小說評者亦具有頗高的繪畫藝術修養，懂畫知畫，故在評點小說的過程中，能夠想到繪畫，對畫與小說的類比聯想信手由之，研究者所論及的脂硯齋如此，又如戚蓼生《石頭記序》亦道：「然吾謂作者有兩意，讀者當具一心。譬之繪事，石有三面，佳處不過一峰；路看兩蹊，幽處不逾一樹。必得是意，以讀是書，乃能得作者微旨，如捉水月，只捉清輝；如天雨花，但聞香氣：庶得此書弦外音乎？」〔註276〕戚蓼生認為，讀

〔註273〕張世君，明清小說評點山水畫概念析〔J〕，學術研究，2002，（1）：113～117。

〔註274〕白嵐玲，從「詩中有畫」到「稗中有畫」——脂硯齋小說評點的新變〔J〕，紅樓夢學刊，2014，第2輯：34～49。

〔註275〕朱一玄編，明清小說資料彙編（下）〔M〕，天津：南開大學出版社，2012：583。

〔註276〕丁錫根編著，中國歷代小說序跋集（中）〔M〕，北京：人民文學出版社，1996：1151。

者閱讀《石頭記》，不論作者是何用意，試圖傳達給讀者什麼，從讀者自身而言，應具「一心」，即從自我本心出發，通過一己之心感受、理解、體悟小說文本，形成自己獨特的閱讀體驗，取得屬於自身獨有的閱讀效果。戚蓼生生動地將此比喻為畫家的繪畫，畫家在畫石頭的時候，雖能照顧到石頭的三個面，但重點突出的不過其中一峰。同理，讀者亦是，在閱讀小說文本的過程中不可貪心汲汲於獲得各方各面的精妙，求面面俱到的理解，而如若能獲得《石頭記》中某一方面的精義，對之有獨到的體悟，便可謂得作者微旨，獲此書弦外之音了。

（一）白描

白描本屬中國畫技法名，指單用墨色線條勾描形象而不藻修飾與渲染烘托的畫法。白描的特點有簡潔樸素、不施色彩、概括明確等。中國古代有許多白描大師，如吳道子、趙孟頫、顧愷之、李公麟等均在白描方面成就卓著。白描技法多用於人物畫和花鳥畫。宋元時期也有畫家採用白描手法來描繪花鳥，如北宋仲仁、南宋楊无咎、元代趙孟堅、張守正等等。曾景祥《論白描的藝術特點》，即深入分析了白描這一獨立畫科的藝術特點。白描樸實單純，講求神韻，不在刻畫得科學精準，而在於突出表現對象的精氣神，做到構圖氣韻生動。〔註277〕許勇《淺論「中國白描畫」藝術》，對白描進行釋義、闡析、溯源，總結出中國白描畫的藝術特點，白描具有「書法性」，講究運筆與迴旋的動作之美，中國白描畫融進了中國傳統文化的精髓，講求以氣運線，意在筆先，以情達意。〔註278〕「白描」作為一種繪畫技法，與文學門類直接的相遇可以說是在「插圖」這一特殊的形式中實現的。王春陽《白描技法在明清戲曲刊本插圖中的淵源及藝術流變》，即指出明清戲曲刊本插圖主要是以白描繪成，追溯了明清戲曲刊本插圖中白描技法的源流，分析了明清戲曲刊本插圖白描技法的藝術流變，白描技法下所寫就的靈動豐富的人物形象、景物環境與小說文本相得益彰，有利於小說在民眾之中的傳播和風靡。〔註279〕

〔註277〕曾景祥，論白描的藝術特點〔J〕，株洲工學院學報，2002，16（2）：68～69。
〔註278〕許勇，淺論「中國白描畫」藝術〔D〕，北京：中央美術學院，碩士學位論文，2011。
〔註279〕王春陽，白描技法在明清戲曲刊本插圖中的淵源及藝術流變〔J〕，東北師大學報（哲學社會科學版），2013，（3）：150～153。

　　繪畫上的白描技巧移植到文學領域中來，便指文學創作中的一種表現手法，即用最簡練的筆墨，不加烘托渲染，描畫出鮮明生動的人物形象。白描，要用最精練文字，粗線條勾勒出人物的精神面貌。白描對作者素質有頗高要求，作者應盡可能準確把握所要表現人物最主要的精神面貌和性格特徵，不加渲染和鋪陳，而使用傳神之筆進行點化。白描不寫背景，只突出主體，對所要表現人物著力描摹。作者往往通過抓住人物特徵的肖像描寫或人物與人物之間的簡短對話，將所要表現人物的主要性格特點勾勒出來，如《三國演義》對趙雲形貌的描寫：「忽馬草坡左側轉出一個少年將軍，飛馬挺槍，直取文醜。公孫瓚扒上坡去，看那少年：生得身長八尺，濃眉大眼，闊面重頤，威風凜凜，與文醜大戰五六十合，勝負未分。」〔註280〕作者用公孫瓚之眼，將趙雲英武俊朗的少年將軍風姿表現得淋漓盡致。白描不求細緻刻畫，只求傳神，作者在表現人物時，並非做細緻刻畫和修飾性描寫，而是將主要精力用在描寫人物的主要特徵上，往往用幾句簡短的話，幾個簡單的動作，就能畫龍點睛地揭示出人物主體的精神世界，可謂以少勝多，以形傳神。白描沒有華麗鋪排的詞藻，而是用素淨樸實的語言，直抒胸臆，表達作者的肺腑之情，白描絕不是無病呻吟，湊字謅句，而是彌漫著真淳熾烈的感情，以此引起讀者情感上的回應和共鳴。

　　研究者對白描多有論析。如林文山《白描手法在〈金瓶梅〉〈紅樓夢〉中的運用》，分析《金瓶梅》與《紅樓夢》中的白描手法，並認為《紅樓夢》中有些白描手法是《金瓶梅》著者所尚未掌握的。〔註281〕蔡效全《論〈金瓶梅〉的白描藝術》，總結了《金瓶梅》運用白描的審美藝術特點，即把握住典型人物及典型環境的最根本特徵是先決條件，選取最符合所要表現人物身份特點的語言，並要結合特定環境和情境，表現具體環境中特定人物形象及其特點。〔註282〕譚光輝《「白描」源流論——從張竹坡對〈金瓶梅〉評點看「白描」內涵的演變》，指出第一個將「白描」作為文學批評術語大量運用在小說評點當中的是張竹坡。譚光輝認為如「描神」、「追魂取影」、「點睛之筆」、「勾挑」等評點語，均可看作與「白描」相似的用語。譚光輝還指出張竹坡所言之白描

〔註280〕〔元末明初〕羅貫中原著，〔清〕毛宗崗評點，毛批三國演義〔M〕，天津：天津古籍出版社，2006：46。

〔註281〕林文山，白描手法在《金瓶梅》《紅樓夢》中的運用〔J〕，河北學刊，1986，（4）：71～73。

〔註282〕蔡效全，論《金瓶梅》的白描藝術〔J〕，齊魯學刊，1991，（6）：101～106。

與今人所認為的白描有所不同，即張竹坡所言之「白描」「偏重敘述」、重單一簡省。〔註283〕楊志平《「白描」作為畫論術語向小說文法術語的轉變》，追溯了「白描」作為繪畫藝術手法的歷史源流，「白描」較早在散文、散曲的文學批評領域使用，之後才用於小說、詩詞等領域的批評當中。在小說領域較早使用「白描」的是《新刻繡像批評金瓶梅》和《貫華堂第五才子書水滸傳》。文章認為「白描」在小說批評領域，主要是以盡可能簡短的文字直截了當地寫小說人物的言語、神情、動作，其所要呈現的，是一瞬時的動態鮮活之感、日常靈動之狀、寫實寫意之美、追魂攝魄之力。此外，「白描」並非主觀情感投射，而是事物自然而然的客觀自我呈現，所以在閱者看來便顯得含蓄有致、幽深微渺。就「白描」與「傳神」的關係而言，「傳神」是「白描」所能達到的藝術效果而並非可以說「白描」包含「傳神」在內。相較於繪畫領域「白描」對環境的描摹，小說批評領域的「白描」主要指表現人物而言。且「白描」主要運用於世情小說、寫實小說的類型範圍。從時間進程來講，「白描」在清代方被人們認同且產生影響，而其在廣泛領域發揮更深刻影響則要推到晚近。〔註284〕查桂義《從歸有光之「白描」到方苞之「白描」》，便談及散文中的「白描」手法。認為歸有光的「白描」是一種客觀的運用，客觀描寫細節，以真實細節本身來傳達情感，表現人物形象。方苞的「白描」，情景交融，淋漓盡致，熾烈的情感直入肺腑。承繼「白描」手法的散文家還有劉大櫆、姚鼐、梅曾亮、吳敏樹等等。〔註285〕彭紅《論明清章回小說對〈史記〉白描手法的繼承與發展》，認為明清小說中所使用的白描手法是對《史記》當中白描手法的借鑒、繼承和發展，由此，史傳筆法方發展到文學筆法，取得了小說創作的成功。〔註286〕另有江海鷹《史傳理論——「白描」的另一種淵源》，從史傳理論溯源到白描手法的史家淵源，提供了另一種闡釋。〔註287〕張金明《論

〔註283〕譚光輝，「白描」源流論——從張竹坡對《金瓶梅》評點看「白描」內涵的演變〔J〕，張家口師專學報，2003，19（4）：7～10。

〔註284〕楊志平，「白描」作為畫論術語向小說文法術語的轉變〔J〕，江西師範大學學報（哲學社會科學版），2012，45（4）：59～66。

〔註285〕查桂義，從歸有光之「白描」到方苞之「白描」〔J〕，齊齊哈爾師範高等專科學校學報，2008，（3）：67～68。

〔註286〕彭紅，論明清章回小說對《史記》白描手法的繼承和發展〔J〕，作家雜誌，2009，（3）：126。

〔註287〕江海鷹，史傳理論——「白描」的另一種淵源〔J〕，華南師範大學學報社會科學版，2001，（3）：56～60。

查慎行的白描詩學觀及其在詩歌創作中的運用》，則分析了白描手法在查慎行詩歌中的運用，詩寫性情、隨手拈來，不堆砌典故、自然天成，妙筆玲瓏、生動樸實，可謂出神入化。〔註288〕

　　明清小說評點中對「白描」有諸多指涉。如《新刻繡像批評金瓶梅評語》，第五十二回，原文：「伯爵才待言語，被希大把口接了。」崇眉：「又白描一曲，情景宛然。」〔註289〕評點者指出，透過《金瓶梅》中兩個人物應伯爵和謝希大的言談舉止，著者用簡短幾字，便把謝希大的性格特點入木三分地描畫出來。張竹坡《金瓶梅回評》，第一回評道：「描寫伯爵處純是白描，追魂攝影之筆。如向希大說何如我說，又如伸舌頭道爺，儼然紙上活跳出來，如聞其聲，如見其形。」〔註290〕張竹坡亦揭示了《金瓶梅》著者描寫人物高超的白描之筆，具有勾魂攝魄的藝術魅力。又有如臥閒草堂本《儒林外史回評》，第二十三回評道：「牛浦未嘗不同安東董老爺相與，後來至安東時，董公未嘗不迎之致敬以有禮。然在子午宮會道士時，則未嘗一至安東與董公相晉接也。刮刮而談，謅出許多話說。書中之道士不知是謊，書外之閱者深知其謊。行文之妙，真李龍眠白描手也！」〔註291〕李龍眠即為北宋時期著名畫家李公麟，號龍眠居士，時推為「宋畫中第一人」。李龍眠對人物、釋道、鞍馬、山水、花鳥等無一不精，其構圖，線條勁拔兼具粗細濃淡，自然靈動而又穩秀堅實，整個畫面在富於變化的同時精練簡潔，真實可感而又具有文人雅致，所作圖畫皆不著色，被譽為「白描大師」。《儒林外史》評點者將吳敬梓的小說行文和李公麟的作畫技藝進行恰切對比，小說與畫作二者相得益彰，將「白描」進行了無聲勝有聲地闡演。

　　明清小說評點中運用與畫有關的評點語處為數眾夥。如無名氏《官場現形記序》：「老友南亭亭長乃近有《官場現形記》之著，如頰上之添毫，纖悉畢露，如地獄之變相，醜態百出，每出一紙，見者拍案叫絕。」〔註292〕又如陳其泰《紅樓夢回評》，第七十三回評道：「迎春雖懦，而平素以安靜為主，遇事

〔註288〕張金明，論查慎行的白描詩學觀及其在詩歌創作中的運用〔J〕，燕山大學學報（哲學社會科學版），2012，13（3）：91～95。

〔註289〕秦修容整理，金瓶梅：會評會校本〔M〕，北京：中華書局，1998：704。

〔註290〕〔明〕蘭陵笑笑生著，〔清〕張道深評，王汝梅、李昭恂、於鳳樹校點，張竹坡批評金瓶梅〔M〕，濟南：齊魯書社，1991：5。

〔註291〕〔清〕吳敬梓著，李漢秋輯校，儒林外史匯校匯評〔M〕，上海：上海古籍出版社，2010：272。

〔註292〕朱一玄編，明清小說資料彙編（下）〔M〕，天津：南開大學出版社，2012：815。

以寬厚為主。又極知大體，不肯發其母之私意，不肯為下人而欺其母，真是大賢大孝。百忙中看《感應篇》，寫迎春頰上三毫，形容妙絕。」〔註293〕上述所舉評點者所使用的「頰上之添毫」、「頰上三毫」等評點語，生動形象，實源於畫作。據載，顧長康畫裴叔則，頰上益三毛。人問其故，顧曰：「裴楷俊朗有識具，正此是其識具。」（《晉書・顧愷之傳》）顧愷之給裴叔則畫像，在其面頰上添了三根鬍鬚。有人問他為何這樣做，顧愷之回答：「裴楷英俊爽朗，有見識，有才具，這三根鬍鬚正是他的見識才具。」看畫的人玩味著他的話，忽然也覺得增加三根鬍鬚之後好像就添了神韻，比沒有時強多了。「頰上添毫」或曰「頰上三毫」，好似畫龍點睛，能夠將所畫人物的神態氣韻表現出來，可謂傳神之筆。將此語用於評點小說的人物描寫，即指小說作者在描摹人物時抓住了人物的神韻，將人物的性格特質傳達出來。如評點者所指出的李伯元《官場現形記》對各色貪官污吏的描摹，《紅樓夢》對賈迎春的表現均如是。

　　在明清小說評點語中，多直接出現帶「畫」字眼。如李贄《西遊記評》，第一回原文：「捉蝨子，咬又掐；理毛衣，剔指甲。」李贄側評：「畫出老猴。」〔註294〕李贄將小說文字喻為作畫線條，將作小說比為作畫，將小說中的形象看似畫作上的樣子。又如第十六回原文：「卻說那和尚把袈裟騙到手，拿在後房燈下，對袈裟號啕痛哭。」李贄側評：「畫盡世上老貪之態。」〔註295〕此處，李贄亦將小說中對人物的描摹比喻為畫家作畫。

　　又如評言「描畫」，如李贄《西遊記評》第二十三回評道：「描畫八戒貪色處妙絕。只三個不要裁，我還從眾計較，便畫出無限不可畫處。」〔註296〕李贄指出，《西遊記》著者描畫八戒好色，不僅畫出可畫之處，還畫出不可畫之處，可謂餘音嫋嫋。又如第四十五回，李贄評道：「描畫祈雨壇場處是大手筆……」〔註297〕第四十七回原文：「……惟陳澄也不磕頭，也不說謝，

〔註293〕〔清〕陳其泰評，劉操南輯，桐花鳳閣評《紅樓夢》輯錄〔M〕，天津：天津人民出版社，1981：212。

〔註294〕〔明〕吳承恩原著，〔明〕李卓吾評點，李卓吾先生批點西遊記〔M〕，天津：天津古籍出版社，2006：4。

〔註295〕〔明〕吳承恩原著，〔明〕李卓吾評點，李卓吾先生批點西遊記〔M〕，天津：天津古籍出版社，2006：123。

〔註296〕〔明〕吳承恩原著，〔明〕李卓吾評點，李卓吾先生批點西遊記〔M〕，天津：天津古籍出版社，2006：181。

〔註297〕〔明〕吳承恩原著，〔明〕李卓吾評點，李卓吾先生批點西遊記〔M〕，天津：天津古籍出版社，2006：352。

只是倚著那屏門痛哭。」李贄側評：「描畫逼真！」〔註298〕第六十五回原文：
「扛的扛，抬的抬。」側評：「好描畫！」〔註299〕第六十六回原文：「翻根
頭，豎蜻蜓……」側評：「好描畫！」〔註300〕以上所引李贄評點語，均評言
「描畫」。

又有「如畫」之評。如李贄《西遊記評》，第四十八回原文：「那呆子撩衣
拽步，走上河邊，雙手舉鈀，盡力一築，只聽撲的一聲，築了九個白跡，手也
振得生疼。」李贄側評：「如畫！」〔註301〕又第九十三回原文：「我公主有請
會親，我公主會親有請。」李贄側評：「如畫！」〔註302〕又如《新刻繡像批評
金瓶梅評語》，第十六回，原文：「坐在椅子上沉吟。」崇夾評道：「如畫。」
〔註303〕正如評點者所評，無論是《西遊記》，抑或是《金瓶梅》，對人物的描
寫均栩栩如生，如畫中人物般活靈活現，讓讀者彷彿能「看」得見。

小說明明是寫出，評點者在閱讀過程中感到小說的文字分明是如同作畫，
便評言「畫出」。如李贄《西遊記評》，第七十回原文：行者把鑼往地下一摜
道：「甚麼『何也何也？』……」李贄側評：「畫出！」〔註304〕從李贄評點語
可見，《西遊記》著者的文字似畫筆，將孫悟空形神畫出。又如《新刻繡像批
評金瓶梅評語》，第三十五回，原文：「（西門慶）睃見白賚光頭帶一頂……恰
如太山遊到嶺的舊羅帽兒。」崇眉評道：「畫出。」〔註305〕評點者認為，《金
瓶梅》著者比喻得恰到好處，靈動活現。又第六十二回，原文：「我說亦發等
請潘道士來看了，看板去罷。」崇夾評道：「畫出癡心。」〔註306〕還有如脂硯

〔註298〕〔明〕吳承恩原著，〔明〕李卓吾評點，李卓吾先生批點西遊記〔M〕，天津：
　　　　天津古籍出版社，2006：367。
〔註299〕〔明〕吳承恩原著，〔明〕李卓吾評點，李卓吾先生批點西遊記〔M〕，天津：
　　　　天津古籍出版社，2006：491。
〔註300〕〔明〕吳承恩原著，〔明〕李卓吾評點，李卓吾先生批點西遊記〔M〕，天津：
　　　　天津古籍出版社，2006：499。
〔註301〕〔明〕吳承恩原著，〔明〕李卓吾評點，李卓吾先生批點西遊記〔M〕，天津：
　　　　天津古籍出版社，2006：374。
〔註302〕〔明〕吳承恩原著，〔明〕李卓吾評點，李卓吾先生批點西遊記〔M〕，天津：
　　　　天津古籍出版社，2006：687。
〔註303〕秦修容整理，金瓶梅：會評會校本〔M〕，北京：中華書局，1998：230。
〔註304〕〔明〕吳承恩原著，〔明〕李卓吾評點，李卓吾先生批點西遊記〔M〕，天津：
　　　　天津古籍出版社，2006：525。
〔註305〕秦修容整理，金瓶梅：會評會校本〔M〕，北京：中華書局，1998：485。
〔註306〕秦修容整理，金瓶梅：會評會校本〔M〕，北京：中華書局，1998：843。

齋等《紅樓夢評》，第三回原文：「忙忙的敘了兩句。」甲戌側評：「畫出心事。」〔註307〕評點者將《紅樓夢》著者對小說人物語言動作所指向的心理描寫的呈現也用「畫出」。

或直接單評一「畫」字。再如李贄《西遊記評》，第二十三回原文：「八戒道：『不用商量，他又不是我的生身父母，幹與不幹，都在於我。』」側評：「畫！」〔註308〕第三十四回原文：「又問拿著孫行者否，小妖叩頭不敢聲言。」側評：「畫！」〔註309〕第六十回原文：「抓耳撓腮，放聲大哭。」李贄側評：「畫！」〔註310〕第九十七回原文：「原來是個做豆腐的，見一個老頭兒燒火，媽媽兒擠漿，那老兒忽的叫聲：『媽媽，寇大官且是有人有財，只是沒壽。』」李贄側評：「畫！《西遊》妙處，專在冷處著精神。如此等處，妙不可言！」〔註311〕等類似之例舉之不盡。上舉李贄《西遊記》評點諸例，均以一「畫」字點評《西遊記》著者用三言兩語的人物語言、動作描寫如作畫一般將小說人物的情態性格特徵躍然紙上。又如《新刻繡像批評金瓶梅評語》，第十二回，原文：「見了西門慶，不動一動兒。」崇夾評曰：「畫。」〔註312〕第十六回，原文：「西門慶與了他個眼色就往下走。」崇夾評道：「畫。」〔註313〕第二十三回，原文：「孫雪娥半日不言語。」崇夾評：「畫。」〔註314〕第二十七回，原文：「那金蓮便搖手兒。」崇夾評言：「畫。」〔註315〕第二十九回，原文：「眼光如醉。」崇夾評曰：「畫。」〔註316〕第三十一回，原文：「睜眼看著金蓮。」崇夾評：「畫。」〔註317〕第三十九回，原文：「踉踉蹌蹌磕了四個頭，往前邊去了。」

〔註307〕朱一玄，紅樓夢脂評校錄〔M〕，濟南：齊魯書社，1986：42。
〔註308〕〔明〕吳承恩原著，〔明〕李卓吾評點，李卓吾先生批點西遊記〔M〕，天津：天津古籍出版社，2006：179。
〔註309〕〔明〕吳承恩原著，〔明〕李卓吾評點，李卓吾先生批點西遊記〔M〕，天津：天津古籍出版社，2006：259。
〔註310〕〔明〕吳承恩原著，〔明〕李卓吾評點，李卓吾先生批點西遊記〔M〕，天津：天津古籍出版社，2006：453。
〔註311〕〔明〕吳承恩原著，〔明〕李卓吾評點，李卓吾先生批點西遊記〔M〕，天津：天津古籍出版社，2006：713。
〔註312〕秦修容整理，金瓶梅：會評會校本〔M〕，北京：中華書局，1998：177。
〔註313〕秦修容整理，金瓶梅：會評會校本〔M〕，北京：中華書局，1998：232。
〔註314〕秦修容整理，金瓶梅：會評會校本〔M〕，北京：中華書局，1998：324。
〔註315〕秦修容整理，金瓶梅：會評會校本〔M〕，北京：中華書局，1998：379。
〔註316〕秦修容整理，金瓶梅：會評會校本〔M〕，北京：中華書局，1998：407。
〔註317〕秦修容整理，金瓶梅：會評會校本〔M〕，北京：中華書局，1998：434。

崇夾評：「畫。」〔註318〕第四十四回，原文：「那桂姐把臉兒苦低著不言語。」崇夾評：「畫。」〔註319〕第六十二回，原文：「因使繡春外邊瞧瞧看關著門不曾。」崇夾評曰：「畫。」〔註320〕第六十四回，原文：「畫童向廂房裏瞧了瞧。」崇夾評道：「畫。」〔註321〕第七十二回，原文：「那如意兒一壁哭著，一壁挽頭髮。」崇夾評道：「畫。」〔註322〕第七十三回，原文：「故意把手放在臉兒上，這點兒，那點兒，羞他。」崇夾評道：「畫。」〔註323〕第九十回，原文：「這春梅把眼瞪一瞪。」崇夾評：「畫。」〔註324〕等等。類似之例舉之不盡。以上所舉諸例，說明明清小說評點者用「畫」作評的頻率之高，亦說明《金瓶梅》著者描摹人物出神入化的畫師般本領。正如《新刻繡像批評金瓶梅評語》第六十三回崇眉所評：「觀此，則畫工出門，人人皆當留心。」〔註325〕評點者將《金瓶梅》著者譬喻為畫工，恰切表明了《金瓶梅》著者摹寫人物之功。

王永軍《明清小說評點敘事的畫學符合及其互文指向》，便分析了明清小說中大量的畫學術語，以西方符號學的相關理論作為切入點，例析了中國古代畫學範疇的「形神」觀與小說評點文本相關指涉的交互，以及作為中國古代畫學技法的「白描」在小說評論領域的運用和意蘊擴充，指出了明清小說評點敘事與畫學互融共生的價值所在。〔註326〕

（二）橫雲斷山

「橫雲斷山」亦顯示了小說評點用語之生動。金聖歎《讀第五才子書法》道：「有橫雲斷山法：如兩打祝家莊後，忽插出解珍解寶爭虎越獄事；又正打大名城時，忽插出截江鬼油裏鰍謀財傾命事等是也。只為文字太長了，便恐累墜，故從半腰間暫時閃出，以間隔之。」〔註327〕毛宗崗《讀三國志法》亦

〔註318〕秦修容整理，金瓶梅：會評會校本〔M〕，北京：中華書局，1998：542。

〔註319〕秦修容整理，金瓶梅：會評會校本〔M〕，北京：中華書局，1998：590。

〔註320〕秦修容整理，金瓶梅：會評會校本〔M〕，北京：中華書局，1998：839。

〔註321〕秦修容整理，金瓶梅：會評會校本〔M〕，北京：中華書局，1998：880。

〔註322〕秦修容整理，金瓶梅：會評會校本〔M〕，北京：中華書局，1998：1008。

〔註323〕秦修容整理，金瓶梅：會評會校本〔M〕，北京：中華書局，1998：1033。

〔註324〕秦修容整理，金瓶梅：會評會校本〔M〕，北京：中華書局，1998：1329。

〔註325〕秦修容整理，金瓶梅：會評會校本〔M〕，北京：中華書局，1998：866。

〔註326〕王永軍，明清小說評點敘事的畫學符號及其互文指向〔J〕，學術界，2014，（1）：165～174。

〔註327〕陳曦鐘，侯忠義，魯玉川輯校，水滸傳會評本〔M〕，北京：北京大學出版社，1981：22。

有類似說法：「《三國》一書，有橫雲斷嶺，橫橋鎖溪之妙。文有宜於連者，有宜於斷者。如五關斬將，三顧草廬，七擒孟獲：此文之妙於連者也。如三氣周瑜，六出祁山，九伐中原：此文之妙於斷者也。蓋文之短者，不連敘則不貫串；文之長者，連敘則懼其累墜：故必敘別事以間之，而後文勢乃錯綜盡變……」〔註328〕不論是金聖歎所言之「橫雲斷山」，抑或是毛宗崗所言之「橫雲斷嶺」、「橫橋鎖溪」，所表達的不外乎一個意思，即如若小說文字太長，便會有累贅冗長之嫌，而避免此缺點的方法便是轉以敘述其他的事來把一個相對較長的故事情節作一巧妙切斷，這樣做的優長之處在於，其一，故事不致冗長無味，讀者讀之不煩，其二，文勢跌宕起伏，錯落有致，曲折宛轉，變化多端，讀者讀之興趣倍增，如入勝境。

　　「橫雲斷山法」，或稱「橫雲斷嶺法」，又稱「橫雲斷峰法」，本也是中國畫的一種畫法，其方法是用雲霧橫抹山嶺，於尺素之間顯示出峰嶺的遠近高低，以此造成一種有限之中寓有無限的獨特美感。後被借指敘事性文章作品的章法名稱，即指一大段情節被一段小情節所隔斷，好像山被雲所隔斷一般。也就是說，在敘事性文章作品情節發展過程中，作者在安排貫穿線較長的情節時，為避免行文呆板，追求敘事節奏和波瀾，有意將表面似乎是阻止情節發展的某些事件、場面、情節等插入在行文敘事之中的寫作手法。使用「橫雲斷山法」，應注意究竟文章敘述是否達到了適宜隔斷的程度，如果適宜隔斷，應在故事情節的哪一個點隔斷，諸如此類，還要根據具體文勢的變化來裁奪。並且應將運筆的緩急與作品的故事情節和讀者的欣賞心理統一協調起來。橫雲斷山之法是大的隔斷，故要謹慎、適度、恰切，並做到有所斷續卻無斧鑿的痕跡。

　　夏惠績《橫雲斷山的敘事功能》，即闡析了橫雲斷山法在小說中起到的敘事性作用和功能。文章認為，「橫雲斷山法」反映了「斷」與「續」的辯證關係在小說敘事中的具體表達。「橫雲斷山法」的運用可使小說文勢錯綜多變，使小說敘事節奏發生巧妙變化，避免行文無聊累贅與繁冗之筆，使得小說故事情節更具感染力與吸引力。「橫雲斷山」之法在小說中的另一個敘事作用是為小說後文故事情節的發展、推進埋下伏筆，令小說文本產生忽明忽暗、若隱若現、似斷實連的微妙幽深的藝術效果，使得整部小說形成一

〔註328〕〔元末明初〕羅貫中原著，〔清〕毛宗崗評點，毛批三國演義〔M〕，天津：
　　　　　天津古籍出版社，2006。

個動態統一的整體。〔註329〕楊志平《釋「橫雲斷山」與「山斷雲連」——以古代小說評點為中心》，認為「橫雲斷山」技法的特點是在穩中稍事變化，其著力點在於實現小說敘事過程從「連」到「斷」的巧妙轉換，「橫雲斷山」有時作為後文的伏筆出現，特點並非「橫雲斷山」技法所本有的效果，而是附加性效果。「橫雲斷山法」在不同的評點家那裡，稱謂雖有所改變，但大旨意思未變，而名稱的改變不外乎圍繞「山」與「雲」兩種意象來展開，並且不脫出原繪畫技法名稱的淵藪。「橫雲斷山」之法最初為金聖歎、毛宗崗等在小說評中使用，其所指是為避免小說敘事累贅冗長之病，而在稍長的故事情節中間隔斷，插入他事，以造成文勢的錯綜有致，達到良好的藝術效果。金聖歎、毛宗崗之後的小說評家在評點小說作品時對此技法也多有提及運用，但不同的是，在使用「橫雲斷山法」評點小說的過程中，並未拘泥於金聖歎、毛宗崗所賦予它的原始意義而是有所改變，即並未關注到是否是情節過於冗長的問題，而把人物之間談話打斷之後又再敘起的斷與續的行文現象亦看作「橫雲斷山法」，這顯示了「橫雲斷山法」使用的寬泛化。「橫雲斷山法」將更為豐富的人物、事件融入到小說故事情節中，豐富了小說的整體景觀，又避免了行文的拖沓囉嗦，在提升小說的質與量方面，可謂一箭雙雕。〔註330〕

王麗文、高永革《間隔之妙與疏離之美——〈紅樓夢〉獨特的敘事藝術》，即指出「橫雲斷山」內涵豐富，學者們可從不同角度對之進行闡說，不同人對之理解有所區別。如有學者認為「橫雲斷山」是小說在結構和情節方面的斷絕與連續，所謂「橫雲斷山」是小說敘事的「間隔」技法，即打斷正在敘述的事情，轉而插入其他事情。另有學者認為，「橫雲斷山」是小說作家對發生在小說中不同空間的同時上演的情節的組合而產生的奇妙藝術效果。綜上兩種理解，均是在小說敘事時空關係上做文章。「橫雲斷山」的小說寫作技法可造成小說文本的疏離之美，增強小說的戲劇化程度，調動讀者閱讀小說文本的主動想像，擴大了小說文本在流通進程中的闡釋空間。〔註331〕

〔註329〕夏惠績，橫雲斷山的敘事功能〔J〕，語文學刊，2004，（5）：56～58。

〔註330〕楊志平，釋「橫雲斷山」與「山斷雲連」——以古代小說評點為中心〔J〕，學術論壇，2007，（8）：199～121。

〔註331〕王麗文，高永革，間隔之妙與疏離之美——《紅樓夢》獨特的敘事藝術〔J〕，紅樓夢學刊，2009，第四輯：147～162。

（三）大落墨

「大落墨」亦源於古代繪畫理論。據元代夏文彥記載：胡彥龍（胡彥龍，南宋紹定間人，生平不詳）……善畫人物、天神、寒林、水石、窠木，描法用大落墨，自成一家格法……（《圖繪寶鑑》卷四）可知，「大落墨」是南宋畫家胡彥龍所獨具的繪畫技法，並可將此技法用於人物、天神、寒林、水石、窠木等等人事景物的描摹。「大落墨」所形成的藝術效果頗為獨特，其所繪製的人物景色獨特鮮明、別具一格，故在繪畫中頗具特色。

「大落墨」這種繪畫技法後漸用於文學批評領域，用於評點不同文學體裁。如張謙宜評文：「頭緒井井，如大將佈陣，出入照應可見而不可測，如馬政志包羅千古，斷制精嚴。譬之畫家大落墨、滿設色，須看其胸襟闊大，筆力超忽，一氣收捲，而萬折千迴，皆李將軍畫法也。」（評歸有光之文《李制府之採大木》）「李將軍畫法」指唐代李思訓及其兒子李昭道的繪畫風格，「李將軍畫法」的特點是使用濃重的青綠色來描摹山水，其所繪成的畫作呈現出蒼勁有力的藝術風貌。張謙宜即將歸有光之文《李制府之採大木》譬喻為畫家「大落墨」的藝術作品，即從篇中文字，可看出作者胸襟之豁大，筆觸之蒼勁有力，讀來令人振奮、盪氣迴腸。

「大落墨」不僅用於評文，亦用於對詩的品評。如王培荀評詩：「杜工部《望嶽》詩壓倒一切，氣象雄偉，不多著語而盡歸涵蓋之中，是畫家大落墨法第。」（評杜甫之詩《望嶽》）杜甫《望嶽》詩共三首，分詠東嶽泰山、南嶽衡山、西嶽華山，寫望東嶽泰山之詩最為膾炙人口：「岱宗夫如何，齊魯青未了。造化鍾神秀，陰陽割昏曉。蕩胸生層雲，決眥入歸鳥。會當凌絕頂，一覽眾山小。」杜甫寫此詩時年二十五歲，從詩人的主觀因素考量，正值年輕氣盛，躊躇滿志，積極奮發之時，渴望做一番事業，過充滿激情的人生，詩人積極樂觀的心態和勇敢向上的人生態度為這首詩奠定了昂揚基調。杜甫放眼望去，一片蒼翠盡收眼底，泰山連延不斷，一派磅礴氣象撲面而來。大自然對泰山情有獨鍾，泰山集神奇與秀美於一身，山峰之高彷彿劃定了白日和黑夜的界限，泰山之奇險令人敬畏。詩人置身於山間，周身雲氣蒸騰，使得詩人心胸愈益闊朗激揚，詩人升騰起登頂之念，渴望站在泰山之巔，感受腳下群山的渺小，顯示了按捺不住的雄心壯志和胸懷氣概。整首詩的詩風無疑是雄放豪邁、俊逸遒勁的，語言簡淨有力，氣象雄偉奇絕，以「大落墨」形容之頗為適切。

　　金聖歎最早將「大落墨」引入小說批評領域。金聖歎《讀第五才子書法》
道：「有大落墨法：如吳用說三阮，楊志北京鬥武，王婆說風情，武松打虎，
還道村捉宋江，二打祝家莊等是也。」〔註332〕「吳用說三阮」的情節見於《水
滸傳》第十五回。阮氏三兄弟是水滸一百單八將中的重要人物，吳學究能否
拉此三人入夥關係到整個梁山隊伍的發展壯大和命運走向，如果阮氏三兄弟
不入夥，那麼「智取生辰綱」之事便要重新改寫，如果沒有阮氏三兄弟同上
梁山，那麼後文一系列故事便要重置筆墨且精彩大減。故「吳用說三阮」是
《水滸傳》當中頗為關鍵的一個環節，金聖歎認為《水滸傳》著者理應在此
處濃墨重彩。「楊志北京鬥武」的情節見於《水滸傳》第十三回。此回講楊志
被發配到大名府，大名府中的梁中書和楊志以前相識，知道楊志是個武藝高
強的軍官，對他十分賞識，有意要提拔他，故辦演武大會，以讓眾人見識楊
志的本領，繼而信服於他。楊志在比武中贏了急先鋒索超的徒弟周瑾，索超
被楊志惱犯，要與楊志一決高下，二人施展平生所學，大戰五十餘回合不分
勝敗，梁中書及周邊大大小小官員看得目瞪口呆，楊志和索超都被提拔為官
軍提轄，予以重用。此節是對《水滸傳》中楊志這個人物形象的性情和能力
的重要交代，充分刻畫了楊志武藝高強且心地善良的性格特徵。「王婆說風
情」見於《水滸傳》第二十四回，此回表現了王婆作為馬泊六的人物性格特
徵，並為西門慶和潘金蓮的勾搭成奸重作鋪墊，兼之幽默風趣，不免為《水
滸傳》中的吸睛情節，故著者在此亦宜大做文章。「武松打虎」故事廣為人知，
出自《水滸傳》第二十三回，是《水滸傳》中極其精彩的經典故事情節之一，
不僅在全書故事情節中舉足輕重，而且在刻畫武松之性格與勇武之能上亦頗
為重要，故應「大落墨」以形之。「還道村捉宋江」見於《水滸傳》第四十一
回，寫宋江不聽晁蓋勸阻執意下山救家中老父，被官兵圍堵，奔入還道村，
在玄女廟神櫥裏躲避。趙能等兩次進廟搜人未果，乃因宋江得九天玄女庇祐。
九天玄女稱宋江為宋星主，並用酒、棗相待宋江，又賜予宋江三卷天書，贈
四句詩。此節為《水滸傳》和宋江形象打上神話色彩，為後文水滸好漢取得
戰事勝利提供了神助依據，亦是具有伏筆性質的重要情節。「二打祝家莊」一
節出自《水滸傳》第四十七回，此節描寫戰事，寫了梁山軍團與敵人的鬥智
鬥勇，相互周旋，是戰事中頗為精彩的一節，亦值得用大幅筆墨渲染。

〔註332〕陳曦鍾，侯忠義，魯玉川輯校，水滸傳會評本〔M〕，北京：北京大學出版
　　　　社，1981：20。

「白描」、「橫雲斷山」和「大落墨」是明清小說評點對書法、繪畫技法範疇的借鑒，並將其進行靈活改造，生發出新的意義與價值。這顯示了明清小說評點用詞的生動形象與靈活多變。

二、音樂、建築範疇

明清小說評點用詞的生動、形象還表現在引音樂、建築領域語匯入評等方面。

毛宗崗《讀三國志法》指出了《三國演義》「笙簫夾鼓、琴瑟間鐘」之妙，茲錄部分文字如下：

> 《三國》一書，有笙簫夾鼓，琴瑟間鐘之妙。如正敘黃巾擾亂，忽有何后、董后兩宮爭論一段文字；正敘董卓縱橫，忽有貂蟬鳳儀亭一段文字；正敘催、氾猖狂，忽有楊彪夫人與郭氾之妻來往一段文字；正敘下邳交戰，忽有呂布送女、嚴氏戀夫一段文字；正敘冀州廝殺，忽有袁譚失妻、曹丕納婦一段文字……至於袁紹討曹操之時，忽帶敘鄭康成之婢，曹操救漢中之日，忽帶敘蔡中郎之女：諸如此類，不一而足。人但知《三國》之文是敘龍爭虎鬥之事，而不知為鳳、為鸞、為鶯、為燕，篇中有應接不暇者，令人於干戈隊裏時見紅裙，旌旗影中常睹粉黛，殆以豪士傳與美人傳合為一書矣。
> 〔註333〕

「笙簫」是兩種不同的樂器「笙」和「簫」。「笙」別稱「蘆笙」，是中國古老的民間樂器，屬於簧片樂器族內的吹孔簧鳴樂器類，是世界上現存大多數簧片樂器的鼻祖。其所吹奏出來的聲音清越、高雅，音質柔和，具有頗強的歌唱性。「簫」，雅號「洞簫」、「豎吹」，簫樂器屬於木管樂器族內的吹孔氣鳴樂器，音色圓潤、渾厚、柔和，但音量較小。簫音色頗為獨特，給人以蒼涼悠遠之感，因此適合於演奏較為哀婉的樂曲。簡言之，「笙」是一種簧片樂器，「簫」是一種竹器，「笙」多用於形容奢靡一類的生活，「簫」多用於離別，而「笙簫」常合用，作為管樂器的泛指。

「鼓」是一種打擊樂器，在堅固的且一般為圓桶形的鼓身的一面或雙面蒙上一塊拉緊的膜。故可以用手或鼓杵敲擊出聲。除了作為樂器外，鼓在古

〔註333〕〔元末明初〕羅貫中原著，〔清〕毛宗崗評點，毛批三國演義〔M〕，天津：天津古籍出版社，2006。

代許多文明中還用來傳播信息。古代的鼓，用於祭祀、樂舞，還用於打擊敵人、驅除猛獸，亦作報時、報警之用。

據文獻記載，伏羲發明琴瑟。「琴」與「瑟」均由梧桐木製成，帶有空腔，絲繩為弦。「琴」初為五弦，後改為七絃；「瑟」二十五弦。由弦數可知瑟的體積比琴大。「琴」與「瑟」的主要區別在於演奏場合不同。「琴」用於在貴賓面前彈撥，客人不說話，全神貫注地看彈琴和聽琴聲。此為正式音樂會場合。「瑟」用於背景音樂的彈奏。「瑟」被置於屏風之後，客人圍著桌案坐，在音樂聲中邊閒談、邊吃喝。這是社交性場合。「琴」與「瑟」可以聯合起來演奏，古人發明和使用「琴瑟」的目的是順暢陰陽之氣和純潔人心。古人將「琴瑟」之聲視為雅樂正聲。「琴瑟」比喻夫妻間感情和諧，亦借指夫婦、匹配，還用來比喻朋友間的融洽情誼。

「鐘」為青銅製的古代打擊樂器。最早的鐘原本是指中國古代漢民族的打擊樂器，形狀扁圓而中空，起源於商朝，多為青銅製，又叫「編鐘」。自佛教傳入中國後，逐漸成為一種宗教法器的代稱，又叫「梵鐘」或「半鐘」，原本叫「犍稚」又叫「信鼓」，是寺院為報時、集眾而敲擊之用。「鐘」在古代不僅是樂器，還是地位和權力象徵的禮器。王公貴族在朝聘、祭祀等各種儀典、宴饗與日常燕樂中，廣泛使用鐘樂。後周以降，中國歷代人士不斷鑄「鐘」，「鐘」對於修道有大功德。

由以上可詳知，「笙簫」與「鼓」，「琴瑟」與「鐘」，皆屬於不同的樂器，用不同的材質製作而成，所發音色迥異，因其聲音和意涵的不同而有不同功用。以現實情況而言，鮮有將「笙簫」與「鼓」二種樂器同奏的，亦少有「琴瑟」與「鐘」同聲的。但如果久聞「笙簫」，忽然傳來一陣「鼓」聲，或「琴瑟」長奏，中間忽聞幾聲「鐘」響，會獲得獨特的聽覺體驗和審美功效。正如文章開頭所錄毛宗崗《讀三國志法》所言，在敘述黃巾擾亂之時，忽然插入何后和董后兩宮爭論的一段文字，在敘述董卓縱橫之跡，轉而敘述貂蟬鳳儀亭一節，在敘述李傕、郭汜猖狂之時，插進楊彪夫人與郭汜之妻來往一段情節，在敘述下邳交戰的緊張情況時，忽然寫及呂布送女、嚴氏戀夫一段和緩的文字，正敘述冀州廝殺之際，忽然有袁譚失妻、曹丕納婦一段情節……還有在敘述袁紹討伐曹操之時，插敘描寫鄭康成之婢，在曹操救漢中之日，插敘蔡中郎之女等等，諸如此類例子，可謂俯拾即是。《三國演義》在敘寫龍爭虎鬥的緊張戰事的時候，中間插入與溫馨和緩的生活場面有關的情節文字，

毛宗崗喻之為「笙簫」中的「鼓」聲,「琴瑟」間的「鐘」鳴,好似令人在干戈隊裏瞥見紅裙,旌旗影中常睹粉黛,如此看來,《三國演義》可謂是「豪士傳」與「美人傳」的「合體」了。毛宗崗所言「笙簫夾鼓,琴瑟間鐘」,以音樂語彙入評,生動形象,體現了評點的靈活機動與豐富多樣,可見明清小說評點並不侷限於一隅,而是有寬廣的跨界性視閾。

　　除用音樂語彙入評外,建築用語亦在明清小說評點中常所見到,如「楔子」、「關鍵」、「關合」、「穿插」等等。如毛宗崗《三國志演義回評》,第九十一回評道:「……《三國》一書,當以此回為一大關鍵……」〔註334〕又如第一百十六回毛宗崗評道:「……讀《三國》至此篇,是一部大書前後大關合處。」〔註335〕又第一百十九回評道:「……此又一部大書前後關合處。」〔註336〕又有對建築術語「穿插」的使用,如張竹坡《〈金瓶梅〉讀法》言:「讀《金瓶》當看其穿插處……」〔註337〕

(一)羯鼓解穢

　　「羯鼓」是兩面蒙皮,腰部較細的一種鼓。「羯鼓」之名的由來,可參見唐代杜佑《通典》卷一四四所載:「羯鼓,正如漆桶,兩頭俱擊。以出羯中,故號羯鼓……」〔註338〕「羯鼓」的形制和演奏均相對簡易,如後晉劉昫《舊唐書·音樂志》所載:「羯鼓,正如漆桶,兩手俱擊。」〔註339〕「羯鼓」,如同刷了油漆的桶,演奏它,便是以兩手同時擊打它。或用「杖」擊之,如宋代陳暘《樂書》卷一二七載:「其狀如漆桶,下承以牙床,用兩杖擊之。」〔註340〕此是用「杖」擊打。「解穢」指除去髒物。「羯鼓解穢」,便是敲擊羯鼓,以解除不快之意,引申指用自己喜歡的事物來解除不快的情緒。

　　「羯鼓解穢」一詞可溯源至唐代,唐人南卓在《羯鼓錄》中即載:「上性

〔註334〕〔元末明初〕羅貫中原著,〔清〕毛宗崗評點,毛批三國演義〔M〕,天津:天津古籍出版社,2006:681。

〔註335〕〔元末明初〕羅貫中原著,〔清〕毛宗崗評點,毛批三國演義〔M〕,天津:天津古籍出版社,2006:860。

〔註336〕〔元末明初〕羅貫中原著,〔清〕毛宗崗評點,毛批三國演義〔M〕,天津:天津古籍出版社,2006:881。

〔註337〕〔明〕蘭陵笑笑生著,〔清〕張道深評,王汝梅、李昭恂、於鳳樹校點,張竹坡批評金瓶梅〔M〕,濟南:齊魯書社,1991:43。

〔註338〕〔唐〕杜佑,通典〔M〕,卷一四四,北京:中華書局,1988:3677。

〔註339〕〔後晉〕劉昫,舊唐書〔M〕,卷二九,北京:中華書局,1975:1079。

〔註340〕〔宋〕陳暘,樂書〔M〕,卷一二七,臺北:臺灣商務印書館,1935:553。

俊邁，酷不好琴……謂內官曰：『速召花奴，將羯鼓來，為我解穢！』」〔註341〕
「羯鼓」在隋唐時期流行，唐玄宗對「羯鼓」頗為喜愛，以上所引材料，便載
李隆基之事。「羯鼓」在唐玄宗時盛極一時，但好景不長，安史之亂破壞了盛
唐樂制，「羯鼓」於是由盛轉衰。晚唐五代時期，喜愛「羯鼓」的人少之又少，
「羯鼓」所演奏製成的各種曲目也漸趨衰亡，到宋代，「羯鼓」的境遇更加不
堪。北宋時期，「羯鼓」的獨奏曲已罕為人知，「羯鼓」的合奏曲也從官方音樂
中退出。而到了南宋，教坊大樂所使用的樂器中已不見了「羯鼓」的身影。

　　據學者考證，「羯鼓」之音本為穢音，「羯鼓解穢」是不成立的。「……羯
鼓，夷樂也。琴，治世之音也。以治世之音為穢，而欲以荒夷窪淫之奏除之，
何明皇耽惑錯亂如此之甚」〔註342〕。由此可見，「羯鼓」是外夷之樂，是少數
民族的樂曲，而「琴」，才是治世之音。評者認為唐明皇昏瞶無比，反而將琴
聲的治世之音視作穢樂，而想要以「荒夷窪淫」的「羯鼓」之聲除之。唐明皇
對「羯鼓」之聲的喜愛這種藝術審美上的偏好，被評論者認為是與安史之亂
相關的，這種藝術上的偏好被比附聯想到用人的不當，聽信小人之讒言，遠
離賢臣之忠諫。但撇開政治的角度，單純從藝術審美上而言，「羯鼓解穢」，
是長時間聽琴音，形成了審美疲勞，之後用「羯鼓」他音進行調劑之意，並無
大是大非。

　　明清小說評點中便以「羯鼓解穢」或相似之語入評。如金聖歎《水滸傳》
第二十四回回前評道：「寫淫婦心毒，幾欲掩卷不讀，宜疾取第二十五卷快誦
一過，以為羯鼓洗穢也。」〔註343〕「羯鼓洗穢」與「羯鼓解穢」之意相近。
金聖歎認為《水滸傳》第二十四回的文字，讀之令人髮指，潘金蓮之心歹毒
令人痛恨，將親夫毒害之事令人不忍心再往下看，解除此心態的方法便是快
速將《水滸傳》第二十五回閱讀一過，才能緩和一下讀《水滸傳》第二十四回
不適的心境。《水滸傳》第二十五回，寫武松為兄報仇，殺死姦夫淫婦，令人
心大快。在這裡，《水滸傳》第二十四回的故事情節便是「穢」，第二十五回的
相關情節便具有「羯鼓」的功效和作用。金聖歎的這種解讀和批評帶有一定
主觀個人性因素，或者說只能代表一部分讀者的閱讀感受。因為這種評斷的

〔註341〕〔唐〕南卓等著，羯鼓錄·樂府雜錄·碧雞漫志〔M〕，上海：古典文學出版
　　　　社，1957：5。
〔註342〕〔宋〕何薳，春渚紀聞〔M〕，卷八，北京：中華書局，1983：118。
〔註343〕曹方人，周錫山標點，金聖歎全集〔M〕，南京：江蘇古籍出版社，1985：
　　　　385。

依據是建立在對《水滸傳》第二十四回所發生的潘金蓮鴆毒武大郎之事的感受基礎之上的。金聖歎及部分讀者認為《水滸傳》第二十四回不忍卒讀，對潘金蓮毒死武大郎的行為深惡痛絕，但似乎也不應排除另有一些讀者不同的閱讀感受，即認為潘金蓮與武大郎的結合本就不般配，潘金蓮美豔無比，而武大郎卻猥瑣醜陋，所以潘金蓮所生活的婚姻環境是非常糟糕的，潘金蓮過著無比壓抑的日子，而西門慶的到來，給潘金蓮帶來愛情和幸福，彷彿是她生命中的救星，將其從暗無天日的人生當中解救出來，潘金蓮和西門慶才是合適的一對。潘金蓮毒死丈夫，便能夠和與自己般配的西門慶走在一起，找尋到自己人生中的幸福，是一件美好的事情，所以秉持這種看法的讀者在讀《水滸傳》第二十四回時的心境便與金聖歎及其他讀者迥然不同，不再認為《水滸傳》第二十四回是「穢」，反而第二十五回是不令人滿意的。撇開倫理道德的角度來看，這是讀者閱讀心理的不同所導致的認同差異。再如陳其泰評《紅樓夢》第六十五回道：「此書淫人淫事，每用旁見側出，不肯直言。或託之夢寐荒唐，不肯坐實。獨於尤二姐未嘗稍諱。因其太穢，故用閒道出奇，更寫一妖豔倜儻風流豪俠之尤三姐來，頓覺風雲變色，電閃霆轟，使讀者目眩神迷，心驚魄動焉。此明皇羯鼓解穢法也。」〔註344〕陳其泰意為之前寫淫人淫事多半旁敲側擊，迂迴曲折而述之，不肯從正面直接敘述，令人讀之都千篇一律，沒有新鮮奇特之感，而《紅樓夢》敘尤三姐事，則寫得直白、熾烈、大膽，將尤三姐的妖豔、風流、倜儻、豪俠等描寫得淋漓盡致，令讀者耳目一新。之前側面迂迴的描寫即為「穢」，對尤三姐直截大膽的描畫便充當了「羯鼓」的作用。

　　哈斯寶《〈新譯紅樓夢〉回批》第十八回評道：「上一回令人心迷眼亂，如花似錦，熱鬧異常，下一回令人清心淨目，有如琉璃水晶，也很熱鬧。若兩場熱鬧連在一起，便不免吵擾，不能不使人耳噪眼乏，因此中間寫出這一段恬境雅音，特地使讀者有一番心曠神怡。好比伶人唱戲，總要先有一陣緊鑼密鼓，熱鬧一場之後，稍事停頓，又慢慢敲鼓點，和之以緩擊鐃鈸之節，吹簫打鐃，生旦才唱戲文。這書真是無妙不備。」〔註345〕哈斯寶看出，在《紅樓夢》行文過程中，是要考慮到讀者接受的。如果連續敘述兩回鬧熱的文字，讀者便會有審美疲勞，覺得吵擾，「耳噪眼乏」，閱讀的興致自然降低。而如

〔註344〕劉操南輯，桐花鳳閣評紅樓夢輯錄〔M〕，天津：天津人民出版社，1981：197。
〔註345〕〔清・內蒙古〕哈斯寶著，亦鄰真譯，《新譯紅樓夢》回批〔M〕，呼和浩特：內蒙古人民出版社，1979：70。

果在熱鬧的文字中間插入一段恬然雅音，讀者在閱讀時便會有心曠神怡之感。這亦是「羯鼓解穢」，熱鬧的文字在這裡便是「穢」，恬然雅致的嫻靜之音便充當了「羯鼓」的角色。哈斯寶又將小說的這種敘事方式與伶人唱戲作比對，對於中國戲曲而言，常常是先有一陣緊鑼密鼓，熱鬧非凡，觀眾被熱鬧的氣氛感染帶動之後，再將熱度往下降，敲鼓點的速度變慢，並緩慢擊打鑔鈸等樂器，吹簫打鐃，轉入戲文的演唱部分。戲文的表演流程與小說的敘述程式具有相似性特徵，並與音樂領域樂器的運用緩急具有一定的關聯性。

（二）間架

「間架」，原指房屋建築的結構。梁與梁之間叫「間」，桁與桁之間叫「架」。「間」，是建築平面上的衡量單位；「架」，是建築物上的衡量單位。《唐會要》中即記載，不同品級的官員，其所居住房屋的「間架」規制是有明確規定與限制的，從中可以窺出中國古代特定時期森嚴的等級和無可僭越的禮法。張十慶《古代建築間架表記的形式與意義》〔註346〕，指出從「間架」的外在形式與內在意義不僅可見出中國古代建築的技術性高度，亦可反映出其中所包含的文化特徵，「間架」獨特的構製包含了中國傳統文化意涵在內。「間架」所反映的是宏觀層面上的特徵，所指是建築物整體的規模和架構。

由建築領域的「間架」又引申至書法領域的「間架」，指漢字字體的「間架」結構而言。所謂漢字的「間架」結構，意為在書寫漢字時，各個筆劃經過搭配、排列而組合成字的具體形式和規律。漢字「間架」是否組合得當直接影響到字體美觀與否。漢字「間架」注重整個漢字筆劃的疏密有致、勻稱合宜。

明清小說評點語對源出於建築的「間架」多所提及。舉例如張竹坡《金瓶梅雜錄小引》所言：「凡看一書，必看其立架處。如《金瓶梅》內房屋花園以及使用人等，皆其立架處也。何則？既要寫他六房妻小，不得不派他六房居住……看他妙在將月、樓寫在一處，嬌兒在隱現之間，後文說挪廂房與大姐住，前又說大妗子見西門慶揭簾子進來，慌的往嬌兒那邊跑不迭，然則嬌兒雖住廂房，卻又緊連上房東間，或有門可通者也。雪娥在後院近廚房。特特將金、瓶、梅三人放在前院花園內，見得三人雖為侍妾，卻似外室名分，不正贅居其家，反不若李嬌兒以娼家娶來，猶為名正言順，則殺夫奪妻之事，

〔註346〕張十慶，古代建築間架表記的形式與意義〔J〕，中國建築史論彙刊，第貳輯：109～128。

斷斷非千金買妾之目。而金、梅合，又分出瓶兒為一院。分者理勢必然，必緊鄰一牆者，為妒寵相爭地步。而大姐住前廂，花園在儀門外，又為敬濟偷情地步……故云寫其房屋是其間架處……」〔註347〕張竹坡《〈金瓶梅〉讀法》又道：「讀《金瓶》須看其大間架處。其大間架處則分金、梅在一處，分瓶兒在一處，又必合金、瓶、梅在前院一處。金、梅合而瓶兒孤，近而金、瓶妒月娘遠，而敬濟得以下手也。」〔註348〕從所引文字可以看出，張竹坡認為，看小說要看其所立「間架」。對於《金瓶梅》而言，對《金瓶梅》中人物所居房屋構製的描寫即是這部書的「間架」。《金瓶梅》中，西門慶有六房妻小，便分這六房妻小在六個房屋內居住。《金瓶梅》著者將吳月娘、孟玉樓安排在一處，李嬌兒雖住在廂房，卻又緊連上房東間，或是其中有門可通。西門慶的第四房妾孫雪娥在後院近廚房。而《金瓶梅》中的主要人物潘金蓮、李瓶兒、龐春梅三人均在前院花園內居住。從房屋的安排上可以見出，潘金蓮、李瓶兒、龐春梅三人雖為侍妾，卻似外室名分，不像是正贅居住在家內，反而不如李嬌兒以娼妓的身份娶來而名正言順。從此處可以看出，殺夫奪妻之事絕不是區區千金買妾可比的。《金瓶梅》著者又將潘金蓮與龐春梅合在一起，而分出李瓶兒獨居一院，造成了爭寵之勢。將大姐安排住在前廂，花園在儀門外，又為之後陳敬濟偷情營構了空間等等。

　　關於小說中的「間架」，張世君做過系統深入的研究。如其文《小說敘事空間結構概念：間架》，追溯了「間架」概念在建築領域的來源，在書法、繪畫等領域的使用情況，以及文學門類中的「詩話」對「間架」的引用，以之來評論詩文結構。在小說批評領域，張世君分析了「間架」所指涉的小說敘事的空間性特徵，並以此看出中國敘事理論與西方敘事理論的差別，即中國古代小說敘事理論的著眼點在小說的整個空間架設上。〔註349〕又如張世君《間架：一個本土的理論概念》〔註350〕，結合明清小說具體的評點文字，比較分析了西方批評中的「障礙」（obstacle）概念，認為中國古代小說敘事理論與西

〔註347〕〔明〕蘭陵笑笑生著，〔清〕張道深評，王汝梅、李昭恂、於鳳樹校點，張竹坡批評金瓶梅〔M〕，濟南：齊魯書社，1991：3～4。

〔註348〕〔明〕蘭陵笑笑生著，〔清〕張道深評，王汝梅、李昭恂、於鳳樹校點，張竹坡批評金瓶梅〔M〕，濟南：齊魯書社，1991：27。

〔註349〕張世君，小說敘事空間結構概念：間架〔J〕，東方叢刊，2002：93～100。

〔註350〕張世君，間架：一個本土的理論概念〔J〕，學術研究，2002，（10）：114～119。

方敘事理論的區別之處在於中國古代小說敘事理論往往從空間入思，而西方則是時間線性的思維方式。張世君善於從中西比較的角度來考證中國古代小說敘事理論的特色，其《中西敘事概念「間架」與「插曲」辨析》〔註351〕一文，又將中國本土概念的「間架」與西方的「插曲」（episode）的概念進行了比較分析，認為後者來源於音樂領域，後用在戲劇當中，在文學領域，「插曲」指在敘事行文的過程中插入另外的情節故事等。張世君在將「間架」與「插曲」的對照中，更進一步證明了中西方敘事理論在著眼點和思維方式等方面存在的差異，即中國敘事理論所採取的角度是空間性的立體圖景，而西方敘事理論是線性的時間性思維方式。

（三）筍

「筍」為建築領域術語。後引入小說批評領域。如谷鳴潤《把歪曲的眼光正過來——〈紅樓夢〉收尾釋疑兼駁「不接筍」論》〔註352〕，其中的「不接筍」，指的是文意的矛盾。谷鳴潤認為，批高者所認為的《紅樓夢》後四十回「不接筍」是不成立的。從敘事邏輯上來看，《紅樓夢》結尾是具有禪學意味的「幻筆」，與太虛幻境冊子上人物的歸宿沒有矛盾衝突，其收束算不上「不接筍」。從思想傾向上而言，亦符合佛學「空」的思想底蘊，《紅樓夢》中的《十二支曲·收尾·飛鳥各投林》，也是與其收束相呼應的，從《紅樓夢》著者所秉持的根本性思想佛家思想來看，並沒有「不接筍」之處。

在明清小說評點中，多次用「筍」作評。復以張竹坡的《金瓶梅》評點為例。如張竹坡《〈金瓶梅〉讀法》即道：「讀《金瓶》須看其入筍處。如玉皇廟講笑話插入打虎，請子虛即插入後院緊鄰……諸如此類，不可勝數。蓋其用筆，不露痕跡處也……」〔註353〕張竹坡所講的「入筍」便是天衣無縫的接合，即《金瓶梅》著者在行文敘事過程中，將一事件與另一事件之間銜接得自然而然、不露痕跡。其他提及「筍」處，還有如張竹坡《金瓶梅回評》，第一回所評：「……卻在參差合筍處作對鎖章法。如正講西門慶處，忽插入伯爵等

〔註351〕張世君，中西敘事概念「間架」與「插曲」辨析〔J〕，文藝理論研究，2009，（3）：31～38。

〔註352〕谷鳴潤，把歪曲的眼光正過來——《紅樓夢》收尾釋疑兼駁「不接筍」論〔J〕，鞍山師範學院學報（綜合版），1995，16（4）：18～23。

〔註353〕〔明〕蘭陵笑笑生著，〔清〕張道深評，王汝梅、李昭恂、於鳳樹校點，張竹坡批評金瓶梅〔M〕，濟南：齊魯書社，1991：27。

人……單一個慶字合筍，無一線縫處。正講武松遇哥哥，忽插入武大別了兄弟……下忽云不想今日撞著自己嫡親兄弟，直與自從兄弟分別之後合筍，無一縫處……」〔註354〕在所引評點文字中，張竹坡即言《金瓶梅》文字之「合筍」，即小說文字自然天工，情節發展得流暢自然，令讀者看不出生硬拼接的痕跡。又如第十八回張竹坡評道：「……恐使文情不生動，故又生出一波作間，因即欲以敬濟作間，庶可合此一筍……敬濟一筍，借瓶兒而入……」〔註355〕亦言及「合筍」。又有如第二十回張竹坡評道：「……今看他借金蓮說春梅『幹貓兒頭差事』，入一暗筍，接手玉樓陪說蘭香一引，接手即將玉簫提出，蓋此上瓶兒傳已頓住，此下乃放手寫蕙蓮……」〔註356〕以上所引張竹坡《金瓶梅》評點文字之「入筍」、「合筍」等，均是就小說敘事而言，即小說著者在敘述一事件時插入對另一件事的敘述，且不露斧鑿痕，令讀者覺得事件均是自然而然發生，在小說敘述中能做到此點，便可稱之為「合筍」。

　　明清小說評點之所以取音樂、建築等領域的生動、形象之語入評，是與小說本身興起的背景因素密不可分的。小說本起自康平之世，百業俱興，各技雜陳，自然融入進了其他門類的特質在內。如天都外臣《水滸傳敘》即道：「小說之興，始於宋仁宗。於時天下小康，邊釁未動。人主垂衣之暇，命教坊樂部，纂取野記，按以歌詞，與秘戲優工，相雜而奏。是後盛行，遍於朝野。蓋雖不經，亦太平樂事，含哺擊壤之遺也……」〔註357〕由天都外臣所言可知，稗官小說在一開始便與音樂戲曲有著密不可分的關聯，小說文本的情節故事即是用樂器演奏出來的。

三、軍事、堪輿範疇

　　明清小說評點用詞的生動、形象還表現在引軍事、堪輿領域語匯入評等。

　　明清小說中有諸多筆涉戰事之處，在明清小說評點中自然有對軍事戰爭等方面的評論，有關此方面的評論是明清小說評點軍事語匯入評的表現之一。

〔註354〕〔明〕蘭陵笑笑生著，〔清〕張道深評，王汝梅、李昭恂、於鳳樹校點，張竹坡批評金瓶梅〔M〕，濟南：齊魯書社，1991：4。

〔註355〕〔明〕蘭陵笑笑生著，〔清〕張道深評，王汝梅、李昭恂、於鳳樹校點，張竹坡批評金瓶梅〔M〕，濟南：齊魯書社，1991：267。

〔註356〕〔明〕蘭陵笑笑生著，〔清〕張道深評，王汝梅、李昭恂、於鳳樹校點，張竹坡批評金瓶梅〔M〕，濟南：齊魯書社，1991：298。

〔註357〕丁錫根編著，中國歷代小說序跋集（下）〔M〕，北京：人民文學出版社，1996：1462。

如金聖歎《水滸傳回評》第五十四回便有論戰事的文字:「……第一段,寫宋江紡車軍;第二段,寫呼延連環軍:皆極精神極變動之文……各各極盡其致者,如前一段寫紡車軍,每一隊欲去時,必先有後隊接住,一接一卸,譬如鵝翎也……忽然陣上飛出三口刀,既而一變變作兩口刀,兩條鞭既而又一變變作三條鞭。越變越奇,越奇越駭,越駭越樂……又如要寫炮,須另有寫炮法。蓋寫炮之法,在遠不在近……炮之威勢,則必於宋江棄寨上關後砰然聞之……寫接連三個炮後,又特自注云,兩個打在水裏,一個打在小寨上者,寫兩個以表水泊之闊,寫一個以表炮勢之猛也……如將寫連環馬,便先寫一匹御賜烏騅以弔動之……」〔註 358〕此回呼延灼保薦韓滔、彭玘為正、副先鋒,分三路兵馬進軍梁山。一丈青用紅錦套索俘虜了彭玘。宋江將彭玘釋放以表示對朝廷的忠心,希望聖主寬宥。第二次交戰,宋江被連環馬打敗。呼延灼通過高太尉調來轟天雷凌振,造炮攻打山寨。宋江設計擒拿凌振上山。眾將商議如何破解連環馬之法。此回之戰事頗為精彩。金聖歎以大段對之進行了評點,上面所引僅為一小部分。金聖歎認為,《水滸傳》此段對軍事戰鬥的描寫「極精神」、「極變動」。如宋江紡車軍的接卸之法,有如「鵝翎」;軍陣上之刀與鞭的變化,奇特無比;寫炮擊,既表水泊之闊,又寫出了炮勢之猛;寫連環馬等亦是前後接引、勾連,層次分明,氣勢逼人。

明清小說所借語彙有堪輿術語。「堪」的本意是凸地,《說文‧土部》中道:「堪,地突也。從土,甚聲。」〔註 359〕「輿」的本意是車廂。「堪」為天,「輿」為地,「堪輿學」即為研究天地的學問。「堪輿學」,又稱風水學。「堪輿學」之所以被稱為「風水學」,是因為風與水在堪輿學中佔據重要地位。司馬遷《史記‧日者列傳》中即有「孝武帝時,聚會占家問之,某曰可取婦乎?五行家曰可,堪輿家曰不可」〔註 360〕的文字。「堪輿學」是中國古代建築理論的支柱之一,包含中國傳統文化精髓在內,其核心質素是天人感應和天地人合一論。「堪輿學」以「陰陽五行」、「干支」、「八卦」、「星象」等為理論骨架,其所依託的現實環境是「地穴」、「山向」、「護砂」、「水法」、「龍脈」等等。

〔註 358〕陳曦鍾,侯忠義,魯玉川輯校,水滸傳會評本〔M〕,北京:北京大學出版社,1981:1003。
〔註 359〕〔漢〕許慎撰,說文解字〔M〕,北京:中華書局,1963:287。
〔註 360〕〔漢〕司馬遷,史記〔M〕,北京:中華書局,2006:736。

在明清小說評點中，亦有關於「卦象」、「風水」等有關「堪輿」的指涉與運用。如毛宗崗《三國志演義回評》第四十回評道：「凡用計之難，不難在第一次，而難在第二次。當敵人經過一番之後，仍以前法施之，而敵之依舊不覺，則奇莫奇於斯矣。然其前後用法亦微有不同者：前之火純用火；後之火兼用水。若以卦象論之：前卦只是巽為風，離為火；後卦乃變成水火既濟……」〔註361〕毛宗崗將軍事中的用計與卦象作比，且頗為適切。軍事中的用計策，不難在第一次，而難在第二次。意思是，如果首次施行某種策略，敵人或許中計，而在第二次施行與第一次相同的策略之時，第一次行得通的策略在第二次便未必奏效。而《三國演義》中，便迎難而上，不按常理出牌，將第一次施行的策略稍有變化地重施行之，敵人再次中計，此謂用兵之奇，亦為小說著者行文之奇。毛宗崗結合卦象作評，與軍事中的用兵之法可謂有異曲同工之妙，若第一次之計只是巽離之卦，那麼第二次之計便是水火既濟。

（一）擒放

「擒放」為軍事用語，從字面意義上而言，與「擒縱」意同。毛宗崗《三國志演義回評》第八十七回評道：「此回敘孔明一擒一縱之始事也。而就第一番擒縱之中，已有三番擒縱之妙。如郭煥之被獲，是一番擒縱也；董、阿二人之被獲，又一番擒縱也；至孟獲而三矣……至於設伏以擒董、阿，設伏以擒孟獲，非又用計之第四番、第五番乎……」〔註362〕毛宗崗的這段評論是直接以「擒縱」評軍事上的「擒縱」，符合「擒縱」的本義。《三國志演義回評》著者敘事技藝之高超，是能在一番「擒縱」中，敘三番「擒縱」之妙。即並不就事物本身來談事物，而是能夠在一定程度上跳脫出事物之外，看似遊散之筆，卻並不離開對主要事件的描摹。這種敘事方式所取得的敘事效果便是，既不容易讓讀者產生閱讀厭倦，又能以側筆烘托出重點所要講述的情節。在寫具體的「擒」與「縱」中，其突出的重點和主要特點又是各自不同的。如《三國志演義回評》第九十回，毛宗崗評道：「七擒之中，縛送者三，有前二者之真，而後之一假生焉。七擒之中，詐降者二，有前者之詐，而後之詐又因焉。孔明辨其真於二擒五擒，而又辨其假於六擒，則知其異。識其詐於二縱之後，而又

〔註361〕〔元末明初〕羅貫中原著，〔清〕毛宗崗評點，毛批三國演義〔M〕，天津：天津古籍出版社，2006：295。

〔註362〕〔元末明初〕羅貫中原著，〔清〕毛宗崗評點，毛批三國演義〔M〕，天津：天津古籍出版社，2006：648。

識其詐於七擒之前，則知其同。」〔註363〕正如毛宗崗所評，在「七擒」當中，「擒」的方式不同，「擒」的具體內涵和實際效果也各異。

「擒」與「放」是兩個相對的概念。明清小說評點的特點之一便體現在對相對概念的使用上。「擒放」撇開表層的軍事意思的「擒放」，還可理解為小說敘事過程中，對被敘述的一件事情暫且擱下，而轉敘他事，是為「放」，最後在小說的他處發現所敘述的事情正是原來暫且擱置敘述的事情，是為「擒」。毛宗崗在《三國志演義回評》第二十一回評道：「……瓚之事只在滿寵口中虛寫，術之事卻用一半虛寫、一半實寫。不獨瓚、術兩人於此回中收場，而玉璽下落，亦於此回中結局。前者漢帝失玉璽，今者玉璽歸漢帝，相去十數回，遙遙相對；而又預伏七十回後曹丕受璽篡漢之由。有應有伏，一筆不漏，一筆不繁……」〔註364〕與「擒」與「放」的相對類似，「虛」與「實」是兩相對應。毛宗崗指出，《三國演義》第二十一回中對「玉璽」的交待本來告一段落，而又在與前文相距十餘卷處提及，這可謂是小說敘事的「擒」與「放」，既在表象上，與軍事層面的「擒」與「放」相類，又在實質效果上與軍事層面的「擒放」類似，即最終的落腳點在「擒」字，抓住了所要敘述事件的肯綮，對其進行不遺餘力地正面、側面相結合地敘寫。

明清小說中敘戰事者多，在「七部名著」中，頗具代表性的便有《三國演義》、《水滸傳》等。只《三國演義》所敘戰事便舉之不勝。戰事眾多，評點戰事的文字隨之也多。小說評點家在看小說戰事，以及在評小說戰事的過程中都顯示了自身的軍事知識儲備，並隨著看與評，與以往的軍事知識相長。小說文本中軍事所佔比重較大與小說評點中評點者軍事知識的運用，是小說評點引軍事語入評的主客觀條件。以毛宗崗評《三國演義》為例。軍事之論多有存在，且涉及不同方面。

其一，討論為將用兵之道。如第二十四回，毛宗崗評道：「操之敵紹，能以寡勝眾；備之敵操，不能以寡勝眾。是備之用兵，不如操矣。然為將之道，在能用兵；為君之道，不在能用兵，而在能用用兵之人。備之所以敗者，以此時未遇諸葛亮耳。未遇諸葛，雖關、張之勇無所用之；既遇諸葛，雖曹操之智

〔註363〕〔元末明初〕羅貫中原著，〔清〕毛宗崗評點，毛批三國演義〔M〕，天津：天津古籍出版社，2006：671。

〔註364〕〔元末明初〕羅貫中原著，〔清〕毛宗崗評點，毛批三國演義〔M〕，天津：天津古籍出版社，2006：150。

不能當之。而諸葛不為操所得，獨為備所得，善乎唐太宗之論操曰：『一將之智有餘，萬乘之才不足。』韓信善將兵，一將之智也；高祖不善將兵，而善將將，萬乘之才也。豈非操之用兵則勝於備，而用人則遜於備歟？」〔註365〕毛宗崗認為，曹操破袁紹能以少勝多，而劉備戰曹操卻不能以少勝多，其原因在於劉備不如曹操會用兵。而能用兵、會用兵只不過是為將之道，而不是為君之道。為君之道，不在能用兵，而在能用會用兵的將。正如韓信與漢高祖，韓信是將兵之才，而其智慧也只止於將兵；而漢高祖則是將將之才，善於將將者，豈有一將之智，而是具有萬乘之才。劉備之所以敗績，是因為劉備那時還沒有遇到諸葛亮。沒有諸葛亮，關羽和張飛即使再英勇，都是無所用處的，而有了神機妙算的諸葛亮，即使頗有智慧的曹操，都不能成為劉備的對手。諸葛亮便是將，劉備則善將將，故空有將才的曹操敵不過劉備。

其二，對「糧」的「擒放」。如第三十回，毛宗崗評道：「凡用兵之法，以糧為重。然於己之糧，有棄之者矣，於人之糧，亦有棄之者矣。或兩軍相當，我棄我糧以誘敵，敵爭取我糧，則必亂，敵亂則我勝，我勝則糧仍歸我，是棄未嘗棄也。或大敵猝至，我欲堅壁，堅壁則必清野，清野則必自焚其積，不焚則糧為敵資，焚之則敵無所取，是非棄我糧，實斷寇糧也。若夫糧之在敵，可劫則劫之，劫之而我因糧於敵，是敵糧皆我糧也。不可劫而焚之，劫之不盡，則我小受其利，而敵未必大損，焚之則敵之大損，即我之大利，是焚勝於劫也……」〔註366〕毛宗崗在「孟德燒糧」一事中，結合軍事知識，講論用兵之法中「糧」的重要性。在戰事當中，要根據具體情況，分別採取對糧食的或「擒」或「放」即或「取」或「捨」的不同戰術。當敵我兩軍力量相當的時候，我軍自動放棄糧食而誘惑敵人，敵人如果上鉤，便會爭相搶取我軍糧食，其搶糧場面，必然是混亂不堪的。敵軍亂了，我軍便可趁亂進攻，結果取勝的是我軍，我軍勝利了，糧食自然還是歸我軍所有，所以之前的「放糧」其實是為了最終的「擒糧」。當敵軍突至之時，我軍需焚糧，不忍痛焚燒掉自己的糧食，糧食便會被敵軍虜去，充當敵軍的資貨，焚盡己糧，敵軍便沒有糧食可劫掠，所以焚糧之舉實際上不是放棄自家糧食，而是切斷敵人的糧食來源。

〔註365〕〔元末明初〕羅貫中原著，〔清〕毛宗崗評點，毛批三國演義〔M〕，天津：天津古籍出版社，2006：173～174。

〔註366〕〔元末明初〕羅貫中原著，〔清〕毛宗崗評點，毛批三國演義〔M〕，天津：天津古籍出版社，2006：219。

與對糧食采取不同的處理方式相類，還有其他戰術的輾轉變化。如毛宗崗《三國志演義回評》第四十七回評道：「禦戰船之法，有彼方連而我利其斷者，有彼方斷而我利其連者。黃祖之舟，以大索相連，衝之不能入，甘寧以刀斷之，而艨艟遂橫，此則利其斷也；曹操之舟，散而不聚，燒之不能盡，龐統以環連之，而火攻始便，此則利其連也。兵法變化無窮，孫臏以減灶勝，而虞詡又以增灶勝，隨機而應，豈可執一論哉！」〔註367〕天下沒有亙古不變的律條，在戰事中更要做到隨機應變、見機行事。就禦戰船之法而言，有船相斷者利於我軍取勝的，有船相連者利於我軍取勝的，要根據具體情況，具體分析。正如灶的減與增的問題，孫臏運用減灶之法取得勝利，虞詡又運用增灶之法取得戰爭勝利，兵法變化無窮，而非死守規則。又如毛宗崗《三國志演義回評》第六十七回評曰：「兵有遲則得，速則失者，郭嘉之定遼東是也；兵有速則得，遲則失者，呂蒙之取皖城是也；城有戰則失，不戰則不失者，曹洪之守潼關是也；城有戰則能守，不戰則不能守者，張遼之守合淝是也。或遲或速，或戰或不戰，用兵之道，變動不拘，可當《孫子》十三篇讀。」〔註368〕如毛宗崗所評，兵遲可勝，兵速亦可勝；兵遲可敗，兵速亦可敗。城有戰則失，不戰不失者；城亦有戰能守，不戰則不能守的。兵法之變幻莫測，以此見得。而兵法之所以變化莫測，其根本在於人心的變化多端。戰爭在根本上是人心的交戰，互相揣摩對方的心思。而禁不住揣摩的一方，或者是沒有將敵人心思揣摩準確的一方，便會在戰事中失利。如毛宗崗《三國志演義回評》第四十八回所評：「凡計之妙，欲使敵用我計而敗，必有不用我計而敗者，以堅敵之心，則焦觸、張南之敗是也。吳所以愚操者，連環之計耳。焦觸、張南敗於無環之舟，使操知不用連環之不利，而用連環之計愈決矣。凡計之妙，我欲行此計而勝，必有不用此計而亦勝者，以杜敵之疑，則韓當、周泰之勝是也。吳所欲用者，火攻之計耳。韓當、周泰勝以不火之舟，使操知東吳之不必用火，而後之用火乃操所不及料矣……」〔註369〕毛宗崗指出，戰事中用計的妙處，在於有想使敵軍使用我方計策而敗的，亦有想要敵軍不使用我方計策而失敗的。

〔註367〕〔元末明初〕羅貫中原著，〔清〕毛宗崗評點，毛批三國演義〔M〕，天津：天津古籍出版社，2006：348。

〔註368〕〔元末明初〕羅貫中原著，〔清〕毛宗崗評點，毛批三國演義〔M〕，天津：天津古籍出版社，2006：500。

〔註369〕〔元末明初〕羅貫中原著，〔清〕毛宗崗評點，毛批三國演義〔M〕，天津：天津古籍出版社，2006：355。

曹操的失敗便在於不僅沒有揣摩到敵方的心思用意還反而被敵方所揣摩，而很輕易地落入敵人所精心設計的圈套之中。正是對敵方心事的難揣度，戰爭的勝負亦是沒有定數的。正如毛宗崗《三國志演義回評》第五十一回所評：「君子觀於南郡之戰，而歎兵家勝負之不可知也。曹操於赤壁大敗之後，而遺計於曹仁，遂使周郎於赤壁大勝之後，而中箭於南郡。以八十三萬之眾不能勝瑜，而一曹仁足以勝之；以江口烏林之兵未嘗失利，而一南郡則失之。斯已奇矣。更可異者：由前而觀，則黃蓋之中箭，為大勝中之小挫；周瑜之中箭，又為大勝後之小挫。由後而觀，則曹操之算周瑜，為大挫後之小勝；曹仁之失南郡，又為小勝後之大挫。夫事之難料，至於如此。用兵者其何得以敗而沮、勝而驕乎？」〔註370〕兵家之勝負是難以知曉的。曹操赤壁大敗、周瑜赤壁大勝之後，又有曹操之小勝、周瑜之中箭。大勝之後緊接著到來的便是小挫，小挫之後緊接著到來的便是大挫。可見，戰場上並無常勝將軍，戰事複雜難預，並非是一戰而敗，則戰戰而敗，也不是一戰而勝，則戰戰而勝。故應戰者應時刻保持警覺，做到勝而不驕，敗而不餒。

其三，在評點戰事中，注重挖掘相同類型戰事的不同之處，即「犯」中之「避」。如毛宗崗《三國志演義回評》第三十二回評道：「曹操決漳河以淹冀州，與決泗水以淹下邳，前後兩篇大約相類。然用水於南境不奇，用水於北境為奇；淹下邳之計出於曹操之謀士不奇，淹冀州之策即出於袁氏之舊臣為奇。且下邳之淹，止一水耳；若淹冀州，則先遏一水，通一水以運糧，然後決一水以破敵，是有三水矣。下邳之水，所以報濮陽之火，兩家各用其一耳；若淹冀州，則先有劫韓猛、燒烏巢之火於前，而乃有通白溝、決漳河之水於後，是一家兼用其兩……侯成以獻酒被責而降曹，馮禮亦以飲酒被責而降曹。降曹同也，而一降於決水之後而不死，一降於決水之前而隨死，則大異。魏續為友人抱憤而獻門，審榮亦為友人抱憤而獻門。獻門同也，而呂佈在城中而被執，袁尚在城外而未擒，則又異。就其極相類處，卻有極不相類處。若有特特犯之而又特特避之者，真是絕妙文章。」〔註371〕毛宗崗指出了同為水戰的戰事所截然不同之處，如淹下邳的計策，出於曹操之謀士，以一水淹之，淹

〔註370〕〔元末明初〕羅貫中原著，〔清〕毛宗崗評點，毛批三國演義〔M〕，天津：天津古籍出版社，2006：376。

〔註371〕〔元末明初〕羅貫中原著，〔清〕毛宗崗評點，毛批三國演義〔M〕，天津：天津古籍出版社，2006：234。

冀州的計策出於袁氏之舊臣,先遏一水,再通一水以運糧,又決一水以破敵。《三國演義》中水戰不同,同為火戰的戰事自然亦有截然不同之處。又有如同為投降曹操,投降緣由、經過的不同之處,侯成以與馮禮,一是以獻酒被責而投降曹操,一是以飲酒被責而投降曹操,一是在決水之後投降而不死,一是在決水之前投降而隨死。又如同為獻門,獻門之具體過程、結果的迥異,呂布在城中被執,袁尚在城外未擒,等等,「犯」之而又「避」之,毛宗崗指出了《三國演義》著者敘事技法的高超。

其四,通過表述對同一兵法的運用施於不同之人的不同效果,而突出人物形象不同的性格特點。如毛宗崗《三國志演義回評》第四十一回評道:「前孔明教劉琦,是走為上計;今教玄德,亦是走為上計。然劉琦之走得免於難,玄德之走幾不免於難,其故何也?則皆玄德不忍之心為之累耳……若非不忍於百姓,則猶可以輕於走,捷於走,脫然於走。其走而幾於難者,乃玄德之過於仁,而非孔明之疏於計也。」〔註372〕由毛宗崗評點可知,諸葛亮教劉琦與劉備的兵法「走為上計」是相同的,但二人使用同一兵法的最終效果卻不盡相同。劉琦的逃跑是免於難,劉備的逃走是幾乎不免於難。其原因在於,劉備為其不忍之心所牽累。不忍心百姓死於刀劍之下,所以不是孔明的計策有疏漏,而是劉備過於仁德。

其五,看兵書而不為兵書所誤,「善用兵者不在書」。毛宗崗《三國志演義回評》第八十七回評道:「用兵之家,但知攻城與兵戰,至於攻心、心戰之論,則六韜三略之所未及詳,黃石素書、孫武十三篇之所未及載也。惟南巢、牧野之師,為能得此意,而不謂馬謖能言之;然非待馬謖言之,而孔明始知之,孔明特因馬謖之言,而愈決之耳。」〔註373〕毛宗崗指出,看過兵書的人,一般對攻城與兵戰的技法比較熟識,在戰事之中,運用起來也較嫻熟,而對於攻心之術、心戰之論,卻大多束手無策。因為關於攻心的計策,心戰的策略,《六韜》、《三略》、《黃石素書》、《孫武十三篇》等兵書中都沒有十分詳細的記載,這便使得充分依賴兵書的人失去了可依靠的事物,而不知所措。毛宗崗《三國志演義回評》第九十五回又評道:「兵家勝敗之故,有異而同者,

---

〔註372〕〔元末明初〕羅貫中原著,〔清〕毛宗崗評點,毛批三國演義〔M〕,天津:天津古籍出版社,2006:302。

〔註373〕〔元末明初〕羅貫中原著,〔清〕毛宗崗評點,毛批三國演義〔M〕,天津:天津古籍出版社,2006:648。

有同而異者。徐晃拒王平之諫，而背水以為陣；馬謖拒王平之諫，而依山以為營。水與山異，而必敗之勢則同也。黃忠屯兵於山，而能斬夏侯淵；馬謖屯兵於山，而不能退司馬懿。山與山同，而一勝一敗之勢則異也。馬謖之所以敗者，因熟記兵法之成語於胸中，不過曰『置之死地而後生』耳，不過曰『憑空視下，勢若破竹』耳。孰知坐論則是，起行則非；讀書雖多，致用則誤：豈不重可歎哉！故善用人者不以言，善用兵者不在書。」〔註374〕毛宗崗指出，徐晃背水為陣，馬謖依山為營，結果都是一樣的，即在戰爭中必敗。黃忠屯兵於山，能斬夏侯淵，馬謖屯兵於山，反不能退司馬懿。造成如此差異的原因便是，馬謖被讀書所誤，馬謖死讀書，受制於兵書中的兵法，只記住了幾句「置之死地而後生」、「憑空視下，勢若破竹」等等，而沒有做到見機行事。可見，讀書多反被書所誤，真正善於用兵之人是不被兵書所拘的。

（二）脈穴

「脈」表示身體裏的一種支脈，本義指血管，中醫裏表示人體氣血運行的管道。在中醫裏，「脈」，或指脈管，氣血運行的通道。「脈」與心的關係最為密切。心與「脈」直接相連，血液之所以能在脈中運行周身，全依賴心氣的推動。「脈」亦指脈搏，脈象。「脈」能約束和促進氣血循著一定的軌道和方向運行，運載氣血，輸送食物精華以營養全身。

「伏脈」的基礎解釋是脈學名詞，指的是一種脈象。在明清小說評點中，亦常見有「伏脈」一詞。如《新刻繡像批評金瓶梅評語》，第一回，原文：「到不如削去六根清淨。」崇夾：「伏脈。」〔註375〕又有如第七十九回，原文：「前日何老爹那裡唱的一個馮金寶兒，並呂賽兒，好歹叫了來。」崇夾：「伏脈。」〔註376〕第八十六回，原文：「就是你家大姐那女婿子，他姓甚麼？」崇夾：「伏脈。」〔註377〕等等。以上所舉《新刻繡像批評金瓶梅評語》中的「伏脈」之評不同於中醫中所講的「伏脈」，而是指伏筆。「脈」從中醫中的血管而用作「堪輿學」術語。

「穴」是象形字，「穴」在「堪輿學」中，是與人體脈絡穴位相比擬的。

〔註374〕〔元末明初〕羅貫中原著，〔清〕毛宗崗評點，毛批三國演義〔M〕，天津：
　　　　　天津古籍出版社，2006：711。
〔註375〕秦修容整理，金瓶梅：會評會校本〔M〕，北京：中華書局，1998：18。
〔註376〕秦修容整理，金瓶梅：會評會校本〔M〕，北京：中華書局，1998：1173。
〔註377〕秦修容整理，金瓶梅：會評會校本〔M〕，北京：中華書局，1998：1272。

「堪輿學」認為，地理的脈絡可以與人體的脈絡相比對，地理的脈絡和人體的脈絡類似。「穴」，乃「山水相交，陰陽融凝，情之所鍾處也」。「穴」有不同的類型：其一，「窩形穴」，又叫「開口穴」。其二，「鉗形穴」，又叫「開腳穴」。其三，「乳突穴」。其四，「突形穴」，又叫「泡穴」。金聖歎《讀第五才子書法》道：「有草蛇灰線法。如景陽岡勤敘許多『哨棒』字，紫石街連寫若干『簾子』字等是也。驟看之，有如無物；及至細尋，其中便有一條線索，捜之通體皆動。」〔註378〕「穴」，亦如此，往往隱藏而不易被人發現，正如金聖歎所言之「草蛇灰線」，所隱之「哨棒」、「簾子」等字，猛一看，並沒有什麼東西，而等到細細尋找，便會找到一條貫通始終的線索。《水滸傳》中的「哨棒」、「簾子」等字便相當於「堪輿學」中「穴」的作用。

　　林紓《春覺齋論文‧用筆八則》說：「……行文看結穴。」〔註 379〕「結穴」，亦稱「結節」，乃風水名詞。據董仲舒《春秋繁露》載，「結穴」指的是龍脈所行的生旺之氣在一定位置聚集在一起形成風水中的龍穴及好的地域。結穴是古代人為了做風水局和八宅風水的依據。古代人研究風水是為了守住健康、運氣、財富等。古人認為，天地之氣相互交合，這就是萬物生長的根本。從寒暑變化、日月運行、晝夜交替亦可懂得此道理。天地之氣有秩序地運行，把握這個規律是風水的根本。「堪輿學」博大精深，此不詳述。張竹坡《〈金瓶梅〉讀法》言：「讀《金瓶》當看其結穴發脈，關鎖照應處。子弟會得，才許他讀《左》、《國》、《莊》、《騷》、史、子也。」〔註 380〕張竹坡在評《金瓶梅》時所使用的「結穴發脈」等語，便借自「堪輿」之域。古人對「堪輿」的熟習與重視程度，遠遠高於今人，以至達到頻繁使用「堪輿」之語並用之於品評小說的地步。

（三）脫卸

　　「脫卸」的基本解釋是開脫推卸，推脫責任。明清小說評點家所言「脫卸」，指小說著者在小說敘事過程中，從一個情節轉到另一個情節，一方敘事轉入另一方敘事，即情節敘事的轉換。張竹坡《金瓶梅讀法》即言：「讀《金

〔註378〕陳曦鍾，侯忠義，魯玉川輯校，水滸傳會評本〔M〕，北京：北京大學出版社，1981：20。

〔註379〕李建軍，行文看結穴〔J〕，小說評論，1994，（6）：80。

〔註380〕〔明〕蘭陵笑笑生著，〔清〕張道深評，王汝梅、李昭恂、於鳳樹校點，張竹坡批評金瓶梅〔M〕，濟南：齊魯書社，1991：43。

瓶》,當看其脫卸處。子弟看其脫卸處,必能自出手眼,作過節文字也。」〔註381〕又如張竹坡《〈金瓶梅〉回評》第二十回評道:「寫瓶兒來家,請客已完,必總敘得幾莊橫財,又將小廝一敘:此總煞之筆也。蓋上文至此,不得不一總;下文脫卸另寫,不得不一總也。」〔註382〕張竹坡所言「脫卸另寫」便是指情節敘事的轉換,即小說著者從對一件事的敘述轉到對另一件事的敘述。又如金聖歎《水滸傳》第五十一回評道:「文章妙處,全在脫卸,脫卸之法,千變萬化,而總以使人讀之,如神鬼搬運,全無蹤跡,為絕技也。」〔註383〕金聖歎認為,小說之妙,全在「脫卸」,即小說故事情節的轉換上。情節轉換的方法有多種,而轉換的最高境界便是達到不知不覺即不知道情節已轉換的效果。讀者讀去,絲毫感覺不到情節已轉換的痕跡,而實際上,一個情節已讓位於另一情節的敘述。

「脫卸」受到研究者相當程度的關注與研究。如李碩《再說「脫卸」——明清小說場景過渡技法的發展》〔註384〕,即站在前人肩膀上,總結了張世君對「脫卸」所做的研究,而又有新的看法和觀點。本文僅就明清小說評點對「堪輿」用語「脫卸」的借鑒和使用,稍作點出,以示明清小說評點用語之生動、形象。

四、禮俗、耕織範疇

明清小說評點用詞的生動、形象還表現在引禮俗、耕織領域語匯入評等。

如毛宗崗《讀三國志法》中的兩段文字,例析了《三國演義》一書「隔年下種、先時伏著」之妙與「添絲補錦、移針勻繡」之妙,茲錄部分見下:

> 《三國》一書,有隔年下種,先時伏著之妙。善圃者投種於地,
> 待時而發。善弈者下一閒著於數十著之前,而其應在數十著之後。
> 文章敘事之法亦猶是也。如西蜀劉璋乃劉焉之子,而首卷將敘劉備

〔註381〕〔明〕蘭陵笑笑生著,〔清〕張道深評,王汝梅、李昭恂、於鳳樹校點,張竹坡批評金瓶梅〔M〕,濟南:齊魯書社,1991:43。
〔註382〕〔明〕蘭陵笑笑生著,〔清〕張道深評,王汝梅、李昭恂、於鳳樹校點,張竹坡批評金瓶梅〔M〕,濟南:齊魯書社,1991:299。
〔註383〕陳曦鍾,侯忠義,魯玉川輯校,水滸傳會評本〔M〕,北京:北京大學出版社,1981:949。
〔註384〕李碩,再說「脫卸」——明清小說場景過渡技法的發展〔J〕,中國文化,第三十七期:157～165。

先敘劉焉，早為取西川伏下一筆。又於玄德破黃巾時，並敘曹操帶敘董卓，早為董卓亂國、曹操專權伏下一筆……自此而外，凡伏筆之處，指不勝屈……〔註385〕

以上所引，毛宗崗所言《三國演義》之「隔年下種、先時伏著」，是以耕種、弈棋為喻，闡發小說敘事之手法。善於耕種者，將種子埋在地裏，等到時機成熟，種子自然會萌發。善於下棋的人，在數十著之前便設下一棋，這一棋看似閒著，卻應在數十著之後，起著決定性的作用。這好比《三國演義》在情節敘事上的安排。如小說將要敘述劉備，先敘述劉焉，為取西川下種；在劉備破黃巾之時，同時將曹操與董卓道出，為董卓亂國、曹操專權下種……以上所述只冰山之一角，「隔年下種」之處不可勝道。

《三國》一書，有添絲補錦，移針勻繡之妙。凡敘事之法，此篇所闕者補之於彼篇，上卷所多者勻之於下卷，不但使前文不沓拖，而亦使後文不寂寞……如呂布取曹豹之女本在未奪徐州之前，卻於困下邳時敘之。曹操望梅止渴本在擊張繡之日，卻於青梅煮酒時敘之。管寧割席分坐本在華歆未仕之前，卻於破壁取後時敘之……諸如此類，亦指不勝屈……〔註386〕

以上所引，毛宗崗所言《三國演義》之「添絲補錦、移針勻繡」，是以縫紉為喻，闡發小說敘事之手法。即作小說如織布縫衣一般，如果一處內容偏多，另一處內容偏少，就應該將一處所多的內容移到另一處內容偏少處。這樣作出來的小說就如同一件線腳均勻的衣服，不存在多線、漏縫之處。如《三國演義》中呂布娶曹豹之女本發生在尚未奪取徐州之時，卻在困於下邳時將之敘出；曹操讓兵士望梅止渴之事本發生在擊打張繡之時，卻在與劉備青梅煮酒論英雄時將之敘出；管寧與華歆割席分坐之事本發生在華歆做官之前，卻在破壁取後時將之敘出。小說中諸如此類的敘述方式即為毛宗崗所言的「添絲補錦、移針勻繡」。

（一）盤旋

「盤旋」的基本詞義是指沿著螺旋軌道運動，旋繞飛行，逗留、徘徊等。

〔註385〕〔元末明初〕羅貫中原著，〔清〕毛宗崗評點，毛批三國演義〔M〕，天津：天津古籍出版社，2006。

〔註386〕〔元末明初〕羅貫中原著，〔清〕毛宗崗評點，毛批三國演義〔M〕，天津：天津古籍出版社，2006。

「盤旋」有諸多義項：其一，指儀節中遵照一定程式的迴旋進退，如「……盤旋揖讓以修禮」（《淮南子・氾論訓》），又如「……教以盤旋，訓以揖讓……」（晉・葛洪《抱朴子・譏惑》）。其二，用於形容手舞足蹈。其三，打轉，旋轉之意，如蒲松齡《聊齋誌異・賭符》：「盤旋五木，似走圓珠。」〔註387〕其四，指迂迴，如《紅樓夢》第十七回有：「……繞階緣屋至前院，盤旋竹下而出。」〔註388〕其五，留連，盤桓，如羅燁《醉翁談錄・張時與福娘再會》：「少年遊學至建康，盤旋數日……」〔註389〕其六，周旋，交往之意。其七，跋行搖擺貌。其八，槃旋，旋轉。其九，指來回往復之意。等等。

　　「盤旋」是一種曲線運動，曲線是動點運動時，方向連續變化所成的線，也可以想像成彎曲的波狀線。同時，曲線一詞又可特指人體的線條。「曲線」從觀者的角度而言，能產生愉悅舒適的感覺，使得欣賞者的肌肉筋骨鬆弛放鬆。「曲線美」的概念，最早由英國美學家荷迦茲所提出，他說：「一切由所謂波浪線、蛇形線組成的物體都能給人的眼睛以一種變化無常的追逐，從而產生心理樂趣。」（《美的分析》）這種曲線的美，令人心曠神怡、舒服適切。

　　對於小說而言，曲線的美，表現在作品結構、故事情節的一波三折，即不是一覽無餘的直線流水帳似的記敘方式，而是一波未平一波又起，引人入勝。又如小說著者在重點表現某一人物或情節之時，「左盤右旋，不可放脫」，從正面、側面、反面等多個角度對所要表現的對象進行全方位的描摹和刻畫，達到窮力而格物的藝術表現效果。「盤旋」便是一種曲線之美，如馮延巳詞的風格謂為「悲喜綜錯、盤旋鬱結」〔註390〕，即是說馮延巳之詞，是悲與喜相互糾結，相互流滲，如同盤旋鬱結在一起的氣流漩渦，具有強烈的藝術感染力和奇特的張力。「盤旋」的狀態超脫了平靜溫和，而是處於不斷的運動變化之中，「盤旋」的力量不是單一的理論，而是扭結的矛盾的力量，它所昭示的不是簡單的和諧，而是一種變動之美，暗示著情緒的波瀾起伏。

（二）金針暗度

　　「金針暗度」，「度」通「渡」，過渡，引申為傳授，後用於比喻秘訣，亦

〔註387〕〔清〕蒲松齡著，張友鶴輯校，聊齋誌異會校會注會評本〔M〕，北京：中華書局，1962：420～421。

〔註388〕〔清〕曹雪芹，紅樓夢〔M〕，北京：中國文史出版社，2004：89。

〔註389〕〔宋〕羅燁著，醉翁談錄〔M〕，上海：古典文學出版社，1957：117。

〔註390〕李曉飛，論馮延巳詞「悲喜綜錯、盤旋鬱結」的藝術風格及成因〔D〕，長春：東北師範大學，碩士學位論文，2007。

借指幕後交易、暗中做事。據漢族民間傳說故事所載,有一個名字叫做鄭採珠的姑娘,七夕祭織女,織女送給她一根金針,從此她刺繡的技能更為精巧。具體見《桂苑叢談‧史遺》記載〔註391〕。《桂苑叢談‧史遺》神話性的記載,顯示了「金針暗度」的巧妙性,亦將此詞的使用打上了神乎其神的色彩。元好問《論詩》詩中亦云:「鴛鴦繡了從教看,莫把金針度與人。」〔註392〕

　　明清小說評點對「針」多有提及。如謝頤《金瓶梅序》道:「《金瓶》一書……其細針密線,每令觀者望洋而歎。今經張子竹坡一批,不特照出作者金針之細,兼使其粉膩香濃,皆如狐窮秦鏡,怪窘溫犀,無不洞鑒原形。」〔註393〕謝頤所指「細針密線」、「金針之細」是使用了比喻,將《金瓶梅》著者的行文構思、情節安排比喻為織錦之針,其織就的錦緞看不出針腳,針之細密,便體現了《金瓶梅》著者構思之縝密。又如《醒世姻緣傳凡例》有:「本傳其事有據,其人可徵,惟欲針線相聯,天衣無縫,不能盡芟傅會。」〔註394〕《醒世姻緣傳凡例》所言「針線相聯,天衣無縫」亦是指《醒世姻緣傳》的作者構思之細密,在構思、敘寫小說的故事情節、思想內容之時不存一處漏洞。

　　「針」還有他指。獨醒道人《鴛鴦針序》道:「醫王活國,先工針砭,後理湯劑。迨針砭失傳,湯劑始得自專為功。然湯劑灌輸肺腑,針砭攻刺膏肓。世未有不知膏肓之愈於肺腑也。世人黑海狂瀾,滔天障日,總泛濫名利二關。智者盜名盜利,愚者死名死利……『鴛鴦繡出從君看,不把金針度與人。』道人不惜和盤托出,痛下頂門毒棒。此針非彼針,其救度一也。使世知千針萬針,針針相投;一針兩針,針針見血……」〔註395〕《鴛鴦針》是清代白話小說集,共四卷,十六回。此書每卷四回講述一個故事,針砭明至清初的社會現實,社會意義深刻。如第一卷以明嘉靖朝為背景,寫仁和縣秀才徐鵬子鄉試試卷被同學丁全以關節頂替,徐因要求查找落卷,反被誣陷入獄,對封建科舉的弊端有較為深刻的揭露與批判。《鴛鴦針》對明末社會腐敗現象痛下針砭,通過具體人物故事,揭露科場腐敗、官場污穢、商界朽爛以及下層社會

〔註391〕詳見〔唐〕馮翊,桂苑叢談〔M〕,上海:中華書局,1985:9。
〔註392〕〔金末元初〕元好問著,施國祁注,元遺山詩集〔M〕,北京:人民文學出版社,1989:650。
〔註393〕丁錫根編著,中國歷代小說序跋集(中)〔M〕,北京:人民文學出版社,1996:1082。
〔註394〕朱一玄編,明清小說資料彙編(下)〔M〕,天津:南開大學出版社,2012:886。
〔註395〕丁錫根編著,中國歷代小說序跋集(中)〔M〕,北京:人民文學出版社,1996:807～808。

風氣的敗壞。作者為此開出藥方：在選拔人才方面不必迷信科舉，讓綠林中人也為國家效力；政府官員應正直清廉，仁德寬厚，以德報怨，以情感人，使壞人自歸於正；提倡誠實守信的社會風氣，反對損人利己；反對縱慾，提倡貞潔。《鴛鴦針》之「針」，不是織錦縫紉之「針」，而是醫病治病針砭之「針」。又如張文虎《儒林外史評》：「是書特為名士下針砭。即其寫官場、僧道、隸役、娼優及王太太輩，皆是烘雲托月，旁敲側擊。讀者宜處處迴光返照，有則改之，無則加勉，無負著書者一肚皮眼淚，則批書者之所望也。」〔註396〕張文虎在《儒林外史》評點中所言的「為名士下針砭」，是說《儒林外史》諷刺了所謂「名士」一類人，揭露了其虛偽做作，無恥無賴。《紅樓夢》甲戌本後人評語，第五回，原文：「太高人愈妒，過潔世同嫌。」眉批：「為吾曹痛下針砭。」〔註397〕《紅樓夢》中的妙玉冰清玉潔，惹人嫌妒，眉批「為吾曹痛下針砭」，顯示了批點《紅樓夢》之人在品質上和妙玉一般高潔，不肯與世俗趨炎附勢之徒同流合污而遭到主流社會的排擠與冷眼，這正是他們的癥結所在，也從側面顯示了其出淤泥而不染的特立獨行的精神高度。

雨香《西遊記敘言》道：「……如錦織雲霞，梭成無縫……入大海撈針，不得針，另摸一針示人以為即是，不知果是耶否……要覓真針是，先須忘妄心，未曾磨鐵杵，那得繡花針……」〔註398〕《西遊記》好似「錦織雲霞，梭成無縫」，《西遊記》之旨玄妙精深，欲得其真傳，仿若入大海撈針。雨香所要試圖說明的是，要達真義，不能投機取巧，試圖走捷徑，此好比大海撈針，無邊無際。書之真義好比「真針」，要得真針，便需費真工夫，只要工夫深，鐵杵磨成針。

《新刻繡像批評金瓶梅評語》即多有對「針」的指涉。如第一回，原文：「就是那朝中高、楊、童、蔡四大姦臣，他也有門路與他浸潤。」崇眉：「好針線。」〔註399〕這裡的「好針線」，當指作者第一回便敘述了西門慶與朝中高俅、楊戩、童貫、蔡京等四大姦臣不尋常的往來關係，為後文小說故事情節的展開埋下了種子伏筆。又如第十回，原文：「西門慶道：『花二哥娶了這

〔註396〕〔清〕吳敬梓著，李漢秋輯校，儒林外史匯校匯評〔M〕，上海：上海古籍出版社，2010：15～16。
〔註397〕朱一玄，紅樓夢脂評校錄〔M〕，濟南：齊魯書社，1986：568。
〔註398〕丁錫根編著，中國歷代小說序跋集（下）〔M〕，北京：人民文學出版社，1996：1381。
〔註399〕秦修容整理，金瓶梅：會評會校本〔M〕，北京：中華書局，1998：14。

娘子兒，今不上二年光景。他自說娘子好個性兒，不然房裏怎生得這兩個好丫頭？』……西門慶道：『你不知，他原是大名府梁中書妾，晚嫁花家子虛，帶一分好錢來。』月娘道：『他送盒兒來，咱休差了禮數，到明日也送些禮物回答他。』」崇夾評曰：「字字綿裏裹針。」〔註400〕崇夾所評「字字綿裏裹針」意思是說西門慶話中有話，即西門慶表面上雖是說花子虛對李瓶兒的讚美，而實際上卻表達了自身對李瓶兒的中意。

此外，還有如張竹坡在批評小說《金瓶梅》時，對「縫織」領域中「針」、「線」的借用。

如張竹坡《竹坡閒話》言：「……然則《金瓶梅》，我又何以批之也哉？我喜其文之洋洋一百回，而千針萬線，同出一絲，又千曲百折，不露一線……如此妙文，不為之遞出金針，不幾辜負作者千秋苦心哉……其書之細如牛毛，乃千萬根共具一體，血脈貫通，藏針伏線，千里相牽……恨不自撰一部世情書，以排遣悶懷……我且將他人炎涼之書，其所以前後經營者，細細算出，一者可以消我悶懷，二者算出古人之書，亦可算我今又經營一書，我雖未有所作，而我所以持往作書之法，不盡備於是乎……」〔註401〕張竹坡認為，《金瓶梅》雖洋洋一百回，千針萬線，卻同出一絲，千曲百折，不露一線。經營一部小說譬如縫紉織布，小說部頭或織物看似碩大無比，卻也是一針一線相互勾連縫製而成。最完美的織錦是看不出針腳的，其織技之高超不露一線，張竹坡認為，《金瓶梅》正是如此織錦，洋洋灑灑、千曲萬折一百回，不露一針一線，渾然天成，顯示了《金瓶梅》著者小說敘事才能的高超。面對如此拜服的《金瓶梅》，張竹坡慨歎，如若任其淹沒，將是多麼可惜，於是親自操刀，傾力批書，將百回中的藏針伏線一一揭出，以此方不辜負作者苦心。不僅如此，亦自遣悶懷，批書亦著書。又如張竹坡《〈金瓶梅〉讀法》道：「……故必先寫月娘好佛，一路尸尸閃閃，如草蛇灰線……將一部中有名人物花開豆爆出來的，復一一煙消火滅了去……作者直欲使一部千針萬線，又盡幻化了，還之於太虛也……」〔註402〕張竹坡以吳月娘為例，說明《金瓶梅》著者寫人

〔註400〕 秦修容整理，金瓶梅：會評會校本〔M〕，北京：中華書局，1998：147～148。
〔註401〕 〔明〕蘭陵笑笑生著，〔清〕張道深評，王汝梅、李昭恂、於鳳樹校點，張竹坡批評金瓶梅〔M〕，濟南：齊魯書社，1991：10～11。
〔註402〕 〔明〕蘭陵笑笑生著，〔清〕張道深評，王汝梅、李昭恂、於鳳樹校點，張竹坡批評金瓶梅〔M〕，濟南：齊魯書社，1991：33～34。

敘事的「草蛇灰線」之法。小說先寫吳月娘好佛，再將《金瓶梅》中有名人物一一寫出，從有到無，最後「煙消火滅」，歸於「太虛」。由此可知，一整部《金瓶梅》，仿若「千針萬線」所織就的華美錦緞，而其最終卻歸於幻化和空無，此即為張竹坡所認為的《金瓶梅》意旨所在。

張竹坡《金瓶梅回評》亦多次以與「縫織」有關的譬喻作評。茲舉數例如下。

如張竹坡《金瓶梅回評》第一回評道：「一回兩股大文字，熱結、冷遇也。然熱結中七段文字，冷遇中兩段文字，兩兩相對……如正講西門慶處，忽插入伯爵等人，至滿縣都懼怕他，下忽接他排行第一，直與複姓西門，單一個慶字合筍，無一線縫處。正講武松遇哥哥，忽插入武大別了兄弟，如何如何，許多話來，下忽云不想今日撞著自己嫡親兄弟，直與自從兄弟分別之後合筍，無一縫處……」〔註403〕《金瓶梅》第一回所述為「熱結」、「冷遇」之事。正如此回標題所示，兩件事是兩兩相對的。《金瓶梅》著者分兩「線」去「織」文。一條「線」「織」西門慶處，一條「線」「織」武二郎處。在「織」西門慶這處「布匹」的過程中，又插入了應伯爵等人，即在敘述主要人物的時候，連帶敘出次要人物。這便如同在縫織衣服之時，主要採用的是一種顏色的線料，而又插入其他顏色的線料作為整個衣物的點綴和補充。且在「織」造的過程中，銜接自然，看不出插入的痕跡，亦即張竹坡所評的「無一線縫處」，亦即「合筍」，就是《金瓶梅》著者行文敘事的本領好似縫織衣服的高手，「針線」巧妙，令讀者看不出「線縫」之所在。又如張竹坡《金瓶梅回評》第七回評道：「……西門之炎熱，危如朝露，飄忽如殘花，轉眼韶華，頓成幻景，總是為一百回內，第一回中色空財空下一頂門針……」〔註404〕張竹坡所言之「頂門針」，是「頂門上一針」的省略語。張竹坡之意，則是任西門慶家有潑天的富貴，數不盡的美色，卻危如朝露，飄忽如殘花，轉眼間，韶華便成幻景，此是下一「頂門針」，來喝醒世人。又如張竹坡《金瓶梅回評》第八回評道：「寫床既入情理，又為春梅回家作線也。」〔註405〕此處所言「作線」，意為設下埋伏、埋下種子。

〔註403〕〔明〕蘭陵笑笑生著，〔清〕張道深評，王汝梅、李昭恂、於鳳樹校點，張竹坡批評金瓶梅〔M〕，濟南：齊魯書社，1991：4。

〔註404〕〔明〕蘭陵笑笑生著，〔清〕張道深評，王汝梅、李昭恂、於鳳樹校點，張竹坡批評金瓶梅〔M〕，濟南：齊魯書社，1991：110。

〔註405〕〔明〕蘭陵笑笑生著，〔清〕張道深評，王汝梅、李昭恂、於鳳樹校點，張竹坡批評金瓶梅〔M〕，濟南：齊魯書社，1991：130。

其他言及「針」、「線」之處，還有如張竹坡《金瓶梅回評》第三十二回評道：「……銀姐又為解衣一回之線，愛香又為愛月之因，而玉釧又為隔花之金釧作引。固知一百回，皆一時成就，方能如針線之聯絡無縫也。」〔註406〕張竹坡在評點此回文字中，亦言及「線」、「針線」聯絡無縫隙等等。又如張竹坡《金瓶梅回評》第五十一回評道：「……必寫為之東京求情，蓋為上壽之引線也……文字精細之針線如此。」〔註407〕張竹坡在評點此回文字中，言及「引線」，以及《金瓶梅》文字精細的「針線」。又如張竹坡《金瓶梅回評》第七十六回評道：「……文字針線之妙，無一懈可擊……借何十事，即插一宋得原奸丈母事，早為下文金蓮售色，以後至出門等情，總提一線也……誰能知此金針之細，如曰送得遠也……」〔註408〕張竹坡在此回評點文字中，指出《金瓶梅》文字的「針線」巧妙，令人找不出一絲破綻。張竹坡又言《金瓶梅》著者借何十之事，即插入宋得原與丈母娘周氏通姦，兩個都判了絞刑之事，這便早早為小說後文的潘金蓮售色，以及之後的出門等故事情節，總提「一線」，即小說前面故事情節的敘述等於為後面的故事情節的展開來「穿針引線」。以此可知，《金瓶梅》著者的「金針之細」。

除《金瓶梅》評點外，還有如《紅樓夢》評點亦借「針」、「線」等「縫織」術語入評。如脂硯齋等《紅樓夢評》第八回原文：「原來襲人實未睡著，不過故意裝睡，引寶玉來惱他頑耍。先聞得說字問包子等事，也還可不必起來，後來摔了茶鍾，動了氣，遂連忙起來解釋勸阻……彼時李嬤嬤等已進來了，聽見醉了，不敢前來再加觸犯，只悄悄的打聽睡了，方放心散去。」甲戌眉批曰：「偷度金針法，最巧。」〔註409〕《紅樓夢》敘事寫人用筆巧妙，往往用簡潔的語言，完成人事與人事之間的過渡和互換。如上引《紅樓夢》原文，襲人一個簡單的裝睡的動作，便包含了諸多方面的意思。其一，寫出襲人的心理狀態，意欲吸引賈寶玉，以爭取和賈寶玉玩耍的機會。其二，做到兩個視角敘事，裝睡的襲人是旁觀者的視角，而其他人都以為襲人在睡覺，則是

〔註406〕〔明〕蘭陵笑笑生著，〔清〕張道深評，王汝梅、李昭恂、於鳳樹校點，張竹坡批評金瓶梅〔M〕，濟南：齊魯書社，1991：476。

〔註407〕〔明〕蘭陵笑笑生著，〔清〕張道深評，王汝梅、李昭恂、於鳳樹校點，張竹坡批評金瓶梅〔M〕，濟南：齊魯書社，1991：746。

〔註408〕〔明〕蘭陵笑笑生著，〔清〕張道深評，王汝梅、李昭恂、於鳳樹校點，張竹坡批評金瓶梅〔M〕，濟南：齊魯書社，1991：1190～1191。

〔註409〕朱一玄，紅樓夢脂評校錄〔M〕，濟南：齊魯書社，1986：153。

醒著的人的視角。兩種視角的同時敘事，便包囊了更多的信息量。其三，以最節省的筆墨完成了複雜事件的敘述。在襲人裝睡的過程中，醒著的寶玉等人勢必發生了許多言語的碰撞，敘述了諸多事節，這些事節如若慢慢敘出，不但費卻篇幅，還頗生硬，而以襲人裝睡的旁觀者視角敘之，則一筆帶過，省下諸多筆墨。其四，完成了情節與情節之間的過渡和轉換，襲人的一裝睡一起身，便從旁觀者的世界轉入現實發生中的世界，進入小說當中的正面敘事之中。《紅樓夢》批點者對此並未進行冗長的分析，而是以「偷度金針法」，輕巧地點出《紅樓夢》著者行文敘事之巧妙。還如王希廉《紅樓夢回評》，第六十七回評道：「敘薛蟠酬客，寶釵送物，不但文情曲折，且借薛姨媽口中逗起薛蟠娶親，借鶯兒口中引起鳳姐聞風。遠針細線，絲絲入扣。」〔註410〕王希廉評《紅樓夢》「遠針細線」，是言《紅樓夢》著者敘事之曲折而又相互勾連，沒有斷絕，就如同縫織衣物，細細的線織成無縫的布匹，線未曾斷絕，總是有一個針起著把線勾連在一起的作用。

　　就明清小說評而言，「金針暗度」被引借，形成了「金針暗度法」這一中國傳統小說的藝術手法，即指通過對故事情節的生動描繪，神不知鬼不覺地把讀者引向文章主旨所在，也可理解為一種情節轉折、過渡的巧妙方法。

　　如《紅樓夢》第八回，此回開頭寫賈寶玉要約秦鍾上家塾事，文中寫道：「鳳姐又在一旁幫著說：『改日秦鍾還來拜見老祖宗呢。』說得賈母歡喜起來。」甲戌側評言：「止此便十成了，不必繁文再表，故妙。偷度金針法。」〔註411〕此回又寫薛寶釵翻來覆去細細觀賞「通靈寶玉」，見到上面鐫刻有字，便「口內念道：『莫失莫忘，仙壽恒昌。』念了兩遍，乃回頭向鶯兒笑道：『你不去倒茶，也在這裡發呆作什麼？』鶯兒嘻嘻笑道：『我聽這兩句話，倒像和姑娘的項圈上的兩句話是一對兒。』」脂硯齋批道：「請諸公掩卷合目想其神理，想其坐立之勢，想寶釵面上口中……金針度矣。」〔註412〕賈寶玉所佩戴之玉是其出生之時口中所含，薛寶釵所戴的金鎖是其幼小之時為其治病的和尚所贈，上鐫有「不離不棄、芳齡永繼」八字，說等日後碰著有玉之人方可相與結為婚姻。因此緣故，薛寶釵對「通靈寶玉」關切有加，她凝神注視著這塊「通靈

〔註410〕馮其庸纂校訂定，陳其欣助纂，八家評批紅樓夢〔M〕，北京：文化藝術出版社出版，1991：1670。

〔註411〕朱一玄，紅樓夢脂評校錄〔M〕，濟南：齊魯書社，1986：135。

〔註412〕朱一玄，紅樓夢脂評校錄〔M〕，濟南：齊魯書社，1986：141。

寶玉」，甚至將上面的字脫口讀出，以至引起了丫鬟鶯兒的注意。脂硯齋又批道：「又引出一個金項圈來，鶯兒口中說出方妙。」〔註413〕從鶯兒口中說出寶釵心中所想，如此奇妙的行文，不露痕跡，正乃「金針暗度」，將寶釵所夙日盼望的「金玉良緣」從側面表出。又如《紅樓夢》第三十六回，前半回寫寶釵來到寶玉屋裏，見寶玉午睡，襲人在給他繡鴛鴦戲蓮的兜肚，接著寶釵幫襲人繡。這時正巧黛玉看見，心中十分不快。之後寫寶玉夢中喊罵：「什麼『金玉姻緣』？我偏說『木石姻緣』！」〔註414〕可以見出作者在行文之中，其所注力的焦點仍然沒有離開林黛玉與薛寶釵之間的對峙與衝突。所以脂硯齋在回前總評中說：「絳芸軒夢兆是金針暗度法。」〔註415〕又如《紅樓夢》第五十回，此回寫及史湘雲和薛寶琴聯詩，似乎遠離了作品的主線，可是作者寫史湘雲的聰敏，卻是為突出薛寶琴，然後進一步推出下文所要重點記敘的給寶玉提親之事。脂硯齋在回前總評中道：「此回著重在寶琴，卻出色寫湘雲。寫湘雲聯句極敏捷聰慧，而寶琴之聯句不少於湘雲，可知出色寫湘雲，正所以出色寫寶琴。出色寫寶琴者，全為與寶玉提親作引也。金針暗度，不可不知。」〔註416〕正如脂硯齋所評，《紅樓夢》著者將史湘雲寫得越出色，便越會顯出薛寶琴的出色。寫聯句，便是突出薛寶琴此人之出色，便是為了引出給寶玉提親之事。此即脂硯齋所言的「金針暗度」之法。

與「金針暗度」相關的還有如《金屋夢凡例》中有所云「金針之度」：「是編悲歡離合，皆從世情上寫來，件件逼真。間有一二點綴處，亦不過借為金針之度。」〔註417〕《金屋夢》為清代夢筆生所著，乃《金瓶梅》續書之一，《金屋夢》寫透人情世態，炎涼冷熱，展現了人心之叵測，在悲觀的人生態度裏揭示出命運無常、人生焦灼與悲歡苦樂。《金屋夢》在豔情文學當中，可謂文筆蕩漾生姿，描寫生動有致，具有一定思想價值。正如凡例所言，《金屋夢》寫盡人生悲歡離合，從現實生活出發，不離開生活本色進行描摹，所以其中所敘故事、所記人物，真切可信，即便有幾處浮華不實之所謂「點綴」，

〔註413〕〔清〕曹雪芹著，鄧遂夫校訂，脂硯齋重評石頭記（甲戌校本）〔M〕，北京：作家出版社，2000：211。

〔註414〕〔清〕曹雪芹，紅樓夢〔M〕，北京：中國文史出版社，2004：205。

〔註415〕朱一玄，紅樓夢脂評校錄〔M〕，濟南：齊魯書社，1986：435。

〔註416〕朱一玄，紅樓夢脂評校錄〔M〕，濟南：齊魯書社，1986：487。

〔註417〕朱一玄編，明清小說資料彙編（下）〔M〕，天津：南開大學出版社，2012：568。

也不離開表現世情之本宗，即均是「金針之度」。

　　邱煒萲《菽園贅談》之「小說閒評」中亦言及「巧度金針」之法：「《兒女英雄傳》自是有意與《紅樓夢》爭勝，看他請出忠孝廉節一個大題目來，搬演許多，無非想將《紅樓夢》壓住……然非作《紅樓夢》者先為創局，巧度金針，《兒女英雄》究安得陰宗其長，而顯攻其短？攻之雖不克，而彼之長已為吾所竊取以鳴世，又安知《兒女英雄》顯而攻之者，不從而陰為感耶？《紅樓夢》得此大弟子，可謂風騷有正聲矣。」〔註418〕邱煒萲認為《兒女英雄傳》有意與《紅樓夢》爭勝，作者文康的意圖是在將《紅樓夢》壓住，出於它之上，然而《兒女英雄傳》所取得的成功也是借鑒了《紅樓夢》的寫作手法，是在其基礎上的發展變化，故邱煒萲認為是《紅樓夢》「暗度金針」，才有了《兒女英雄傳》的成就。

（三）隔年下種

　　「隔年下種」，字面意義是將隔年種子種入地下，期待發芽收穫。從農學角度而言，「隔年下種」並非科學，因為隔年種子，發芽率隨之降低，最好不能用隔年種子播種。如果要「隔年下種」，就需要多下一些種，保證出苗率。「隔年下種」借用於明清小說批評領域，與「千里伏線」所指示的意義相同，即小說作者在行文過程中，在前文便已埋下伏筆，前文埋的伏筆，在後文體現出來，意即隔年下的種子，後面能發出芽，講的是小說行文的首尾照應。

　　明清小說評點中，多有對農耕術語的借用。如《新刻繡像批評金瓶梅評語》，第八十二回，原文：「金蓮道：『賊牢成的，就休搗謊哄我！昨日我不在家，你幾時在上房內聽宣卷來？丫鬟說你昨日在孟三兒房裏吃飯來。』敬濟道：『早是大姐看著，俺每都在上房內，幾時在他屋裏去來！』」崇夾：「又生枝葉，妙。」〔註419〕評點者所云「又生枝葉」，即是以農耕植物學領域的植被作喻，將《金瓶梅》文意的搖曳多姿譬喻作植被的根深葉茂，故事情節的曲折婉轉看作植物的生枝長葉。此類批語體現了評點者作評所用詞語的生動形象，廣納博收。又如張竹坡《金瓶梅回評》第十回評道：「講瓶兒出身，妙在順將伯爵等一映，使前後文字皆動，不寂寞一邊。文字中真是公孫舞劍，無一空處。而穿插之妙，又如風入牡丹，一片文錦，其枝枝葉葉，皆脈脈相通，

〔註418〕朱一玄編，明清小說資料彙編（下）〔M〕，天津：南開大學出版社，2012：615。

〔註419〕秦修容整理，金瓶梅：會評會校本〔M〕，北京：中華書局，1998：1227。

卻又一絲不亂,而看者乃又五色迷離,不能為之分何者是風,何者是牡丹,何者是枝是葉也。」〔註420〕張竹坡將《金瓶梅》寫人敘事的文字譬喻為公孫舞劍,舞技高超,無一空處。其行文穿插之處,又像風入牡丹,牡丹之枝葉脈脈相通,風吹過處,雖看似散亂,卻實未曾真亂,此枝此葉恰似從前,未有一絲改變。只不過對於觀者而言,風吹過處,五色迷離,不能分出何者為風,何者為牡丹,何者為枝葉。《金瓶梅》敘事技法之高超恰似此,左穿右插,看似打破了原文的秩序結構,卻一絲不亂,而形成的藝術效果卻更為美輪美奐,迷離晃眼。

　　從以上例析可以看出,明清小說評點所用詞語生動、形象性的表現之一是對禮俗耕織等領域語彙的借用。這在一方面,體現了明清小說評點者不拘泥於條條框框,隨心選用詞彙的自由評點狀態,即他們在評點小說時,並未被要求使用何種既定的術語,套用何種現成的理論,而是以自身對小說文本的體悟、分析為重,且並不覺得借用其他領域的詞彙不合明清小說評點的規制;在另一方面,以禮俗耕織等領域語匯入評,顯示了古人的跨域性視角,及其靈動的心智、豐富的想像力、肆意揮灑文采的激情。明清小說評點不是純理論的邏輯性說教,而是體現了濃烈的情感性因子,佐以生動形象的語言,典型多樣的事例,如小說文本般不拘不板、通於流俗。

五、明清小說評點辯證範疇

　　明清小說評點範疇有一個較為明顯的特點,即範疇的辯證性。正反相對的兩字詞構成一對相反相成的辯證範疇,體現了中國傳統文化及文學批評中的辯證性思維。明清小說評點中的辯證範疇為數眾夥,如真幻、避犯、忙閒、雅俗、虛實、主賓、冷熱、有無、大小、反正、動靜、剛柔、哀樂、揚抑、真偽等等均在辯證範疇之列。明清小說評點的辯證範疇還對詩學批評的辯證範疇和古文批評的辯證範疇多有借用,如借自詩學批評的辯證範疇「濃淡」,借自古文批評的辯證範疇「奇正」等等。以下攫取幾例略作分析。

(一)真幻

　　學者對「真幻」有頗成熟、系統的探討。研究文章豐富多樣,涉及到詩歌、小說、戲曲等文學體裁及文學批評的諸方面。如羅曼菲《論「幻化」藝術

〔註420〕〔明〕蘭陵笑笑生著,〔清〕張道深評,王汝梅、李昭恂、於鳳樹校點,張竹坡批評金瓶梅〔M〕,濟南:齊魯書社,1991:155～156。

手段在〈聊齋〉中的運用》，認為《聊齋誌異》真與幻相結合的創作手法乃藝術真實，正是對現實生活的本質真實的反映。〔註421〕祁志祥《「真幻」說：中國古代文學的藝術真實觀》，以時間為軸線，分析中國古代詩詞歌賦、小說戲曲等的藝術真實觀，並認為「真」與「幻」的對立統一構成了小說的藝術真實。〔註422〕李成《曲度盡傳春夢景「以幻為真」抒至情──論〈牡丹亭〉真幻交融的審美藝術功能》，認為《牡丹亭》「以幻為真」的浪漫主義寫作手法所取得的藝術效果既真實又感人至深。〔註423〕曾凡安、石麟《敘事：妙在虛實真幻之間──古代小說批評的辯證思維之一斑》，認為歷史演義小說評點者多強調「真」，而其他類型小說評點者則提倡「真」與「幻」之間的結合轉化。〔註424〕祁志祥《明清小說評點的藝術真實論》，按時間軸線，通過具體小說評點的例證，對李贄、葉晝、謝肇淛、袁于令、李日華、馮夢龍、凌濛初、金聖歎、毛宗崗、張竹坡、脂硯齋等人的真幻觀進行總結分析，畫出明清小說評點藝術真實論的發展脈絡。〔註425〕湯凌雲《真幻不二：明清小說戲曲真實性的審美原則》，認為明清小說戲曲中「真」即是「幻」，「幻」即是「真」，二者是平等不二的關係。〔註426〕

　　「真」與「幻」二者是相反相成的關係，在本質意義上並無二致。「真」即是「幻」，「幻」即是「真」，袁于令《西遊記題詞》即言：「文不幻不文，幻不極不幻。是知天下極幻之事，乃極真之事；極幻之理，乃極真之理。故言真不如言幻，言佛不如言魔。」〔註427〕正如袁于令所言，極幻之事乃極真之事，極幻之理乃極真之理，真幻不二，在極度虛幻中暗藏著最高的真實。真幻雖是不二的關係，但在描寫難度上卻有差別，真者難描，幻者易構，正如張譽

〔註421〕羅曼菲，論「幻化」藝術手段在《聊齋》中的運用〔J〕，惠州大學學報（社會科學版），2000，20（3）：73～77，94。

〔註422〕祁志祥，「真幻」說：中國古代文學的藝術真實觀〔J〕，人文雜誌，2007，（2）：98～103。

〔註423〕李成，曲度盡傳春夢景「以幻為真」抒至情──論《牡丹亭》真幻交融的審美藝術功能〔J〕，學術交流，2008，（1）：161～164。

〔註424〕曾凡安，石麟，敘事：妙在虛實真幻之間──古代小說批評的辯證思維之一斑〔J〕，南昌大學學報（人文社會科學版），2010，41（4）：125～131。

〔註425〕祁志祥，明清小說評點的藝術真實論〔J〕，社會科學輯刊，2012，（5）：212～217。

〔註426〕湯凌雲，真幻不二：明清小說戲曲真實性的審美原則〔J〕，湖南科技學院學報，2013，34（3）：30～36。

〔註427〕朱一玄編，明清小說資料彙編（上）〔M〕，天津：南開大學出版社，2012：427。

《北宋三遂平妖傳敘》所道：「小說家以真為正，以幻為奇。然語有之：『畫鬼易，畫人難。』《西遊》幻極矣，所以不逮《水滸》者，人鬼之分也。鬼而不人，第可資齒牙，不可動肝肺。《三國志》人矣，描寫亦工；所不足者幻耳。」〔註428〕對於小說家而言，虛構鬼怪相對來講較為容易，而描寫現實中真實存在的人卻是難上加難。因為描摹虛幻之物，只需達到藝術的真實，而描摹現實中真實存在的人情事物，則需達到現實生活中的真實和藝術的真實兩重真實。描真與描幻，二者的難度立現。

真幻範疇與真假範疇或曰真贗範疇具有一定的相似性，但並不可等同。在真幻關係的真幻不二上，真假亦同。如雨香《西遊記敘言》道：「《西遊記》無句不真，無句不假。假假真真，隨手拈來，頭頭是道。」〔註429〕雨香指出，真即是假，假即是真，真與假的關係和真與幻的關係同似，都是一而二，二而一的不二關係。與真幻有別，真與假具有同等的描摹價值和可操作性，如無礙居士《警世通言敘》所言：「野史盡真乎？曰：不必也。盡贗乎？曰：不必也。然則，去其贗而存其真乎？曰：不必也……其真者可以補金匱石室之遺，而贗者亦必有一番激揚勸誘，悲歌感慨之意。事真而理不贗，即事贗而理亦真，不害於風化，不謬於聖賢，不戾於詩書經史，若此者其可廢乎！」〔註430〕無礙居士指出，野史不一定都是真的，也不一定都是假的，去假存真是沒有必要的。因為真者有真者的作用，假者亦有假者的「療效」。無礙居士認為，不論是真是假，唯一需要滿足的條件是「理」真，只要「理」是真的，那麼事的真假性可作同一視之。

（二）避犯

關於「避犯」的淵源性質，程通《淺論中國傳統文論中的兵家語》，指出「避犯」一語具有兵家語的性質。〔註431〕關於「避犯」的歷史發展演變，王小軒《明清小說評點中的「避」與「犯」》，對「避」與「犯」發展的歷史進程

〔註428〕丁錫根編著，中國歷代小說序跋集（下）〔M〕，北京：人民文學出版社，1996：1347。

〔註429〕丁錫根編著，中國歷代小說序跋集（下）〔M〕，北京：人民文學出版社，1996：1381。

〔註430〕丁錫根編著，中國歷代小說序跋集（中）〔M〕，北京：人民文學出版社，1996：776～777。

〔註431〕程通，淺論中國傳統文論中的兵家語〔D〕，上海：復旦大學，碩士學位論文，2010。

進行了深入的探討，並指出明清以前，「犯」基本上被文學領域所排斥，「犯」的重要價值被發掘和重視是在明清之後。〔註432〕張玉英《「特犯不犯」──〈水滸傳〉敘事技巧的現代修辭學解讀》，又進一步解釋所謂「犯筆」，即是指小說中所描寫的人物形象、故事事件相互雷同和重複，雷同度、重複度較小是「略犯」，全部雷同則是「正犯」。〔註433〕「避犯」在戲曲領域，亦廣有應用，如張勇敢《清代戲曲評點史論》，分析了戲曲情節關目上的「犯而能避」與「犯而不避」，顯示了戲曲家的創作功力。〔註434〕在小說領域，「避」與「犯」相輔相成，共同服務於小說故事情節的構寫，曹花傑《善「犯」與善「避」的藝術魅力──才子佳人小說模式解讀》，認為才子佳人小說具有善於「犯」、善於「避」的藝術魅力，卻也在「犯」與「避」的循環往復中未能逃脫衰落的結局。〔註435〕「避」、「犯」在小說批評中有其具體的意涵，吳子林《敘事：歷史還是小說？──金聖歎「以文運事」、「因文生事」辨析》，即表述了「避」、「犯」在小說批評中的具體含義，即「避」是小說故事類型的變化，而「犯」是小說故事類型的雷同或重複，金聖歎認為，好的小說家能夠做到在重複中求變化，即在「犯」中求「避」。〔註436〕

　　避犯的最高境界是「犯而不犯」、「同而不同」、「犯而又避」、「不避而避」，即寫相同類型的人物事件卻能寫得樣樣不同。如張竹坡《〈金瓶梅〉讀法》所言：「《金瓶梅》妙在於善用犯筆而不犯也。如寫一伯爵，更寫一希大，然畢竟伯爵是伯爵，希大是希大，各人的身份，各人的談吐，一絲不紊。寫一金蓮，更寫一瓶兒，可謂犯矣。然又始終聚散，其言語舉動又各各不紊一絲。寫一王六兒，偏又寫一賁四嫂；寫一李桂姐，偏又寫一吳銀姐、鄭月兒；寫一王婆，偏又寫一薛媒婆、一馮媽媽、一文嫂兒、一陶媒婆；寫一薛姑子，偏又寫一王姑子、劉姑子；諸如此類，皆妙在特特犯手，卻又各各一款，絕

〔註432〕王小軒，明清小說評點中的「避」與「犯」〔D〕，瀋陽：遼寧大學，碩士學位論文，2014。

〔註433〕張玉英，「特犯不犯」──《水滸傳》敘事技巧的現代修辭學解讀〔J〕，水滸爭鳴，第十一輯：383～391。

〔註434〕張勇敢，清代戲曲評點史論〔D〕，上海：華東師範大學，博士學位論文，2014。

〔註435〕曹花傑，善「犯」與善「避」的藝術魅力──才子佳人小說模式解讀〔J〕，渭南師範學院學報，2013，28（3）：101～105。

〔註436〕吳子林，敘事：歷史還是小說？──金聖歎「以文運事」、「因文生事」辨析〔J〕，浙江社會科學，2003，（1）：166～170，5。

不相同也。」〔註437〕正如張竹坡所言，應伯爵與謝希大屬於同一類型的人物，但兩個人卻又有分別；潘金蓮與李瓶兒亦屬於同一類型的人物，但其二人卻樣樣迴別。同一類型的人物形象還有如王六兒和賁四嫂，李桂姐、吳銀姐和鄭月兒，王婆、薛媒婆、馮媽媽、文嫂兒和陶媒婆，薛姑子、王姑子和劉姑子等等。《金瓶梅》中有這許多同一類型的人物形象，而《金瓶梅》著者的高妙處正在於將這些同一類型的人物形象寫得絕又不同，明明是用犯筆，卻沒有真正的相犯之處，真正的高妙可謂是犯極乃避。

（三）忙閑

「忙閑」是指小說在集中精力用於描寫一個主要被描寫的人物或敘述一件主要被敘述的事情之時，忽然筆鋒一轉，插寫其他人物或事件。而這一所謂的其他人物或事件並非可有可無，而實為小說中的重要人物或事件。如脂硯齋等《紅樓夢評》第十四回原文：「如今且說寶玉。」庚辰側評道：「忙中閑筆。」〔註438〕原文中又有：「因問賈政道：『那一位是銜玉而誕者？』」庚辰眉評：「忙中閑筆，點綴玉兒，方不失正文中之正人。作者良苦。壬午春，畸笏。」〔註439〕小說正在忙於敘述他人他事，卻又閑筆一蕩，寫及寶玉，而正是寶玉方是《紅樓夢》中最主要的人物形象之一，所以說，「忙閑」之「閑」，實為「不閑」。

表面的「閑」是小說行文張弛上的調劑，而內在的「忙」卻是表明了閑實不閑，是小說故事情節發展的重要關節，實難避讀者眼目，人閑實忙，讀者應在閑人閑筆處更為用心重視。正如毛宗崗《三國志演義回評》第八十九回所評：「文章之妙，妙在極熱時寫一冷人，極忙中寫一閑景。如萬安隱者，飄飄然有世外之風，其地則柏澗松岩，其人則竹冠藜杖。孔明之遇之，殆與先主之遇水鏡，劉璝之問紫虛，陳震之謁青城，幾相彷彿矣。然先主遇水鏡於難後，孔明則求萬安於難中；紫虛、青城未嘗賴之以救敗，萬安則實賴之以救死。是彼雖極閑，而見者之心極忙；彼雖極冷，而見者之心極熱：又不似前三人之有意無意，為可見可不見之人也。最相類又最不相類，豈非絕世奇事，絕世奇文！」〔註440〕毛宗崗讚歎《三國演義》著者的高妙，往往在極忙

〔註437〕〔明〕蘭陵笑笑生著，〔清〕張道深評，王汝梅、李昭恂、於鳳樹校點，張竹坡批評金瓶梅〔M〕，濟南：齊魯書社，1991：38。
〔註438〕朱一玄，紅樓夢脂評校錄〔M〕，濟南：齊魯書社，1986：198。
〔註439〕朱一玄，紅樓夢脂評校錄〔M〕，濟南：齊魯書社，1986：200。
〔註440〕〔元末明初〕羅貫中原著，〔清〕毛宗崗評點，毛批三國演義〔M〕，天津：天津古籍出版社，2006：663。

之中寫一閒景。如文中描寫隱者萬安的景象乃是極閒之景，此人竹冠藜杖立於柏澗松岩之中，**飄飄**然如閒雲野鶴，脫於塵俗。但此雖名為閒景，而在見者孔明心中以及在讀者心中，卻是忙景，表面的閒其實是突出內在的忙，此乃是從側面將重要的人和事烘染出來的寫作手法。

（四）雅俗

關於「雅」與「俗」的性質，湯哲聲《20世紀中國文學的雅俗之辨與雅俗合流》，提出「雅」與「俗」的區別在於人性，「雅文學」所體現的是人的社會性，而「俗文學」所體現的則是人的自然性。〔註441〕「雅」與「俗」的背後所代表的文化及人群不同，如陳寶良《從雅俗之辨看明代士大夫的精神世界》，即認為「雅」指的是精英文化，其代表為士大夫，「俗」則是通俗文化，其代表是社會大眾，「雅」與「俗」經過博弈走向雅俗結合。〔註442〕「雅俗觀」被研究者所探討和重視，關於雅俗觀念的分類，王齊洲《雅俗觀念的演進與文學形態的發展》，將雅俗觀分為政治、文化和藝術雅俗觀三類，並指出中國文學發展的基本趨勢是由「雅」到「俗」。潘桂林《讀者意識與晚近長篇小說的雅俗流變及敘事革新》，論述了中國小說雅俗觀念的發展流變，並分出了「內雅外俗」的救亡圖存小說和「內俗外雅」的消閒娛樂小說兩種不同的小說類型。〔註443〕「雅文學」和「俗文學」的發展，構成了文學發展的趨勢和主線，梁曉輝《文學發展中的雅俗關係》，即提出了文學發展是呈螺旋式上升的趨勢，而「雅文學」與「俗文學」這兩種文學類型之間的互動融合則是螺旋式線條中的主線。〔註444〕申明秀《明清世情小說雅俗流變及地域性研究》，以空間、時間相交織的時空構架，畫出明清世情小說雅俗發展演變的立體網絡。〔註445〕「雅」與「俗」亦是藝術界所廣泛探討的話題，與文學領域類似，其「雅俗觀」具有一定規律可循，如張曼華《中國畫論中的雅俗觀研究》，即

〔註441〕湯哲聲，20世紀中國文學的雅俗之辨與雅俗合流〔J〕，學術月刊，2006，38（3月號）：105～112。

〔註442〕陳寶良，從雅俗之辨看明代士大夫的精神世界〔J〕，福建論壇・人文社會科學版，2013，（2）：91～97。

〔註443〕潘桂林，讀者意識與晚近長篇小說的雅俗流變及敘事革新〔D〕，長沙：湖南師範大學，碩士學位論文，2004。

〔註444〕梁曉輝，文學發展中的雅俗關係〔D〕，保定：河北大學，碩士學位論文，2008。

〔註445〕申明秀，明清世情小說雅俗流變及地域性研究〔D〕，上海：復旦大學，博士學位論文，2012。

指出「雅」與「俗」是對立統一關係，但在中國傳統藝術觀念中，「雅」佔據重要位置，而「俗」的地位則被打壓，「尚雅貶俗」是傳統文人的基本「雅俗觀」。〔註446〕

　　明清小說評點家對於小說之雅俗的態度，一般可分為「尚雅」、「偏俗」、「雅俗共喜」等三種。

　　「偏俗」的代表人物如李贄，其《序批評三國志通俗演義》道：「……批評之者何？再與世俗增一番鼓吹也。夫俗，雅士方將掃除之，而反鼓吹之何耶？沈幼宰曰：天地間莫便於俗，莫不便於〔缺四字〕子而無□俗〔約缺四字〕與。狀貌俗〔約缺五字〕焉；議〔約缺七字〕焉；腸胃俗；窺〔約缺四字〕焉。摛詞而俗，取青紫如拾芥；治家而俗，積藏穀如聚塵；居官而俗，名不掛於彈章；居鄉而俗，宣廟一塊生豬肉，死去受享；器具而俗，適市者翹值以售；燕會而俗，設糖餅五牲，唱弋陽四平腔戲，賓以為敬；園圃而俗，卉木比偶，石獅瓦獸，松塔柏球，遊人解頤，歡未曾有；寫字而俗，姜立綱法帖一熟，胥史衙門；作畫而俗，汪海雲、張平山等筆，肉眼珍收，重於石田、伯虎。識得此意，便知《批評三國志通俗演義》矣……若在雅士，又曰俗子俗子矣……」〔註447〕李贄認為雅士自視甚高，對所謂「俗」的事物一概嗤之以鼻，但人本身的諸多事物在本質上便是俗之又俗。如人的形狀容貌是俗的，人用來吃飯的腸胃是俗的，人鋪陳文辭是俗的，人治家積累糧食是俗的，人做官是俗的，人不做官也是俗的，人所使用、販賣的器具是俗的，人所舉辦、出席的宴會是俗的，人所養殖、培育的千形百態的園圃是俗的，人所寫的字是俗的，人所作的畫也是俗的等等。李贄使用了一連串的排比句，舉出人諸多俗處之事例，以證明「俗」的高妙。進而為「俗」之小說「增一番鼓吹」。李贄認為，那些對「俗」之小說嗤之以鼻的所謂「雅士」，其實也不免於俗，只要是人，便與「俗」結下了不解之緣，人的種種生理表現，社會行為，從穿衣吃飯到為官做宰，都是一個大寫的「俗」字，可見李贄對「俗」的推崇。

　　而有的小說評家卻將「俗」排斥在外，在此類評點家眼中，「雅」與「俗」互不相牽，之間有一道鴻溝屏障，「雅士」高高在上，不得與「俗士」共處一

〔註446〕張曼華，中國畫論中的雅俗觀研究〔D〕，南京：南京藝術學院，博士學位論文，2005。

〔註447〕丁錫根編著，中國歷代小說序跋集（中）〔M〕，北京：人民文學出版社，1996：893～894。

室。如天都外臣《水滸傳序》即言：「……此可與雅士道，不可與俗士談也。視之《三國演義》，雅俗相牽，有妨正史，因大不侔。而俗士偏賞之，坐暗無識耳。雅士之賞此書者，甚以為太史公演義。」〔註448〕在天都外臣看來，「雅」即是「雅」，「俗」即是「俗」，「雅」與「俗」不可混為一談，且高下有別，「雅」優於「俗」。雖然天都外臣關於「雅」與「俗」的界定還值得探討，但其對「雅」與「俗」的揚抑態度卻是非常明顯的。

從讀者接受的角度，雅俗共具使得文學藝術為更多觀者所喜愛，具有更強生命力、更高欣賞價值和更廣泛的傳播範圍。如於源《燈窗瑣話》所言：「李笠翁工於詞曲，所著《一家言》，莊諧互見，雅俗共喜。後人每以俳優視之，然其精詣自不可沒。」〔註449〕正如於源所道，雅俗共喜的作品，其精詣不可埋沒。正是雅俗共賞的作品，對於社會大眾的影響力才最為深遠，流傳、散播得最為廣泛、持久。

（五）虛實

「虛」與「實」是相對的，「虛」一般指抽象的述說，「實」一般指具體的描寫。好的小說作品應做到虛實結合，將「虛」與「實」揉和得恰到好處。程偉元、高鶚《紅樓夢引言》即道：「……其中用筆吞吐、虛實掩映之妙，識者當自得之。」〔註450〕正如二人所言，「虛」與「實」結合掩映，方見小說行文妙法。

虛實結合在客觀上可以取得詳略得當的效果，如毛宗崗《三國志演義回評》第八十五回評道：「……三路之中，兩路虛寫，惟濡須之兵用實寫；五路之中，四路虛寫，惟鄧芝之使用實寫……或詳或略，各各不同，尤見筆法之妙。」〔註451〕毛宗崗指出，《三國演義》在敘事方面，實寫與虛寫相互配合，且實寫居少，虛寫居多，如三路之中，兩路虛寫，只有一路實寫；五路之中，四路虛寫，只有一路實寫等等。「虛」多「實」少的寫作之法，便能使得小說

〔註448〕丁錫根編著，中國歷代小說序跋集（下）〔M〕，北京：人民文學出版社，1996：1463。

〔註449〕朱一玄編，明清小說資料彙編（下）〔M〕，天津：南開大學出版社，2012：935。

〔註450〕丁錫根編著，中國歷代小說序跋集（中）〔M〕，北京：人民文學出版社，1996：1162。

〔註451〕〔元末明初〕羅貫中原著，〔清〕毛宗崗評點，毛批三國演義〔M〕，天津：天津古籍出版社，2006：632～633。

行文沒有拖沓之感，節省了文章篇幅，詳略有致，筆法跌宕。又如毛宗崗《三國志演義回評》第二十一回評道：「此回敘劉、曹相攻之始，而中間夾寫公孫瓚並袁術二段文字。瓚之事只在滿寵口中虛寫；術之事卻用一半虛寫、一半實寫。」〔註452〕公孫瓚之事，從滿寵口中側面敘出，全用虛寫，袁術之事，一半虛寫，一半實寫，虛實掩映，「虛」多「實」少，使得小說富有空間感和神秘性。

（六）主賓

「主賓」範疇亦是明清小說評點中重要的辯證範疇之一。「主」是小說中佔據主要位置，得到主要關注，受到主要敘述或描摹的人物事件，「賓」與「主」相對，是較為次要的人物事件。

「主」與「賓」的關係既是相對而出，「賓」的存在還對「主」起到襯托作用。如毛宗崗在《讀三國志法》中即以大段篇幅列舉了《三國演義》中多對主賓，且「賓」為「主」襯。茲錄如下，以便觀瞻：

> 《三國》一書，有以賓襯主之妙。如將敘桃園兄弟三人，先敘黃巾兄弟三人：桃園其主也，黃巾其賓也。將敘中山靖王之後，先敘魯恭王之後：中山靖王其主也，魯恭王其賓也。將敘何進，先敘陳蕃、竇武：何進其主也，陳蕃、竇武其賓也。敘劉、關、張及曹操、孫堅之出色，並敘各鎮諸侯之無用：劉備、曹操、孫堅其主也，各鎮諸侯其賓也。劉備將遇諸葛亮而先遇司馬徽、崔州平、石廣元、孟公威等諸人：諸葛亮其主也，司馬徽諸人其賓也。諸葛亮歷事兩朝乃又有先來即去之徐庶、晚來先死之龐統：諸葛亮其主也，而徐庶、龐統又其賓也。趙雲先事公孫瓚，黃忠先事韓玄，馬超先事張魯，法正、嚴顏先事劉璋，而後皆歸劉備：備其主也，公孫瓚、韓玄、張魯、劉璋其賓也。太史慈先事劉繇，後歸孫策，甘寧先事黃祖，後歸孫權，張遼先事呂布，徐晃先事楊奉，張郃先事袁紹，賈詡先事李傕、張繡，而後皆歸曹操：孫、曹其主也，劉繇、黃祖、呂布、楊奉等諸人其賓也。代漢當塗之讖，本應在魏，而袁公路謬以自許：魏其主也，袁公路其賓也。三馬同槽之夢，本應在司馬氏，

〔註452〕〔元末明初〕羅貫中原著，〔清〕毛宗崗評點，毛批三國演義〔M〕，天津：天津古籍出版社，2006：150。

而曹操誤以為馬騰父子：司馬氏其主也，馬騰父子其賓也。受禪臺之說，李肅以賺董卓，而曹丕即真焉，司馬炎又即真焉：曹丕、司馬炎其主也，董卓其賓也。且不獨人有賓主也，地亦有之。獻帝自洛陽遷長安，又自長安遷洛陽，而終乃遷於許昌：許昌其主也，長安、洛陽皆賓也。劉備失徐州而得荊州：荊州其主也，徐州其賓也。及得兩川而復失荊州：兩川其主也，而荊州又其賓也。孔明將北伐中原而先南定蠻方，意不在蠻方而在中原：中原其主也，蠻方其賓也。抑不獨地有賓主也，物亦有之。李儒持鴆酒、短刀、白練以貽帝辨：鴆酒其主也，短刀、白練其賓也。許田打圍，將敘曹操射鹿，先敘玄德射兔：鹿其主也，兔其賓也。赤壁鏖兵，將敘孔明借風，先敘孔明借箭：風其主也，箭其賓也。董承受玉帶，陪之以錦袍：帶其主也，袍其賓也。關公拜受赤兔馬而陪之以金印、紅袍諸賜：馬其主也，金印等其賓也。曹操掘地得銅雀而陪之以玉龍、金鳳：雀其主也，龍、鳳其賓也。諸如此類，不可悉數。善讀是書者，可於此悟文章賓主之法。〔註453〕

從以上引文可知，毛宗崗將《三國演義》中的「主」與「賓」分為三類。第一類是人的主賓，此類主賓關係最多，毛宗崗共列舉了十一種：其一，桃園三兄弟是「主」，黃巾三兄弟是「賓」；其二，中山靖王是「主」，魯恭王是「賓」；其三，何進是「主」，陳蕃、竇武是「賓」；其四，劉備、曹操、孫堅是「主」，各鎮諸侯是「賓」；其五，諸葛亮是「主」，司馬徽、崔州平、石廣元、孟公威等諸人是「賓」；其六，諸葛亮是「主」，徐庶、龐統是「賓」；其七，劉備是「主」，公孫瓚、韓玄、張魯、劉璋等人是「賓」；其八，孫權、曹操是「主」，劉繇、黃祖、呂布、楊奉等諸人是「賓」；其九，魏是「主」，袁公路是「賓」；其十，司馬氏是「主」，馬騰父子是「賓」；其十一，曹丕、司馬炎是「主」，董卓是「賓」。第二類是地的主賓，毛宗崗共列舉了四種：其一，許昌是「主」，長安、洛陽兩地是「賓」；其二，荊州是「主」，徐州是「賓」；其三，兩川是「主」，荊州是「賓」；其四，中原是「主」也，蠻方是「賓」。第三類是物的主賓，毛宗崗共列舉了六種：其一，鴆酒是「主」，短刀、白練是「賓」；其二，鹿是「主」，兔是「賓」；其三，風是「主」，箭是「賓」；其四，玉帶是

〔註453〕〔元末明初〕羅貫中原著，〔清〕毛宗崗評點，毛批三國演義〔M〕，天津：天津古籍出版社，2006。

「主」，錦袍是「賓」；其五，赤兔馬是「主」，金印、紅袍等賞賜是「賓」；其六，銅雀是「主」，玉龍、金鳳等是「賓」。此外，「主」與「賓」的關係，並不是絕對的，而是隨著小說故事情節的演變而發生變化。正如毛宗崗所言，《三國演義》中的主賓關係數之不勝，仔細品讀，可領略到《三國演義》著者對「主」與「賓」的使用，以及「賓」以襯「主」的高妙。

不只有「主」有「賓」，還有「賓中之賓」，「賓中之主」。如王希廉《紅樓夢回評》第三回評道：「第三回專寫黛玉形貌、神情，是此回之主。中間帶寫王熙鳳、迎春、探春、惜春，是因主及賓，故亦寫及裝束、儀容，又帶出王夫人、邢夫人、李紈及寧榮二府房屋、家人、小使、丫鬟，即點出襲人、鸚哥、王嬤、李嬤等人。末後帶起薛寶釵家。看他不慌不忙，出落次序，有極力描寫者，有淡描本色者，有略言大段者，有賓有主，有賓中之主，賓中之賓：筆墨籠罩全部。」〔註454〕如王希廉所評，《紅樓夢》著者敘人分「主」分「賓」，「賓」中又有「主」，「賓」中又有「賓」。如在《紅樓夢》第三回中，林黛玉是「主」，小說中的其他人物是「賓」。在除林黛玉之外的這些眾多人物所集合而成的「賓」中，又有如王熙鳳、賈迎春、賈探春、賈惜春等人是「賓中之主」，其他夫人、丫鬟、嬤嬤等人是「賓中之賓」。又如脂硯齋等《紅樓夢評》第七十八回戚序回前評道：「文有賓主不可誤。此文以《芙蓉誄》為主，以《姽嫿詞》為賓；以寶玉古歌為主，以賈環、賈蘭詩絕為賓。文有賓中賓不可誤。以請客作序為賓，以寶玉出遊作詩為賓中賓。由虛入實，可歌可詠。」〔註455〕正如評點者所言，「賓」可襯「主」，「賓中之賓」亦不可忽略。有時「賓」的存在起到「起興」之作用，「賓」雖佔據了碩大篇幅，卻只為突出一個「主」，故「賓」與「主」不能以篇幅、筆墨的多寡而斷。如王希廉《紅樓夢回評》第三十一回評道：「翠縷拾得麒麟，笑說『分出陰陽來了。』先拿湘雲的麒麟瞧，不說明誰陰誰陽，含蓄得妙。湘雲說無數人物陰陽是賓，只有翠縷拾起金麒麟笑說『分出陰陽』句是主。」〔註456〕《紅樓夢》中史湘雲說無數人物陰陽，雖佔據了巨大篇幅，但卻都不是「主」，即都不是小說所要突出說明的重點，只有翠縷拾起來金麒麟笑著說「分出陰陽來了」那一句是「主」，即為小說所要重點突出的部分。

〔註454〕馮其庸纂校訂定，陳其欣助纂，八家評批紅樓夢〔M〕，北京：文化藝術出版社，1991：78～79。

〔註455〕朱一玄，紅樓夢脂評校錄〔M〕，濟南：齊魯書社，1986：550。

〔註456〕馮其庸纂校訂定，陳其欣助纂，八家評批紅樓夢〔M〕，北京：文化藝術出版社，1991：753。

（七）冷熱

「冷熱」範疇不僅指情節敘事上的鬧熱與冷清，也映照於人物情感上的熱烈與冷淡。如張竹坡《金瓶梅回評》第一回評道：「一回兩股大文字，熱結、冷遇也。然熱結中七段文字，冷遇中兩段文字，兩兩相對……如正講西門慶處，忽插入伯爵等人……正講武松遇哥哥，忽插入武大別了兄弟……此上下兩篇文字對峙處也。」〔註457〕西門慶熱結十兄弟既是小說《金瓶梅》情節故事中的熱鬧之章，又反射出人物情感的熱烈歡騰，武松冷遇親哥嫂，相對於「熱結」的情節，故事氛圍上是偏安靜、冷清的，而反映在小說人物心理上也是冷淡、抑制的。又如《新刻繡像批評金瓶梅評語》第六十八回，原文有：「仰靠著、直舒著、倒臥著……」崇眉：「熱處生情，冷處生韻，尖處生巧，調笑是恒情，措思不落俗調。」〔註458〕正如評者所言，文章「熱」處生發出濃烈的情感，文章「冷」處透露著含蓄的韻致，「冷熱」錯落配合，文風跌宕起伏，各臻其妙。

（八）有無

「有無」這對辯證範疇相對相生，互相轉化。和「真幻」、「真假」範疇等類似，「有」與「無」的關係亦具有一而二、二而一的不二關係，即「有」即是「無」，「無」即是有，「有」與「無」實一。如脂硯齋等《紅樓夢評》第四回原文：「將馮公子打了個稀爛。」蒙府評：「有情反是無情。」〔註459〕「有」與「無」之間相互轉化，如福禍之相依相伴，有情即是無情，無情方是有情，二者是辯證關係。

（九）大小

辯證範疇「大小」之「大」與「小」是相對的大小，而不是絕對的大小，人外有人，天外有天，所謂「大小」，只是一個物體相對於另一個物體而言的相對大小。如王希廉《紅樓夢批序》所言：「《南華經》曰：『大言炎炎，小言詹詹。』……余曰：『客亦知夫天與海乎？以管窺天，管內之天，即管外之天也；以蠡測海，蠡中之海，即蠡外之海也……並不得謂管蠡內之天海，別一小天海，而管蠡外之天海，又一大天海也。道一而已，語小莫破，即語大莫

〔註457〕〔明〕蘭陵笑笑生著，〔清〕張道深評，王汝梅、李昭恂、於鳳樹校點，張竹坡批評金瓶梅〔M〕，濟南：齊魯書社，1991：4。

〔註458〕秦修容整理，金瓶梅：會評會校本〔M〕，北京：中華書局，1998：947。

〔註459〕朱一玄，紅樓夢脂評校錄〔M〕，濟南：齊魯書社，1986：75。

載；語有大小，非道有大小也。《紅樓夢》作者既自名為小說，吾亦小之云爾。若夫禍福自召，歡懲示儆，余於批本中已反覆言之矣。』〔註460〕王希廉指出，管內所窺之天與管外所窺之天並不是不一樣的天，而是一樣的天；蠡測之海也不是與原來的大海不同的大海，而是同一個大海。「道」是唯一的，不變的，而「語」雖分「大」與「小」，其所承載的「道」卻沒有「大」與「小」之分。王希廉想要說明的是，小說雖冠以「小」之名，卻與大世界並無二致，同樣承載了唯一的「道」。

（十）反正

著超《古今小說評林》闡釋了小說的「反正」：「小說有反正兩解。何謂反？作者警世之心，恒露於言外，其文於惡人得意時，寫得聲勢赫然，幾如鍋湯之沸，令人不可向邇，殆至威勢既去，乞丐路狗亦得而侮之，而作者亦不過略綴幾句，俾讀者知天道好還而正理不磨。此類小說，於社會極有效力。何謂正？純從好人著想，而於歹人則不過略舉歷史，其歹跡既未暴露，倏焉而置之典刑，反令讀者訝為報應太酷。此種小說，用意非不至善，然以《大學》、《中庸》教村兒，即能句逗，亦疙瘩腔耳……」〔註461〕著超所謂小說之有「反正」，是言小說是從正面直接謳歌美，還是從反面著手，通過暴露醜，來使讀者更加意識到醜的邪惡和美的可貴。著超認為，「反」的小說更值得推崇，作者的警世之心露於言外，春風化雨，潤物無聲，能產生更大的社會效力，使得讀者有更深刻的認識，能夠促使社會大眾發自內心地認識到善之可貴，惡之可怕，從而崇善棄惡。而如果小說僅從正面寫去，則不痛不癢，不如「反」的小說具有更加強大的感人之力。

除小說之「反正」，還有小說摹人敘事之「正反」。如徐鳳儀《紅樓夢偶得》言：「第六回襲人初試是正面，上回之可卿乃是反面。此書妙文全在反面。然假夢幻猶是正面，如珍、蓉、薔等種種曖昧，始是反面。」〔註462〕徐鳳儀認為，反面見出好小說，反面亦見出妙文。又如毛宗崗《三國志演義回評》第四十五回評道：「文有正襯，有反襯。寫魯肅老實以襯孔明之乖巧，是反襯也；

〔註460〕馮其庸纂校訂定，陳其欣助纂，八家評批紅樓夢〔M〕，北京：文化藝術出版社，1991：3。

〔註461〕朱一玄編，明清小說資料彙編（上）〔M〕，天津：南開大學出版社，2012：114。

〔註462〕朱一玄編，紅樓夢資料彙編〔M〕，天津：南開大學出版社，2012：575。

有周瑜乖巧以襯孔明之加倍乖巧，是正襯也。譬如寫國色者，以醜女形之而美，不若以美女形之而覺其更美；寫虎將者，以懦夫形之而勇，不若以勇夫形之而覺其更勇。讀此可悟文章相襯之法。」〔註463〕毛宗崗指出，就正襯與反襯的寫作手法而言，正襯具有更突出的襯托效果。以愚笨之人襯聰明之人只是一般聰明，以聰明之人襯聰明之人方是絕頂聰明，以醜女襯美女只是一般美女，以美女襯美女方是美若天仙，以懦夫襯勇夫只是一般英勇，以勇夫襯勇夫方是蓋世英勇。

（十一）其他

除以上所列舉的十種明清小說評點的辯證範疇之外，尚有諸多未敘及的範疇。

比如借自詩學批評的「濃淡」範疇。詞藻華麗，意象繁複則為「濃」，詞藻樸素，含蓄蘊藉則為「淡」。小說亦是，淡淡一語，卻能寫出濃烈的情感，牆外一枝紅杏，暗藏滿園春光無限。如種柳主人《玉蟾記序》所道：「通元子撰《玉蟾記》……於極淺處寫出深情，於極淡處寫出濃情……」〔註464〕《玉蟾記》所敘為張昆與十二美女鏟奸除惡最終完婚之事，「情」纏繞始終。種柳主人此序即是說，小說《玉蟾記》的著者能在極「淡」處逗漏出無限「濃」情。

又如借之於古文批評範疇的「奇正」。芝香館居士《刪定二奇合傳敘》言：「……鬼神妙萬物而為言，其有關於人心風俗者，或泄其奇以歆動鼓舞之，事奇而理不奇也。是書之所以奇者，謂於人倫日用間，寓勸懲之義，或自阽危頓挫時，彰靈異之跡，既可飛眉而舞色，亦足怵目而劌心，不奇而奇也，奇而不奇也，斯天下之至奇也……吾黨之賞奇貴奇而不失其正也……」〔註465〕芝香館居士所言的「奇正」是就小說的社會功用而言。在芝香館居士看來，對人心風俗有勸誡之意的小說，又能在勸誡的同時，給人帶來極大的觀賞樂趣，便可謂之「奇」。如果小說僅僅具備娛樂功能，而不考慮社會人心，便不可謂之「奇」。「奇」包含「正」在內，而這個「正」便是有裨於人心風俗。又如日本賴襄《三國志演義序》道：「……讀史者，至此悶極廢卷。而演義別構

〔註463〕〔元末明初〕羅貫中原著，〔清〕毛宗崗評點，毛批三國演義〔M〕，天津：
　　　　　天津古籍出版社，2006：333。
〔註464〕丁錫根編著，中國歷代小說序跋集（下）〔M〕，北京：人民文學出版社，1996：
　　　　　1652～1653。
〔註465〕丁錫根編著，中國歷代小說序跋集（中）〔M〕，北京：人民文學出版社，1996：
　　　　　850。

奇說，如人人所欲出，使悶者眼明眉舒，則可謂奇之極，而歸於正焉。」〔註466〕賴襄認為，小說演義，是用「奇」說、別構，將歷史「正」事出之，能使讀者娛目悅神，而又不失歷史之「正」義，即小說演義是用極「奇」的手段達到「正」的目的。

又如「淺深」。《新刻繡像批評金瓶梅評語》第二十一回，原文有：「（月娘）逢七拜斗焚香，保祐夫主早早迴心。」崇夾評言：「寫得又淺又深。」〔註467〕所謂一葉而知秋，於「淺」處可見「深」意。《紅樓夢》列藏本後人評語，第一回，原文：「但每遇兄時兄並未談及。」側評：「有深淺。」〔註468〕「深」與「淺」的互為配合，使得小說文筆搖曳多姿。

此外，明清小說評點中的辯證性詞彙多成對出現，如毛宗崗《三國志演義回評》第九回評道：「王允勸呂布殺董卓一段文字，一急一緩，一起一落，一反一正，一縱一收，比李肅勸殺丁建陽更是淋漓痛快……故柬之之病，病在緩；王允之病，病在急。」〔註469〕毛宗崗所言「緩急」、「起落」、「反正」、「收縱」等均為兩兩相對的字組成的詞語。又如毛宗崗《三國志演義回評》第六十五回評道：「蓋我與敵取其相反：敵以暴，我以仁；敵以急，我以緩：以相反為能者也。君與相取其相濟：君以仁，相以義；君以柔，相以剛：以相濟為用者也。不相反則無以相勝，不相濟則無以相成。」〔註470〕毛宗崗所言之「暴」與「仁」、「急」與「緩」、「柔」與「剛」等等亦是意義相反的詞彙。又如但明倫評《聊齋誌異》卷十《葛巾》道：「……文忌直，轉則曲；文忌弱，轉則健；文忌腐，轉則新；文忌平，轉則峭；文忌窘，轉則寬；文忌散，轉則聚；文忌鬆，轉則緊；文忌複，轉則開；文忌熟，轉則生；文忌板，轉則活；文忌硬，轉則圓；文忌淺，轉則深；文忌澀，轉則暢；文忌悶，轉則醒：求轉筆於此文，思過半矣。」〔註471〕但明倫此段評論中的「曲直」、「弱健」、「腐新」、「平峭」、「窘寬」、「散聚」、「鬆緊」、「複開」、「熟生」、「板活」、「硬圓」、

〔註466〕朱一玄編，明清小說資料彙編（上）〔M〕，天津：南開大學出版社，2012：72～73。

〔註467〕秦修容整理，金瓶梅：會評會校本〔M〕，北京：中華書局，1998：297。

〔註468〕朱一玄，紅樓夢脂評校錄〔M〕，濟南：齊魯書社，1986：587。

〔註469〕〔元末明初〕羅貫中原著，〔清〕毛宗崗評點，毛批三國演義〔M〕，天津：天津古籍出版社，2006：59。

〔註470〕〔元末明初〕羅貫中原著，〔清〕毛宗崗評點，毛批三國演義〔M〕，天津：天津古籍出版社，2006：484。

〔註471〕張友鶴輯校，聊齋誌異會校會注會評本〔M〕，北京：中華書局，1962：1443。

「淺深」、「澀暢」、「悶醒」等，每組詞語都是由意思相互對立的字組成，體現了明清小說評點的辯證性思維特徵。又如陳其泰《紅樓夢回評》第八回評道：「……寶釵用柔，黛玉用剛。寶釵用曲，黛玉用直。寶釵徇情，黛玉任性。寶釵做面子，黛玉絕塵埃。寶釵收人心，黛玉信天命……襲人用柔，晴雯用剛。襲人用曲，晴雯用直。襲人徇情，晴雯任性。襲人做面子，晴雯絕塵埃。襲人收人心，晴雯信天命……」〔註472〕陳其泰在評價寶釵和黛玉、襲人和晴雯這兩組人物時採用了二元對立的對比詞彙。在這四位小說人物中，寶釵與襲人具有相似性，劃歸為一類，黛玉與晴雯具有相似性，劃歸為一類，前一類人物的特點是「用柔」、「用曲」、「徇情」、「做面子」、「收人心」，後一類人物的特點是「用剛」、「用直」、「任性」、「絕塵埃」、「信天命」。可見，陳其泰形容人物特徵所使用的詞彙均對立相反。

明清小說評點範疇的辯證性特點植根於中國傳統辯證的哲學思維方式，老子便是辯證性思維的大師，明清小說評點中也多有對老子辯證哲學思維的引用。如但明倫評《聊齋誌異》卷九《大鼠》道：「大勇若怯，大智若愚。何其慲也，一擊而覆之，啾啾者勇不足恃矣，鳴鳴者智誠可用矣。」〔註473〕老子「大智若愚」的辯證性思想和思考問題的方式潛移默化在明清小說評點家的思維意識層面，且經漫長時間的淘洗和恒久歲月的滌蕩而未曾稍減。

第四節　女性觀和悲劇意識的體現

一、明清小說評點中的女性觀

明清小說評點中所反映出的女性觀並不一致。研究者對此有多方面討論，有些關注到明清小說評點中進步性的女性觀，如甄靜《〈初潭集・夫婦〉中所體現的女性觀》，認為李贄的評點體現了其對傳統貞潔觀念的反叛，對男女平等和自主婚姻的推崇，是一種進步的女性觀。〔註474〕有些關注到明清小說評點中女性觀的落後性，如齊曉威《〈姑妄言〉評點研究》，指出林鈍翁對《姑妄

〔註472〕〔清〕陳其泰評，劉操南輯，桐花鳳閣評《紅樓夢》輯錄〔M〕，天津：天津人民出版社，1981：72。

〔註473〕張友鶴輯校，聊齋誌異會校會注會評本〔M〕，北京：中華書局，1962：1203。

〔註474〕甄靜，《初潭集・夫婦》中所體現的女性觀〔J〕，河北北方學院學報（社會科學版），2013，29（3）：1～3，7。

言》的評點顯示了對女性的歧視和鄙夷。〔註475〕還有的關注到明清小說評點者女性觀本身的矛盾性，如雷慶銳《論陸雲龍的女性觀——以〈型世言〉評點為主》，指出陸雲龍在評點中顯示出其女性觀的矛盾性，即既固守傳統思想，又顯示開明進步，作者認為陸雲龍矛盾女性觀的形成是由於受到宋明理學思想和晚明啟蒙思想的雙重影響。〔註476〕又如董林《〈水滸傳〉中的女性形象與明清書評家的點評》，文章認為《水滸傳》評點家對女性的評價有褒有貶，在一定程度上體現了女性觀的矛盾，而這表明了評點家對善良女性的關心愛護和對不善女性的厭惡痛恨，並非反女性和有違情理。〔註477〕

女性觀雖然隨著時代進步會發生一定變化，但也有一些內質性因素很難撼動。女性觀因人而異，因社會歷史而異，體現出一定的複雜性和矛盾性。明清小說評點中所透露出的女性觀亦具有歷史性、個人性和矛盾複雜的特點。

（一）廣受凌辱的卑極的社會底層弱勢群

中國古代女性地位之低下在小說評論者口中昭然。女性往往與社會地位極低的底層民眾相提並論。如嚴復、夏曾佑《國聞報附印說部緣起》言：「……何觀於販夫市賈、田夫野老、婦人孺子之類，指天畫地，演說古今，喜則流涎吻外，怒則植髮如竿，悲與怨則俯首頓足，泣浪浪下沾衣襟，其精神意態，若俱有尼山、天台之能事也，是可怪矣……」〔註478〕在引文中，女性和社會地位低的弱勢群體如「販夫市賈」、「田夫野老」、「孺子」等並舉，且話語當中表現出對此類人能力上的鄙視和懷疑。又如賞心居士《續水滸征四寇全傳敘》說：「夫才之生也，不一其途。非必於閥閱之家，簪纓之胄，即文員武將、山人墨客、野叟田夫，以至於吏胥僕隸、婦人女子、士農工賈、市井屠獵之輩，莫不有豪傑之士隱寄其中。」〔註479〕從引文可知，賞心居士又將女性與社會地位低下的「吏胥僕隸」、「士農工賈」、「市井屠獵」等類人劃歸為一類，雖說

〔註475〕齊曉威，《姑妄言》評點研究〔D〕，石家莊：河北師範大學，碩士學位論文，2010。

〔註476〕雷慶銳，論陸雲龍的女性觀——以《型世言》評點為主〔J〕，青海民族學院學報（社會科學版），2007，33（3）：125～129。

〔註477〕董林，《水滸傳》中的女性形象與明清書評家的點評〔J〕，湖南經濟管理幹部學院學報，2005，16（3）：113～115。

〔註478〕朱一玄編，明清小說資料彙編（上）〔M〕，天津：南開大學出版社，2012：100～101。

〔註479〕朱一玄編，明清小說資料彙編（上）〔M〕，天津：南開大學出版社，2012：305。

此類人中亦有英雄豪傑隱寄其中，但卻不能擺脫社會底層人的地位和身份。又如陳枚《水滸傳序》言：「百單八人，當未入草澤時，或士，或掾，或富商，或貴介公子，或莽屠販、悍漁樵，與夫緇衲頭陀、黃冠道人，甚至巾幗女流，其出身履歷險阻，蹤跡錯綜穿插，斗筍湊合，離奇變幻。」〔註480〕陳枚列舉了「士」、「掾」、「富商」、「貴介公子」、「莽屠販」、「悍漁樵」、「緇衲頭陀」、「黃冠道人」等等各色人等，貴賤次序了然，最後才敘及「巾幗女流」，可見女性是底層的底層，最卑最劣的一群。

　　中國古代女性地位卑微，受到蹂躪和踐踏。在社會動亂中，被擄掠欺凌，如徐復祚《三家村老委談》載：「……臘凡破六州五十二縣，戕平民二百餘萬，所掠婦女，自賊洞逃出裸而縊於林中者，相望百餘里，此方臘之概也。」〔註481〕從徐復祚所言可知，動盪之世，女性慘遭蹂躪，被擄掠的女性承受不住非人的暴虐殘行，慘死無數，成為歷史進程的肉祭犧牲品。

　　中國古代女性地位低下，原因之一是教育機會的被剝奪。白叟山人《離合劍蓮子瓶全集序》道：「顧史家之言，訓辭深厚，可以喻諸文人學士大夫，而婦孺庸愚靡得聞焉。」〔註482〕在中國古代，讀書受教育是男子的事情，文人學士大夫均為男子，而女子則被關在學堂之外、深閨之內，所知所得嚴重受限，故白叟山人口中的「婦孺庸愚」才可成立。女性地位的「被淪落」，女性才識的「被短淺」，以至和無知小兒、呆傻愚癡同日而語，實是歷史性的無奈悲劇。金聖歎《水滸傳回評》第四回中即評言：「寫魯達踏區酒器偷了去後，接連便寫李、周二人分贓數語。其大其小，雖婦人小兒，皆洞然見之。」〔註483〕從金聖歎所評可知，女性的等級只是和黃口小兒一般，不是真正意義上強大獨立的成人個體，而是在政治、經濟、人身等方面完全依賴於男人的附庸，這形成了一定歷史進程中社會的扭曲亂象。在依賴於人的情狀下，女性的依順服從成為最重要的優秀品質和美德，女性被規定要遵守「三從四德」，貞潔的女性受到推崇和褒獎，如蘇潭道人《五鳳吟序》即言：「……乃若平君贊奸惡百出，平莽兒殺人奸拐，天理昭然，報應不爽。至於鄒雪娥、平婉如之守貞

〔註480〕丁錫根編著，中國歷代小說序跋集（下）〔M〕，北京：人民文學出版社，1996：1501。
〔註481〕朱一玄編，明清小說資料彙編（上）〔M〕，天津：南開大學出版社，2012：291。
〔註482〕朱一玄編，明清小說資料彙編（下）〔M〕，天津：南開大學出版社，2012：736。
〔註483〕陳曦鍾，侯忠義，魯玉川輯校，水滸傳會評本〔M〕，北京：北京大學出版社，1981：124。

不字，輕煙、素梅、絳玉之百折不回，誠女中之不可多得者。」〔註484〕《五鳳吟》中守貞不嫁的鄒雪娥、平婉如等被評論者認為是不可多得的女性而大為讚美，而這種對人性的背離和扭曲被推崇為一種至高品格的社會該是一種怎樣的變態。

（二）對女性的鄙夷嘲諷、歧視辱罵

女性是地位低下、廣受欺壓的一群，任何人都可以對其肆意凌辱玩弄、謾罵嘲謔。明清小說評點中所透露出的女性觀包含有歧視女性在內，對女性進行種種偏見性、仇視性的解讀歪曲、嘲諷辱罵，列舉出一條條女性根本並不具有的罪狀。

其一，扣定女性天生低劣、見識短淺的帽子。蔡元培《石頭記索隱》言：「……我國古代哲學，以陰陽二字說明一切對待之事物。《易》坤卦象傳曰：『地道也，妻道也，臣道也，』是以夫妻君臣分配於陰陽也。《石頭記》即用其義。第三十一回湘雲說：『比如天是陽，地就是陰。』……是男為陽主子亦為陽；女為陰，奴才亦為陰，本書明明揭出。」〔註485〕蔡元培在分析小說時，將中國古代哲學中的陰陽觀點比附，相對於男性的主子地位，此陰陽理論早已規定好女性的奴才的身份，這種低劣與其說是天生成的，不如說是後天規定的結果。李贄的小說評點，顯示出其女性觀的落後之處。如其在《水滸傳回評》第四十九回評道：「顧大嫂一婦人耳，能緩急人如此。如今竟有戴紗帽的，國家若有小小利害，便想抽身遠害，不知可為大嫂作婢否也？」〔註486〕李贄在評點語中雖表面上讚揚了顧大嫂比朝堂上為官做宰的男人都強過百倍，然而「一婦人耳」的輕蔑口吻卻顯示了其自身所認為的女性低人一等的觀點。又如《西遊記》第三十回原文：「郎君呵，你若念夫婦的恩愛，可把那沙僧的繩子，略放鬆些兒。」李贄側評道：「婦人見識，大足誤事。」〔註487〕

〔註484〕 朱一玄編，明清小說資料彙編（下）〔M〕，天津：南開大學出版社，2012：
730。

〔註485〕 朱一玄編，明清小說資料彙編（下）〔M〕，天津：南開大學出版社，2012：
653。

〔註486〕 〔明〕施耐庵集撰，〔明〕羅貫中纂修，〔明〕李贄批評，《古本小說集成》
編委會編，李卓吾批評忠義水滸傳〔M〕，上海：上海古籍出版社，1992：
1635。

〔註487〕 〔明〕吳承恩原著，〔明〕李卓吾評點，李卓吾先生批點西遊記〔M〕，天津：
天津古籍出版社，2006：229。

李贄認為，女性見識短淺，成事不足敗事有餘。又如李贄《西遊記評》第五十九回原文：「女流怎與男兒鬥，到底男剛壓女流。」李贄側評道：「卻不言『男不與女敵』。」〔註488〕李贄所言「男不與女敵」與「好男不跟女鬥」等等此類話語得以成立的前提便是承認男性與女性的不平等地位，男性與女性不是處於同一個水平面上，即男性優於女性，男性與女性如果採用同樣標準進行競爭便降低了男性身份，是對男性的污辱。此外，張文虎《儒林外史》評點中也顯示了其認為女性低劣、見識短淺的落後女性觀，如《儒林外史評》第六回原文：「趙氏號天大哭，哭了又罵，罵了又哭。」後評道：「婦人本事，不過如此。」〔註489〕趙氏除了哭就是罵，張文虎不只點評趙氏，而且將整個女性性別扣定了無能低劣的帽子，認為女性除了哭罵，再不會做別的事情。又如《儒林外史評》第二十七回原文：「我只好帶著女兒、女婿搬出去，讓他。」後評道：「婦人只戀著女兒、女婿，天下同病，千古一轍。」〔註490〕張文虎的女性觀念裏，認為女性只戀著女兒、女婿，感情用事，見識短淺，情感的重量在鋼鐵般堅硬的理性家那裡視若敝屣，一文不值，性格的柔軟本是男女同具，因人而異，而張文虎又將此只歸於女性，其女性觀念上的偏見可見一斑。

　　其二，女性具有種種「壞」品質。但明倫評《聊齋誌異》卷十一《段氏》曰：「嘗謂婦人無德者有三：曰獨，曰妒，曰毒。未有獨而不妒，妒而不毒者。迨其後也，老朽病衰，零仃孤苦，所遺產物，任他人攫取而無可如何……」〔註491〕但明倫列舉了女人「獨」、「妒」、「毒」三種「壞」品質。女人之「妒」的「壞」品質彷彿成了公理，諸多評論家對之大肆討伐。如張冥飛《古今小說評林》即言：「昔胡潤芝謂《紅樓夢》一書，教壞一般官場，只曉得撚酸吃醋，狐媚子霸道……婦女之志在專房之寵……嫉妒之性，男女皆有之，而女子為獨甚。故此種嫉妒之性可謂之普通之女性，撚酸吃醋即由此種女子所發揮。充此種女子之量，其所注意之目的物，能取得至高無上之所有權，則可以犧牲其生命以殉之，而不之悔。其在男女之際，當愛情縈注時，而觸發此種之

女性，而妒而癡，則撚酸吃醋焉；而妒而悍，則狐媚子霸道焉。故此種女性之表示，自可認愛情最為專注之一種⋯⋯而實不能謂為高尚純潔貞一之愛情之標準⋯⋯」〔註492〕張冥飛雖承認嫉妒是人之常情、男女共有，卻認為女性在嫉妒上表現得最為激烈，所謂悍妒、狐媚子霸道等等難聽的名頭都是往女性身上潑的髒水。張冥飛在探討男性、女性誰者更妒的問題上忽視了兩個問題。第一個問題，妒不可視為高尚純潔愛情之標準是不能成立的，愛情中的男女雙方都是自私的，不論是男是女，都要求對方完全忠誠於彼此，完全屬於彼此，不容許第三者插足，不妒不愛，那種類似「二女共一男」所謂寬厚無私的愛只存在於作者臆想中。第二個問題，男女在愛情選擇上的不平等，男性在愛情上出於主動，面臨多種選擇，古代社會，可以三妻四妾，可以採婢納女，而女性則從一而忠，沒有多選的可能性，在這種情形下，男性想妒也無可發揮，女性不妒卻沒有可能。妒婦受到男性口誅筆伐，如李贄《西遊記評》第六十回原文：「牛王自到我家，未及二載，也不知送了他多少珠翠金銀，綾羅緞匹。」側評：「妖魔是妒婦，妒婦是妖魔。」〔註493〕李贄所評，若以理性之眼目之，是施虐者對受虐者不聽任打罵的抱怨。女人之「毒」，亦不乏評說。如李贄《西遊記評》第五十五回原文：「今日不知這婦人用的是甚麼兵器，把老孫頭弄傷也。」側評：「看來世上只有婦人毒。」〔註494〕此回總評道：「人言蠍子毒，我道婦人更毒。或問：何也？曰：若是蠍子毒似婦人，他不來假婦人名色矣。為之絕倒。」又道：「或問：蠍子毒矣，乃化婦人，何也？答曰：以婦人尤毒耳。」〔註495〕李贄認為，世上只有女性心腸狠毒，蠍子有毒，女性比蠍子還要狠毒。女性與男性誰更狠毒一點，似值得商榷，狠毒此種品質本因人而異，因事而別，主動將狠毒施加於弱者是暴虐者的無恥，被動以狠毒反抗壓迫則是受害方的無助。女人受人詬病的還有所謂「長舌之病」，如馮鎮巒評《聊齋誌異》卷二《口技》道：「從來短英雄之氣，灰志士之心，亂倫紀

〔註492〕朱一玄編，明清小說資料彙編（下）〔M〕，天津：南開大學出版社，2012：635～636。

〔註493〕〔明〕吳承恩原著，〔明〕李卓吾評點，李卓吾先生批點西遊記〔M〕，天津：天津古籍出版社，2006：453。

〔註494〕〔明〕吳承恩原著，〔明〕李卓吾評點，李卓吾先生批點西遊記〔M〕，天津：天津古籍出版社，2006：420。

〔註495〕〔明〕吳承恩原著，〔明〕李卓吾評點，李卓吾先生批點西遊記〔M〕，天津：天津古籍出版社，2006：425。

之常，離骨肉之歡，甚至衾裯迷戀，甘鴆毒以為宴安，枕簟唧嘈，慰紅顏而惱白髮，身家破喪，福澤消亡，皆出自婦人女子之口……乃世之聽婦人女子言者，一聽而神昏，再聽而魂迷，三聽而手足失所，聽未及終而耳聾矣。得女子而失丈夫，古今同慨。松齡先生其有見於此，因託技於口，託口技於女子，託女子口技於暮夜，以垂戒後世歟！然百世後，女子終售其技，男兒終中其技，豈聊齋之不善言哉！然男兒有耳，固不能禁女子有口也。」〔註496〕馮鎮巒歷數女子之口的罪狀，認為英雄氣短、志士心灰、綱常之亂、骨肉分離、迷戀肉慾、生老病死、家破人亡等等都是女人一張嘴惹的禍。女人的嘴如果有如此本領，何愁家國不治、天下不平？自古話語權本就由獲得受教育機會的男性掌握，潑此髒水在女性頭上實是高看了女性之口舌。巧婦難為無米之炊，縱使女性口才再出色，也難以持有話語權，處於被動受動者的地位，憑人說道，任人宰割。書是同樣的書，有人讀了高中進士，有人讀了名落孫山，而那名落孫山的卻怪書寫得不好，誤了自己的前程，豈不荒謬！此理亦可推之，以駁其他斥女性為「長舌婦」之例，如但明倫評《聊齋誌異》卷七《二商》道：「婦有長舌，為厲之階，古今所同慨歎也。女子純陰，其性疑。習慣自然，終身莫解。賢媛懿德，固史不絕書；而彼婦之見，翻覆雲雨，顛倒是非，狃以為常，牢不可破，雖未必盡然，而亦恒有之。所不同者，閫教之有遵有不遵耳……以視牝雞司晨，自殘手足，卒之厚擁金資，未能贖命，沒時徒為抓席，死後猶增汗羞，孰重孰輕，孰得孰失，可不憬然悟哉！」〔註497〕但明倫認為，女性「長舌」最應絞殺。女性在天性上就是多疑的，這是天生如此，不可改變。但明倫所推崇的是賢良淑德的女性，處於深閨之中，乖巧溫順，服從於男性意志，全心全意為男性服務。但明倫對女性之見深惡痛絕，認為女性之見顛倒是非，無一可取。而所謂「牝雞司晨」，則是亡國亡家之端。家國不治，怪女性之舌，男權世界的想像力如此豐富，惡牝雞之司晨，縛女性於家中，女性在暗無天日的境遇裏等待的卻是施虐者無盡無恥的道德審判，這不公的遊戲規則不知何日而終。經過男性的審判，女性不僅有心腸毒辣的壞品質，還有軟弱仁慈的壞品質，這樣矛盾性的人格分裂都是女性性別的過錯。如李贄《水滸傳回評》第五十一回評道：「朱仝畢竟是個好人，只是言必信、行必果耳。

〔註496〕張友鶴輯校，聊齋誌異會校會注會評本〔M〕，北京：中華書局，1962：270。
〔註497〕張友鶴輯校，聊齋誌異會校會注會評本〔M〕，北京：中華書局，1962：905。

安有大丈夫而作為一太守作一雄乳婆之理？即小衙內性命亦值恁麼？何苦為此匹夫之勇、婦人之仁？好笑，好笑！」〔註498〕正如李贄所評，對男人最具侮辱性的稱謂便是罵他是個女人，具有所謂「婦人之仁」，心腸軟弱，耽誤大事。而同樣的事情如果發生在男人身上，則會說男人有胸懷，俠骨柔腸，此乃典型的雙重標準。李贄《西遊記評》第三十回原文：「你這狗心賤婦，全沒人倫。我當初帶你到此，更無半點兒說話。你穿的錦，戴的金，缺少東西我去尋。四時受用，每日情深。你怎麼只想你父母，更無一點夫婦心？」側評：「說盡婦人情態。」〔註499〕李贄認為女性的「壞」品質還包括疼愛自己的父母，說法荒唐，不予置評。李贄還在《西遊記評》第七十二回總評道：「女人最會纏人，誰人能解此縛？」〔註500〕如李贄所評，如果說「會纏人」是女性的壞品質，而這種所謂「會纏人」如果是出於愛的話，便顯示出指責者的無情，如果是出於其他的目的換做「會纏人」者是男性，則便會稱其「有手段」。在評點家看來，女子等同於小人，具有小人的壞品性，如《金瓶梅》文龍批本第二十三回有：「……甚矣女子小人，斷不可使其得志也。聖人謂其難養，近之遠之皆不可。此蓋言其大同也。其細小瑣碎處，令人自去尋思。閱歷深者，自能理會：自古及今，大而天下國家，小而身心性命，敗壞喪身於女子小人之手者，正指不勝屈。又有小人而女子者，閹宦是也。女子而小人者，婢妓與僕婦是也。其性屬陰，其質多柔，其體多浮，其量隘，其識淺，同是口眼耳鼻，別具肝腸肺腑，令人可恨，兼令人可哂……」〔註501〕從引文可見，評點者文龍將女子與小人等而視之，將其罵得體無完膚。文龍認為，斷斷不能讓女子得志，因為大到天下國家，小到身心性命，均敗壞在女子小人之手。文龍將被閹割的生理上殘廢不完整的男性罵作小人加女子，將社會地位低下的弱勢群體如婢妓、僕婦等罵作女子加小人。而殊不知，無論是殘障者，抑或是卑弱者，他們在人格與精神上都是平等的。罵人自然於被罵者無益，卻反

〔註498〕 〔明〕施耐庵集撰，〔明〕羅貫中纂修，〔明〕李贄批評，《古本小說集成》編委會編，李卓吾批評忠義水滸傳〔M〕，上海：上海古籍出版社，1992：1697。

〔註499〕 〔明〕吳承恩原著，〔明〕李卓吾評點，李卓吾先生批點西遊記〔M〕，天津：天津古籍出版社，2006：228。

〔註500〕 〔明〕吳承恩原著，〔明〕李卓吾評點，李卓吾先生批點西遊記〔M〕，天津：天津古籍出版社，2006：543。

〔註501〕 朱一玄編，金瓶梅資料彙編〔M〕，天津：南開大學出版社，2012：597。

倒會顯出罵者的低劣。文龍認為，陰人女子，質柔、體浮、量隘、識淺，女人雖和男人具有同樣的口眼耳鼻，卻具有不同的肝腸肺腑，女人真真令人可恨、可笑。但殊不知，正是所謂低賤、卑劣的可恨、可笑者養育了那些高貴、尊榮的可敬的一群。文龍把女子與小人等同，大斥女子氣量狹隘、見識短淺等壞處，認為小到個人身心性命大到天下國家，無不敗壞在女人手中。而奈何一家之主為男人，治國之人皆男性，文龍卻把莫須有的罪責加到女子身上，於理極不通，於情亦太過分。

其三，女性微不足道，不值得顧惜。正如李贄《水滸傳回評》第六十九回所評：「最可恨者，董平那廝只因一個女子，便來賣國負人。國家有如是人，真當寢皮食肉！」〔註502〕董平賣國負人，確是可惡，但李贄言語之中，顯示出對女性的不屑，在他看來，一個女子微不足道，不值得在意與顧惜，可見女性地位之低賤如同草芥。

其四，對女性的污辱謾罵。李贄的《西遊記》評點把女性罵得尤其不堪。如《西遊記》第五十四回原文：「農士工商皆女輩，漁樵耕牧盡紅妝。」側評：「『農士工商皆女輩』，罵得毒！」〔註503〕原文又有：「卻不是怪物妖精，還是一國人身。」側評：「既是女人矣，緣何不是怪物妖精？」〔註504〕此回總評道：「難道此國裏再無一個丈夫，作者亦嘲弄極矣。」〔註505〕李贄將女性罵作怪物、妖精，甚至「女」這個字便是罵人最毒的話語，可謂極盡惡意嘲諷之能事。李贄《西遊記評》第八十二回總評：「妖精多變婦人，婦人多戀和尚，何也？作者亦自有意。只為妖精就是婦人，婦人就是妖精。妖精婦人，婦人妖精，定偷和尚故也。」〔註506〕如李贄所評，妖精是女性變的，妖精就是女性，女性就是妖精，但人若都為妖精所生，還稱人作甚！

〔註502〕〔明〕施耐庵集撰，〔明〕羅貫中纂修，〔明〕李贄批評，《古本小說集成》編委會編，李卓吾批評忠義水滸傳〔M〕，上海：上海古籍出版社，1992：2269。

〔註503〕〔明〕吳承恩原著，〔明〕李卓吾評點，李卓吾先生批點西遊記〔M〕，天津：天津古籍出版社，2006：413。

〔註504〕〔明〕吳承恩原著，〔明〕李卓吾評點，李卓吾先生批點西遊記〔M〕，天津：天津古籍出版社，2006：415。

〔註505〕〔明〕吳承恩原著，〔明〕李卓吾評點，李卓吾先生批點西遊記〔M〕，天津：天津古籍出版社，2006：418。

〔註506〕〔明〕吳承恩原著，〔明〕李卓吾評點，李卓吾先生批點西遊記〔M〕，天津：天津古籍出版社，2006：617。

其五，束縛羈約、貞潔至上的女性觀。哈斯寶《〈新譯紅樓夢〉回批》第九回評有：「這個林黛玉，真是一位絕代佳人。佳人者，德言工容俱佳之謂也。四者缺一，便不得謂之佳人。常人所說的佳人，無非是文君、崔鶯之流。她們首先就失去婦節，還算得上什麼佳人！如今在花叢岩石之陰，湖水牆角之間，寂寥靜悄之日，幽深無人之地，郎如潘安，女若西子，攜手相會，誰人能說不致兩朵鮮花開粉腮，三道濃靄落烏雲？可是嚴辭突然出口，邪行概未發生，呵，這全是何人之力？有人說，話雖如此，既然書也拿過來看了，話也跟著說了，同樣也算有失女子之道。我說，並非如此。不可以此責備黛玉！作賊的想必最忌談論偷盜，而常人又何必忌諱它？黛玉並無那種行為，才能那樣談論。倘有那樣行為，便會避而遠之，少說為佳，唯恐他人察覺。」〔註507〕哈斯寶認為，對女性而言，「德」、「言」、「工」、「容」俱佳者才能夠被稱作「佳人」。從對女性的這四點要求來看，「德」占首位，「德」顯示了對男性的順從與不違，以「德」為出發點的任何事於男性而言都極為有利。「言」即會隨意附義，能理解別人所說之話，並且知道自己什麼該說，什麼不該說。「工」即手工，如刺繡、織布等等。「容」即容貌。總之，「德」、「言」、「工」、「容」對女性的這四點要求顯示了女性的順從性、工具性、觀賞性、物性。哈斯寶認為，卓文君、崔鶯鶯之流，算不得「佳人」。因為在哈斯寶看來，女人如若失去所謂「婦節」，縱有其他千般「好處」，也斷斷算不得「佳人」。用「貞潔」二字，束住女性。這種貞潔至上的女性觀只屬於昏暗落後的時代。又如靜恬主人《金石緣序》：「……如《情夢柝》、《玉樓春》、《玉嬌梨》、《平山冷燕》語小說膾炙人口，由來已久，誰知其中破綻甚多，難以枚舉，試即一二言之。堂堂男子，喬扮女妝，賣人作婢，天下有是理乎？齠齡閨嬡詩篇字法，壓倒朝臣，天下又有是理乎？且當朝宰輔，方正名卿，為女擇配，不由正道，將閨中詩詞索人倡和，成何體統？」〔註508〕靜恬主人認為，《情夢柝》、《玉樓春》、《玉嬌梨》、《平山冷燕》等諸多小說都是有破綻的。其破綻之處表現在小說人物男扮女裝，閨閣女子之詩篇字法壓倒群臣，以及宰輔名卿為女擇配重才華之相配、心意之相通而採取詩詞倡和的形式。靜恬主人所秉持的亦是極為

〔註507〕〔清‧內蒙古〕哈斯寶著，亦鄰真譯，《新譯紅樓夢》回批〔M〕，呼和浩特：內蒙古人民出版社，1979：46～47。

〔註508〕丁錫根編著，中國歷代小說序跋集（下）〔M〕，北京：人民文學出版社，1996：1291～1292。

落後的女性觀，認為小說中的這些所謂破綻之處都是不合體統的，在他看來，女子便只能束手束腳，不得出類拔萃，只能被動婚配，不得半點自主。而這樣境遇下的女子好似籠中之鳥，困獸難鬥，失去了自由和自我。

（三）寬容理解、開明進步的女性觀

明清小說評中所顯現出來的女性觀也不乏進步之處。

其一，女性具有和男性同等的權利。如黃世仲《洪秀全演義例言》道：「……君臣以兄弟相稱，則舉國皆同胞，而上下皆平等也……開錄女科，有男女平權之體段……」〔註509〕黃世仲稱讚《洪秀全演義》所體現出的人人平等思想以及男女平權的進步思想。又有如《負暄絮語》言：「《鏡花緣》在說部中，為晚近之作，文筆視《紅樓》、《水滸》，良有不逮。然而詼諧間作，談言微中，獨具察世隻眼，似較他書為勝。其言女學女科，隱然有男女平權之意味；而佳智國民盡人皆須讀書識字，而後始得為成人，又近日國民教育之規模也。」〔註510〕如評者所言，《鏡花緣》雖在文筆上不如《紅樓夢》、《水滸傳》，但卻自有勝過他書的特色之處。《鏡花緣》言語詼諧機智，審時度勢獨具隻眼。《鏡花緣》中寫女性可以受教育，參加科舉考試，亦顯示了男女平權的進步思想。正如浴血生《小說叢話》所言：「中國女子，卑弱至極，志士痛之。近頃著書以提倡女權為言者充棟，顧前數十年，誰敢先此發難？而《鏡花緣》獨能決突藩籬，為女子一吐鬱勃，滔滔狂瀾，屹立孤柱，我不知作者當具何等魄力……」〔註511〕浴血生具有進步的女性觀，痛惜中國女子卑弱至極的地位，贊許提倡女權之書。浴血生即指出，《鏡花緣》著者很具魄力，能衝破藩籬，為女子立言，提倡女權，認為女性應擁有和男性同等的權利，體現了進步的女性觀。

其二，女性也應追求婚姻的自主自由。王鍾麟《中國歷代小說史論》道：「……三曰哀婚姻之不自由。夫男生而有室，女生而有家，人之情也。然憑一父母之命，媒妁之言，執路人而強之合，馮敬通之所悲，劉孝標之所痛……於是構為小說，言男女私相慕悅，或因才而生情，或緣色而起慕，一言之誠，

〔註509〕朱一玄編，明清小說資料彙編（上）〔M〕，天津：南開大學出版社，2012：218。

〔註510〕朱一玄編，明清小說資料彙編（上）〔M〕，天津：南開大學出版社，2012：524。

〔註511〕朱一玄編，明清小說資料彙編（上）〔M〕，天津：南開大學出版社，2012：525。

之死不二，片夕之契，終身靡他。其成者則享富貴，長子孫；其不成者則拚命相殉，無所於悔……」〔註512〕王鍾麟認為，中國小說對婚姻不自由的悲哀多有反映，和現實中的父母之命、媒妁之言的不自主婚姻相反，小說中的婚姻是男女私相慕悅的，不僅男性自主追求愛情婚姻的幸福，女性也大膽地追求自己所愛慕的對象，甚至更為主動，體現了對傳統被動婚配的反抗。

其三，女性不只是物化的被玩賞對象，而可彰顯除肉體之外的品質。昭琴《小說叢話》道：「《紅樓夢》……敘次婦女裝束形體，舉無一語涉及裙下……次《紅樓夢》而作者，尚有俞仲華《蕩寇志》、某閩人《花月痕》二書……《蕩寇志》書中，上上人物為陳麗卿，《花月痕》書中上上人物為薛瑤華。而麗卿對伊姻黨女眷語，自承己足與男子無異，百數十回內並未誤用到三寸金蓮之套談以犯及麗卿者。而麗卿之婉孌嬌憨，俏俊神情，曾不少損。薛瑤華馳馬試劍，好為男子妝，著者特加六寸膚圓之譽以表揚之。數十回內著一瑤華，只覺巾幗神飛而鬚眉反形文弱。觀於麗華、瑤華出色當行，為《蕩寇志》、《花月痕》增重……」〔註513〕《蕩寇志》為清代俞萬春所著長篇小說，此書緊接金聖歎「腰斬」過的七十回本《水滸傳》，從七十一回寫起。《蕩寇志》中，陳麗卿為雷部三十六將之一，英武絕倫。《花月痕》乃清人魏秀仁所著言情小說，書中所敘女子薛瑤華喜作男子妝，學拳習武，詼諧逗趣，風流倜儻。《紅樓夢》、《蕩寇志》、《花月痕》等書中的某些女性人物形象，少去了被男性觀看把玩的肉慾視角，而凸顯了除肉體之外的品質才能，有好男子妝者，有與男子無異者，有超越男子者，不一而足。又如吳沃堯《說小說》「雜說」道：「《鏡花緣》一書，可謂之理想小說，亦可謂之科學小說……其諷世理想、科學等，遂藉以寓於其中。吾最喜其女兒國王強迫林之洋為妃，與之纏足一段，其意若曰：『汝等男子，每以女子之小足為玩具，盍一返躬為之，而親其痛苦哉？』……」〔註514〕正如吳沃堯所言，《鏡花緣》用反諷的筆法，諷刺了男權社會要求女子纏足對女子所造成的肢體、情感上的殘害，刻畫了一眾光彩照人的女性形象，跳脫出女性被物化、玩賞的陳舊框架之外。

〔註512〕朱一玄編，明清小說資料彙編（上）〔M〕，天津：南開大學出版社，2012：320。

〔註513〕朱一玄編，明清小說資料彙編（上）〔M〕，天津：南開大學出版社，2012：354。

〔註514〕朱一玄編，明清小說資料彙編（上）〔M〕，天津：南開大學出版社，2012：524。

　　其四，女性才能非但不比男性低劣，反或出於男性之上，而這並不是一種變態而應以正常視之。如何守奇評《聊齋誌異》卷十《仇大娘》道：「《隴西行》云：『健婦持門戶，亦勝一丈夫。』讀《仇大娘》事，信然。」〔註515〕評點者何守奇稱讚小說中的女性堪比男性幹練有為。曹雪芹《石頭記凡例》言：「……今風塵碌碌，一事無成，忽念及當日所有之女子，一一細推了去，覺其行止見識皆出於我之上……然閨閣中本自歷歷有人，萬不可因我不肖，則一併使其泯滅也……」〔註516〕《石頭記》為閨閣女子立傳揚名，書中女性智慧才能均在鬚眉男子之上，且以一種正常的欣賞、尊敬、推崇的眼光來敘寫女性，體現了進步的女性觀。

　　其五，女子不以貌美取悅於人，而以才華體現自我價值而自立於世。如素政堂主人《定情人序》：「……更有若蟬首蛾眉之人，花容月貌之人，粉白黛綠之人，則又情所最鍾，而過於百物者也。情既鍾於是人，則情應定於是人矣。不知其人之美不一，則情之定於其人其美者亦不一。文君眉畫遠山，相如之情宜乎定矣，奈何一瞬忽又移於茂陵之女子；飛燕嬌倚新妝，漢王之情宜乎定矣，奈何片晌而又移於偏宮之合德？此豈相如漢王之情不定哉，亦文君飛燕之人之美，不足以定其情也。」〔註517〕《定情人》不題撰人，為清代孤本小說，所敘乃雙星與江蕊珠的愛情故事。如小說主人公似的忠貞愛情在現實生活中並不常有，才著之於小說。情難定，定情者才真正可貴。素政堂主人看到了情之難定，縱使是絕色美人亦得不到永恆的愛，以色事人難久持。待鮮花殘敗，黃昏將近，衰頹的晚景將變得無比淒涼。既然女性的容貌不可倚恃，那麼什麼才能久立於世呢？天花藏主人《飛花詠小傳序》言：「……蛾眉皓齒，莫非美人也。雖未嘗不怡耳悅目，亦必至才高白雪，情重陽春，而後飛聲閨閣，頌美香奩，傾慕遍天下也……」〔註518〕《飛花詠》敘昌穀與端容居二人曲折離奇、重續姻緣的故事。天花藏主人有感於小說中所敘人物事節，發出自身感慨。即蛾眉皓齒的外在之美雖也賞心悅目，但卻轉瞬即逝，

〔註515〕張友鶴輯校，聊齋誌異會校會注會評本〔M〕，北京：中華書局，1962：1401。

〔註516〕朱一玄編，明清小說資料彙編（下）〔M〕，天津：南開大學出版社，2012：584。

〔註517〕丁錫根編著，中國歷代小說序跋集（下）〔M〕，北京：人民文學出版社，1996：1259。

〔註518〕丁錫根編著，中國歷代小說序跋集（下）〔M〕，北京：人民文學出版社，1996：1247。

真正得以流傳的是歷久彌新的才能與智慧，這些彰顯著個體價值，是女性得以自立於世最厚重的資本。天花藏主人又在《兩交婚小傳序》中說道：「……鬚眉而外，當必有秀骨姸肌，出幽閨之類，拔香閨之萃者也……雖然，此猶佳美於耳目，而銷一時之魂者。至於竊天地之私，釀詩書成性命，乞鬼神之巧，鏤錦繡作心腸，感時吐彤管之雋詞，觸景飛香奩之警句，此又益肌骨之榮光，而逗在中之佳美者也。故遠山之眉，有時罷筆，而白頭之句，無今古而傷心。以此知色之為色必借才之為才，而後佳美刺入人心，不可磨滅也。不然，則蛾眉螓首，世不乏人，而一朝黃土，寂寂寥寥，所謂佳美者安在哉！故深心慧性人悟色衰愛弛，病稍減容，即蒙帳中之被，而不令人主見。若詠雪回文，任白骨銷沉，而香名愈烈，則此中之所重，不昭然有在乎！故誇張其色，往往附會其才，以高聲價。孰知色可誇張，而才難附會。何也？紅顏已逝，即妄稱落雁沉魚，亦有信之者，無可質也。至若才在詩文，或膾炙而流涎，或噦心而欲嘔，其情立見，誰能掩之……」〔註519〕《兩交婚小傳》為清代步月主人所著。小說敘甘頤、甘夢兩兄妹與辛古釵、辛發兩姐弟雙雙交婚之事。天花藏主人在小說序文中慨歎，女子同男子一樣，也可出類拔萃。但女子的出類拔萃不只在容貌和肉體，女子之才更值得稱賞。容貌和肉體隨著時間的推移，日漸消逝，而女子的才能卻不會隨著歲月的推移而稍減。天花藏主人肯定了女性除觀賞以外的價值，認為女性不只是物化的具有觀賞性的存在，女性容貌的美麗只在於耳目，能銷一時之魂，而女性的才能卻具有深入人心的力量，經過歲月的洗禮而不可磨滅。美人死後，便無人問津，美人色衰，便遭人棄擲，只有奪不去、搶不走的才華，才能夠使女性不懼蒼老、不畏死亡，實現自我人生價值而久立於世。天花藏主人探討了女性應如何自立於世的問題，具有深刻意義。天花藏主人給女性之自立提供了門徑，即容貌與肉體是為人的，才華與能力才是自為的，從為人走向自為，才能獲得自由和自主。

其六，女子貞烈觀之緊箍的鬆動。又如天花藏主人《金雲翹傳序》所言：「翠翹一女子。始也，見金夫不有躬情，可謂蕩矣。乃不貪一夕之歡，而諄諄為終身偕老計，則是蕩而能持變不失正，其以淫為貞者乎，亦已奇矣！及遭父難，則慷慨賣身，略不顧忌……略其跡，觀其心，豈非古今之賢女子哉……

〔註519〕丁錫根編著，中國歷代小說序跋集（下）〔M〕，北京：人民文學出版社，1996：1249～1250。

因知名教雖嚴，為一女子游移之，顛倒之，萬感萬應，而後成全之，不失一線，真千古之遺香也。」〔註520〕《金雲翹傳》敘出身書香門第的王翠翹一生坎坷的生活遭遇。從天花藏主人所作序文可知，天花藏主人認為翠翹是個「以淫為貞」的奇女子。翠翹在父親遭難之時，慷慨賣身，失去了男權社會所認為的女性最寶貴的「貞潔」。而失去「貞潔」的翠翹仍然受到肯定，被天花藏主人視為「賢女子」。可見，翠翹雖失去貞潔，但並未被作者、閱者和批評者所鄙棄，而是看到她身上不畏苦難、勇往直前的堅毅等優良品性，從以往的「一失足成千古恨」，女性之貞潔蓋過一切，到貞潔觀的鬆動，關注到女性身上所具有的美好品質，亦可稱是女性觀的一大進步。

　　明清小說評點中所呈現出來的女性觀紛繁多樣，具有一定的矛盾性和複雜性。對之，既要歷史地去看待，又要保持清醒現實的眼光。人本身就是複雜矛盾的統一體，觀點處在不斷變動之中，社會歷史的演進，亦將無數觀點混雜進大熔爐裏，而變得面目全非，故而想要清楚地縷清女性觀或對之進行下定義式的論斷在客觀上來講是難以實行的。女性觀只是混雜在個人、歷史、社會等所組成的大洪流裏，螺旋式地朝著更光明美好的地方不斷進步。

二、明清小說評點中的悲劇意識

　　研究者對有關悲劇意識的探討包囊了各個時段、多種門類、中外古今。

　　如林秀麗《莊子生命悲劇意識探究》，闡析了莊子悲劇意識的幾個方面，包括追求自由的困境、生命之無常、天人之分離以及對人類社會發展前景的懷疑和文明所帶來的壓抑感等等。莊子提出了解脫悲劇的諸般途徑，如順其自然、「心齋」、「坐忘」、避世、遁世等。〔註521〕王富仁《悲劇意識與悲劇精神》，指出中國文化建立在悲劇意識的基礎之上，悲哀是中國文化的底色。而中國所謂的「樂感文化」則是在悲哀的底色之上建立起來的。〔註522〕胡明偉《悲劇意識與文化傳統》，認為悲劇意識是明知失敗而仍為之的心理趨勢，中西方由於文化傳統的差異而所致的悲劇意識表現為不同的形態，西方悲劇意

〔註520〕丁錫根編著，中國歷代小說序跋集（下）〔M〕，北京：人民文學出版社，1996：1253。

〔註521〕林秀麗，莊子生命悲劇意識探究〔D〕，桂林：廣西師範大學，碩士學位論文，2007。

〔註522〕王富仁，悲劇意識與悲劇精神〔J〕，上篇，江蘇社會科學，2001，（1）：114～125，下篇，江蘇社會科學，2001，（2）：91～103。

識表現得深刻而徹底，中國悲劇意識表現得浮泛而留有餘地。〔註523〕張黎明《中西方悲劇意識與悲劇精神之比較》，認為中國缺乏悲劇精神，原因在於中國的悲劇意識雖內在於儒家「入世」思想之中，卻反被釋道的「出世」思想所消解。西方則不同，其悲劇意識以柏拉圖「理念說」為哲學根基，其悲劇精神是崇高的。〔註524〕張鐮《從悲劇的文學表現反思中國傳統文化的悲劇意識》，認為中國傳統文化中的悲劇意識主要體現在日常生活、政治悲劇、自然歷史悲劇等三個層面，囊括了各種文學體裁。〔註525〕朱志榮《論中國美學的悲劇意識》，指出人作為主體在以己度物時所感受到的詩意是中國美學悲劇意識的體現，人的這種詩意之感還包括對天地自然、生老病死等的感受等等。〔註526〕

對小說中悲劇意識的探討如李忠明《中國古代小說中的悲劇意識》，提出中國古代小說作品中的悲劇意識主要表現為對名利榮華、物質享受的否定，對現實生活的失望、不滿以及濃烈的歷史幻滅感等。〔註527〕孔慶慶《〈聊齋誌異〉的悲劇意識》，探討了其對悲劇意識的理解，認為中國文學不僅存在悲劇意識，而且根深蒂固，源遠流長。從《詩經》、楚辭、《史記》到唐詩、宋詞，再到元雜劇，以及包括中國古典四大名著在內的明清小說，無一不著悲劇之色彩。孔慶慶分析了《聊齋誌異》愛情、家庭、科舉、世情、恩仇、哥特式、天道等悲劇意識的各個層面，認為《聊齋誌異》悲劇意識體現在關注小人物、用「孤憤」之筆書之、奇幻手法營造悲劇氛圍等方面，而《聊齋誌異》會採用諸手法對悲劇意識進行消解，諸如戲謔、因果報應、團圓結局等。〔註528〕

對明清小說評點中的悲劇意識進行探討的，如陳薇《試探毛宗崗〈三國演義〉評點的悲劇意識》，從毛宗崗所處之時代及儒家倫理框架等角度分析了毛宗崗《三國演義》評點悲劇意識的表現形態，毛宗崗評《三國演義》貫穿了

〔註523〕胡明偉，悲劇意識與文化傳統〔J〕，齊齊哈爾大學學報（哲學社會科學版），2002，（11）：5～10。

〔註524〕張黎明，中西方悲劇意識與悲劇精神之比較〔J〕，文山師範高等專科學校學報，2006，19（2）：75。

〔註525〕張鐮，從悲劇的文學表現反思中國傳統文化的悲劇意識〔D〕，北京：首都師範大學，碩士學位論文，2006。

〔註526〕朱志榮，論中國美學的悲劇意識〔J〕，文藝理論研究，2013，（5）：169。

〔註527〕李忠明，中國古代小說中的悲劇意識〔J〕，南京師大學報（社會科學版），1994，（2）：76。

〔註528〕孔慶慶，《聊齋誌異》的悲劇意識〔D〕，烏魯木齊：新疆師範大學，碩士學位論文，2007。

因果報應、循環論、天道等思想。〔註529〕

　　明清小說評點中滲透著濃鬱的悲劇意識，此在評批中多有體現。下面即分幾個部分作一闡述。

（一）著書者窮愁之悲

　　在明清小說評中，多有對小說著者窮愁之悲的揭示。

　　如邱煒萲《客雲廬小說話》「窮愁著書」篇言：「虞卿窮愁著書，此語千古被人嚼爛……韓昌黎《送孟東野序》，歷引天地萬物，以及古來善鳴諸家，皆以不平後著，為之佐證。『不平』即『窮愁』之代名耳。小說亦然，必有窮愁不平之心，因不得已而後著，其著乃堪傳世而行遠。《琵琶記》以譏時人著，《西廂記》以懷彼美著，《水滸傳》以慕自由著，《三國志》以振漢聲著，《金瓶梅》以刺儈父著，《紅樓夢》以思勝國著。不但中土有然，即外國亦然。美洲名士有華盛頓歐文者，傷心人也，其遺著甚多，吾未遍觀而盡識也……雖窮於愁，而不窮於筆，且能自闢境界，築厚壘以障愁……」〔註530〕邱煒萲在此篇指出「窮愁著書」此說已被人嚼爛，後又有韓愈《送孟東野序》中的「物不得其平而鳴」為「窮愁著書」說佐證。其實，著書者亦有悲喜不同的心境，而悲懷著書者所著之書則常常易於行之久遠，聲名廣傳。如傳世名著《琵琶記》、《西廂記》、《水滸傳》、《三國演義》、《金瓶梅》、《紅樓夢》等的著者均有「窮愁不平之心」。不僅中國古典名著如是，外國亦有諸多傷心人，如美國文學之父華盛頓・歐文，其所著之書堪為傳世經典，窮於愁者，反不窮於筆，筆底生花，自闢新境。

　　王鍾麟《中國歷代小說史論》言：「吾謂吾國之作小說者皆賢人君子，窮而在下，有所不能言、不敢言而又不忍不言者，則姑婉篤詭譎以言之。即其言以求其意之所在，然後知古先哲人所以作小說者，蓋有三因：一曰憤政治之壓制……乃著小說以抒其憤……二曰痛社會之混濁……不得不假俳諧之文以寄其憤……三曰哀婚姻之不自由……」〔註531〕王鍾麟認為，我國小說著者乃「窮而在下」、不得其志的賢人君子，並在這段文字之中闡言了著說者的三

〔註529〕陳薇，試探毛宗崗《三國演義》評點的悲劇意識〔D〕，上海：華東師範大學，碩士學位論文，2008。

〔註530〕朱一玄編，明清小說資料彙編（上）〔M〕，天津：南開大學出版社，2012：109。

〔註531〕朱一玄編，明清小說資料彙編（上）〔M〕，天津：南開大學出版社，2012：319～320。

種主要寫作動機：第一，對政治壓制的「憤」；第二，對社會混濁的「痛」；第三，對婚姻不自由的「哀」。一「憤」一「痛」一「哀」，無不染上悲劇之色彩，著說者的寫作動機與目的滲透著濃重的悲劇意識。

「憤」政治壓迫的代表若《水滸傳》、《水滸後傳》等，如陳忱《水滸後傳論略》所言：「《水滸》，憤書也……憤大臣之覆轍……憤群工之陰狡……憤世風之貪……憤人情之悍……憤強鄰之啟疆……憤潢池之弄兵……《後傳》為洩憤之書：憤宋江之忠義……故復聚餘人，而救駕立功，開基創業；憤六賊之誤國，而加之以流貶誅戮；憤諸貴倖之全身遠害，而特表草野孤臣，重圍冒險；憤官宦之嚼民飽壑，而故使其傾倒宦囊，倍償民利；憤釋道之淫奢誑誕，而有萬慶寺之燒，還道村之斬也。」〔註 532〕如陳忱所言，《水滸傳》為「憤書」，憤姦佞當道、世風不正、政事不寧；《水滸後傳》為「洩憤之書」，還忠義賢才之人公平正義而使其有用武之地，將貪官污吏宦囊傾倒以利民眾。「憤」與「洩憤」均為悲觀意識的表現形式，二者均非高枕無憂、太平安康的樂感，而是戰戰兢兢、如履薄冰的憂患悲思。

（二）著書者與閱書者著書動機、閱書動機的悲感互映

玉屏山人《三國志史傳小引》言：「……予第以陳君之沉酣歲月，刻苦披膽，中間若隱若顯，若諷若刺，且又如怨如慕，如泣如憐者，一段不朽真精神，略表而出之，使千載下不可謂無知心云……」〔註 533〕如玉屏山人所言，著書者在書中傾注了「如怨如慕」、「如泣如憐」的悲劇精神，且將之「表而出之」，閱書者通過閱讀書中字裏行間的悲感情懷，與著者之心境相通相合，悲憫與共。

無論是著書者，抑或是閱書者，都常秉有共同的心理狀態，即著書以寄悲憤，閱書以抒悲憤。如熊飛《英雄譜弁言》所道：「……遇喜成狂，遇悲成壯……況於筆花不吐，髀肉日生，曉風殘月，撩人幽思，悲憤淋漓，無從寄頓……乃欲使七尺男子銷磨此嶔奇歷落之致乎……夫熱腸既不肯自吞，而宇宙寥落，托膽復爾，無人則不得不取《水滸》、《三國》諸人而尸祝之，聚大罍大白於前，每快讀一過，賞爵罰爵交加，而且以正告於天下曰：此《英雄譜》

〔註 532〕朱一玄編，明清小說資料彙編（上）〔M〕，天津：南開大學出版社，2012：335。
〔註 533〕丁錫根編著，中國歷代小說序跋集（中）〔M〕，北京：人民文學出版社，1996：893。

也，庶有以奪毛錐子之魄，而鼓肝膽之靈乎！不然，餘二三兄弟，矢讀奇書，日構險語，一字之陳，不脫紙上，而取此戔戔者相鼠嚇乎？無論人不可欺，亦自食吾志矣。」〔註534〕《英雄譜》為明代小說集，是《水滸傳》和《三國志演義》的合刊本。從以上引熊飛所言可以看出，著者、讀者均對周遭環境懷有敏感的心緒，壞境的細微變化會觸動著者、讀者內心細膩的情感體驗。著書者在文字中寄託幽思悲憤，閱書者得閱奇書，與著書者之悲情感慨一拍而和，一己之愁緒亦借書一抒。正如楊明琅《敘英雄譜》所言：「……然此譜一合，而遂使兩日英雄之士，不同時同地而同譜。則寒煙涼月淒風苦雨之下，焉必無英雄豪傑之士之相與慷慨悲歌，以共吐其牢騷不平之氣耶？而又安在非不得已中之一快哉……」〔註535〕可見，著書者精氣凝結以成文字，而同處「寒煙涼月淒風苦雨之下」的英雄豪傑之士與小說著者通過書中文字結交，共同悲歌慷慨，共吐心中苦悶牢騷與悲憤不平之氣。

（三）泣涕凝結、「哭」字當行

明清小說評批中的悲劇意識還體現在評批文字多以「哭」行文上，圍繞「哭」字大做文章者不在少數。

如元九《警世陰陽夢醒言》道：「天地一夢境也，古今一戲局也，生人一幻泡也。榮枯得喪，生死吉凶，一影現也。慘為淒風愁雨……其間昏昏濁濁，如癡如醉，總為造化小兒所播弄……忽然痛哭一頓……結成淒淒慘慘長夜不旦之乾坤……五六年來，恍入幽冥道中，使人生幾不知有何生趣……詳志其可羞可鄙、可畏可恨、可痛可憐情事……」〔註536〕元九在此段文字中歷數人間種種，其中不乏「淒風愁雨」，不絕「淒慘長夜」，時或「痛哭一頓」，至「人生幾不知有何生趣」可謂悲之極矣。書中所志亦乃「可羞可鄙、可畏可恨、可痛可憐情事」，令人心生悲戚之感，不免要痛哭流涕。

劉鶚《老殘遊記自敘》中闡發了其所謂的「哭泣說」，茲引錄部分內容如下：

> 嬰兒墮地，其泣也呱呱；及其老死，家人環繞，其哭也號咷。

〔註534〕朱一玄編，明清小說資料彙編（上）〔M〕，天津：南開大學出版社，2012：64～65。

〔註535〕朱一玄編，明清小說資料彙編（上）〔M〕，天津：南開大學出版社，2012：65～66。

〔註536〕朱一玄編，明清小說資料彙編（上）〔M〕，天津：南開大學出版社，2012：201。

然則哭泣也者，固人之所以成始成終也。其間人品之高下，以其哭泣之多寡為衡。蓋哭泣者，靈性之現象也，有一分靈性即有一分哭泣，而際遇之順逆不與焉。 馬與牛，終歲勤苦，食不過芻秣，與鞭策相終始，可謂辛苦矣，然不知哭泣，靈性缺也。猿猴之為物，跳擲於深林，厭飽乎梨栗，至逸樂也，而善啼。啼者，猿猴之哭泣也。故博物家云：猿猴，動物中性最近人者。以其有靈性也……靈性生感情，感情生哭泣。哭泣計有兩類：一為有力類，一為無力類。癡兒呆女，失果則啼，遺簪亦泣，此為無力類之哭泣。城崩杞婦之哭，竹染湘妃之淚，此有力類之哭泣也。有力類之哭泣又分兩種：以哭泣為哭泣者，其力尚弱；不以哭泣為哭泣者，其力甚勁，其行乃彌遠……《離騷》為屈大夫之哭泣，《莊子》為蒙叟之哭泣，《史記》為太史公之哭泣，《草堂詩集》為杜工部之哭泣，李後主以詞哭，八大山人以畫哭，王實甫寄哭泣於《西廂》，曹雪芹寄哭泣於《紅樓夢》……其感情愈深者，其哭泣愈痛：此鴻都百鍊生所以有《老殘遊記》之作也……欲不哭泣也得乎？吾知海內千芳，人間萬豔，必有與吾同哭同悲者焉！〔註537〕

從以上引文可以看出，劉鶚認為，人從生到死無不以「哭」開始，以「哭」結束。人品的高下可以用哭泣的多少來衡量。「哭泣」乃人之靈性，人有一分靈性便有一分哭泣。哭泣是人類特有的現象，馬與牛終日勞碌，辛苦萬分，然而不知道哭泣，是因為它們靈性缺失。猿猴是動物中最接近人性的，猿猴的啼便類似人類的哭泣。靈性生感情，感情生哭泣。哭泣計有兩類：一為有力類，一為無力類。癡兒呆女，靈性生發出感情，人有了感情，便有了哭泣。劉鶚又進一步對哭泣進行分類，將哭泣分為有力的哭泣和無力的哭泣兩類。無力的哭泣乃「癡兒呆女」失果遺簪之泣。有力的哭泣又分「以哭泣為哭泣」和「不以哭泣為哭泣」兩類，前者力量有限，後者可具洪荒之力，傳世久遠。在劉鶚看來，《離騷》、《莊子》、《史記》、《草堂詩集》、李後主之詞、八大山人之畫、《西廂記》、《紅樓夢》等文學藝術作品均為著作者泣涕凝結而成，作者的感情越深，凝結在作品中的哭泣越痛，劉鶚自作的《老殘遊記》便是其哭泣的結果。在引文最後，劉鶚呼喚知音，認為必有讀其文章而共鳴與其同哭同悲之人。

〔註537〕 丁錫根編著，中國歷代小說序跋集（下）〔M〕，北京：人民文學出版社，1996：1740～1741。

　　小說評點家在具體評點小說的過程中，亦有感於小說中的故事情節，而情感上不能自己從而產生哭泣，或預見聯想到閱讀者讀罷文章泫然流涕的閱讀感受。如毛宗崗《三國志演義回評》第七十九回評道：「……劉勝聞樂之對，自述涕泣之情，又不若子建釜中之辭，能隕他人之淚。此豈獨當時為然哉？凡今之人有與兄弟而相煎者，觀於其文，亦宜為之泫然矣。」〔註538〕「劉勝聞樂之對」，陳述其泣涕之情；曹植之七步詩，則能使觀者墮淚。毛宗崗想及類似有和兄弟相煎的人，如若觀及此文，或可為之泫然。小說評點者感受、體驗小說作品中的「哭」，並分析個中緣由，形諸有理有據的文字。如毛宗崗《三國志演義回評》第九十一回評道：「……觀瀘水之夜哭，而知南人之信鬼……若畏其鬼而祭之，則藤甲三萬人，孔明亦哀之矣。曷為不祭盤蛇谷而獨祭瀘水也？所以然者，為死於王事，理所當恤……且也曹操哭既死之典韋，以勸未死之典韋；武侯哭陣亡之蜀將，以勸未亡之蜀將。蓋不獨為死者而不得不祭，亦為生者而不得不祭云。」〔註539〕毛宗崗認為，瀘水夜哭，孔明哀祭，哭亦是一種達到目的的手段和工具，哭已死之人，實是勸未死之人，哭既是對死者的祭奠，亦是對活者的鞭策。哭甚至起到建立功業的巨大作用，如毛宗崗在《三國志演義回評》第一百十九回中評劉備「哭」之功用：「先主基業，半以哭而得成。送徐庶則哭而送之，不哭庶安得有走馬之薦？請諸葛亮則哭而請之，不哭則亮安得有出山之心……其對魯肅而哭，孔明教之也；其對孫夫人而哭，亦孔明教之也……若後主生平眼淚從來貴重，其睡著子龍懷中，則喪其母，而不知哭；其聽北地王之自刃於廟，則喪其子而亦不知哭。以此二者，不能得其眼淚，更何從得其眼淚……不獨為卻正哭，又當為孔明哭，為先主哭。先主有如此之子，此託孤之時，所以執手流淚；孔明有如此之君，此出師之時，所以臨表涕泣也……若日夜流涕，感憤思歸，奸雄如司馬昭，其能容之乎……」〔註540〕毛宗崗分析認為，劉備的江山大半是「哭」來的。哭而送徐庶，方有走馬之薦；哭而請諸葛亮，方換來諸葛亮的出山之心。

〔註538〕〔元末明初〕羅貫中原著，〔清〕毛宗崗評點，毛批三國演義〔M〕，天津：天津古籍出版社，2006：588。

〔註539〕〔元末明初〕羅貫中原著，〔清〕毛宗崗評點，毛批三國演義〔M〕，天津：天津古籍出版社，2006：680。

〔註540〕〔元末明初〕羅貫中原著，〔清〕毛宗崗評點，毛批三國演義〔M〕，天津：天津古籍出版社，2006：880。

劉備的哭有些是出於己身，有些是受於孔明之教，諸如對魯肅、孫夫人等的哭。劉備之子喪母而不知哭，喪子亦不知哭。哭在一定程度上，正代表了人的靈性、品格、才能，扶不起的阿斗沒有一滴眼淚，靈性不足，品格不高，才能不夠，不足以繼承父業，恢復漢室。有子如此，劉備無疑是悲哀的，生子不肖，託孤之時，淚墮不止。諸葛亮感念明主，出師一表，泣涕不已。正如毛宗崗《三國志演義回評》第九十七回所評：「……先生不但知伐魏之無成，出師之不利，而又逆知其身之必死於是役也……敗亦不惜，鈍亦不惜，即死亦不惜……先生真大漢忠臣哉！文天祥《正氣歌》曰：『或為《出師表》，鬼神泣壯烈。』……」〔註541〕諸葛亮的「死」是悲壯的，是明知死在眼前而仍不畏大限的壯烈，《出師表》的壯烈悲懷甚至令鬼神為之痛哭流涕。

　　小說評點家在評批小說文本時，往往抑制不住內心噴薄而出的情感，以至筆底亦帶出「哭」類字眼。如金聖歎《水滸傳回評》第五十八回評道：「俗本寫魯智深救史進一段，鄙惡至不可讀。每私怪耐庵，胡為亦有如是敗筆……如俗本《水滸》者，真可為之流涕嗚咽者也。」〔註542〕愛書、惜書之才子金聖歎對於《水滸傳》俗本魯智深救史進一段有鄙惡難讀的閱讀感受，深為之痛惜，不想有此敗筆，甚至能為之「流涕嗚咽」。痛哭流涕者還如李贄，其在《西遊記評》第八回總評道：「老孫是名悟空，老豬是名悟能，老沙是名悟淨。如此提醒叫喚，不止三番四復。空者，何在？能者，何在？淨者，何在？畢竟求一個『悟』的，真如龜之毛，兔之角也。可勝浩歎……口舌凶場，是非惡海……何反從凶場中多起干戈，惡海內猛翻波浪……真可為之痛哭流涕者矣。」〔註543〕李贄指出，《西遊記》旨在使人悟，《西遊記》著者「悟空」、「悟能」、「悟淨」，幾番提醒世人，世人多不知其理，縱使知道個中道理，亦在俗世中沉浮跌宕，難以抽身世外，能夠真正悟的可謂少之又少，世態人情，度以佛理，令評者不禁為之痛哭流涕。又如李贄《西遊記評》第四十九回總評道：「你看老黿，修了一千三百餘年，尚且不得人身，人身如此難得，緣何今

〔註541〕〔元末明初〕羅貫中原著，〔清〕毛宗崗評點，毛批三國演義〔M〕，天津：天津古籍出版社，2006：726。

〔註542〕陳曦鍾，侯忠義，魯玉川輯校，水滸傳會評本〔M〕，北京：北京大學出版社，1981：1070。

〔註543〕〔明〕吳承恩原著，〔明〕李卓吾評點，李卓吾先生批點西遊記〔M〕，天津：天津古籍出版社，2006：61。

人把這身子，不作一錢看待，真可為之痛哭流涕！語曰：『一失足時千古恨，再回頭是百年身。』警省！警省！」〔註544〕悲劇意識不只體現在評批具體的小說文本，還體現在以小說文本作為參照鏡子以悲天憫人之眼反觀當世，老黿苦苦修了一千三百多年之久，還未修得一個人身，可見人身之難得。可悲的是，當今之人，把人身看得一錢不值，非但不倍加感恩珍惜，甚至還任意凌辱糟蹋，想及此，真可為之大動悲聲。

（四）「悲夫」、「哀哉」等小說評點用語的悲劇意識流露

明清小說評點中，多直截採用「悲夫」二字評語，顯示對小說文本故事情節悲劇性的體認，亦表露出明清小說評點濃鬱的悲劇意識。

以毛宗崗《三國志演義回評》為例，「悲夫」出現頻次頗高。如毛宗崗《三國志演義回評》第九十五回評道：「……於是南安不得不棄，安定不得不捐，天水不得不委，箕谷之兵不得不撤，西城之餉不得不收。遂令向之擒夏侯、斬崔諒、殺楊陵、取上邦、襲冀縣、罵王朗、破曹真者，其功都付之烏有。悲夫！」〔註545〕評語末的「悲夫」是對不得不棄南安、捐安定、委天水、撤箕谷之兵、收西城之餉的無奈，是對之前的擒夏侯、斬崔諒、殺楊陵、取上邦、襲冀縣、罵王朗、破曹真等等諸多有功之舉全部付諸東流的歎惋。又有如毛宗崗《三國志演義回評》第一百回評道：「……仲達雖智，豈能間英明之主哉？苟安不能愚後主，而宦官得以愚後主，又非宦官足以愚後主，而後主實受愚於宦官。昭烈所為歎息痛恨於桓、靈者，而其父恨焉，其子蹈焉，悲夫！」〔註546〕毛宗崗所悲之事，是人力難以挽回天命的無奈，未雨綢繆卻不料天意難測，最擔心的事情往往最容易發生，子難承父德，喪盡王業，任憑聰明機關算盡，也未有回天之力。又如毛宗崗《三國志演義回評》第一百三回評道：「……猶是吳也，禦魏則勝，攻魏則不勝。何也？曰：無討賊之志也。魏之侵吳，司馬懿在焉，乃曹休一敗，而司馬懿引歸，為慮武侯之將伐魏也。吳之侵魏，陸遜在焉，乃諸葛瑾一敗，而陸遜亦引歸，此豈亦慮武侯之將伐吳乎？

〔註544〕〔明〕吳承恩原著，〔明〕李卓吾評點，李卓吾先生批點西遊記〔M〕，天津：天津古籍出版社，2006：384。

〔註545〕〔元末明初〕羅貫中原著，〔清〕毛宗崗評點，毛批三國演義〔M〕，天津：天津古籍出版社，2006：711。

〔註546〕〔元末明初〕羅貫中原著，〔清〕毛宗崗評點，毛批三國演義〔M〕，天津：天津古籍出版社，2006：749。

本無所慮，而一敗輒退，使武侯之倚賴於吳者，竟成畫餅。悲夫！」〔註547〕
毛宗崗在評點《三國演義》時，所秉持的態度在總體上傾向於劉備，凡對劉
不利的結果便是悲劇性的，所以有此悲歎。毛宗崗在評點中雖為蜀國惋歎，
但卻並不影響他對魏國的憐憫，他的悲劇意識襟懷是廣博的，悲天憫人的態
度所涉及的層面也是多樣的，如其在《三國志演義回評》第一百七回對曹魏
的悲歎：「甚矣，天之惡魏也！繼之以不知所從來之曹芳，而又相之以醉生夢
死之曹爽，縱令司馬懿真病而真死，而其國亦必為蜀、吳之所併矣。縱使曹
爽聽桓範之言，而遷駕許都，檄召外兵，其勢必不勝，亦必終為司馬氏之所
併矣……孟德奸雄，而再傳以後，其苗裔之不振如此，悲夫！」〔註548〕毛宗
崗慨歎天命對曹魏的嫌惡擯棄，奸雄曹操一世馳騁，可歎後繼無人，苗裔不
振，個人驍勇最終扭轉不了歷史的車輪，魏國終究逃不掉被兼併的命運，對
於這一歷史事實，毛宗崗的態度是悲劇式的歎惋。

　　「悲夫」之評者，又譬如潘德輿《金壺浪墨》「讀水滸傳題後二」所言：
「今如《水滸》一書，以至佳之文，而不據至正之體，彼豈得已哉？蓋其時有
迫欲言之事，而其人無可言之責，於是以不得明言、不得不言者，降而託為
市井污雜盲詞、小說家流，是願自傷其文之體，以抒其感時切事之懷抱，譬
如高人哲士，英才奇策，甘心伏於廝養卑隸、屠沽、負販之中，隱其姓氏，以
自污辱，而名猶得而及之乎？故作《水滸傳》者，不願有後世之名者也。其願
有後世之名，豈作如此之文哉？蓋其道彌卑，而其志彌痛矣……而又歎古之
能文者，其平日之作，不能皆彰彰於後世，今但得其酒酣歌舞隨筆塗抹之文，
以供人之玩諷而已。而古所有不能文者之文，或林立於吾輩几案間。則豈文
之傳不傳，亦有命也耶？悲夫！」〔註549〕潘德輿對小說的態度是傳統文人的
態度，所謂「小說家流」是和「市井污雜盲詞」一起，登不了大雅之堂的，而
《水滸傳》著者撰寫小說《水滸傳》是自我污辱、自降身價，甘心與屠沽負販
之流為伍。潘德輿認為，作小說者，之所以選擇此等「卑劣」的文體形式，是
因為有難言之事卻又不得不言之而後快，採取的形式越「卑劣」，其所書寫的

〔註547〕〔元末明初〕羅貫中原著，〔清〕毛宗崗評點，毛批三國演義〔M〕，天津：
　　　　天津古籍出版社，2006：772。

〔註548〕〔元末明初〕羅貫中原著，〔清〕毛宗崗評點，毛批三國演義〔M〕，天津：
　　　　天津古籍出版社，2006：802。

〔註549〕朱一玄，劉毓忱編，水滸傳資料彙編〔M〕，天津：南開大學出版社，2012：
　　　　322。

苦痛越深厚。潘德輿亦對文章流傳之難以捉摸的命運深為慨歎，能文者或不能彰顯於後世，不能文者之作卻林立於書架之中，確為可悲可歎。

此外，與「悲夫」意近，「哀哉」之評點語亦多出現於明清小說評點者口中筆下。

如毛宗崗《三國志演義回評》第一百八回所評：「……恪與爽之才不才不同，而其氣驕而計疏則一也。外不能測張特之詐，內不能燭孫峻之奸，而又剛愎自矜，果於殺戮。聰明雖過於其父，而卒以恃才取禍，哀哉！」〔註550〕毛宗崗哀歎曹爽與諸葛恪氣驕計疏，剛愎自用，聰明反被聰明誤，禍事從恃才傲物中來，令人惋惜。

又如金聖歎《水滸傳回評》「楔子」中，劈頭便以「哀哉」起言：「哀哉乎，此書既成，而命之曰《水滸》也……為此書者，吾則不知其胸中有何等冤苦，而為如此設言……後之君子，亦讀其書、哀其心可也……古人著書，每每若干年布想，若干年儲材，又復若干年經營點竄，而後得脫於稿，哀然成為一書也。今人不會看書，往往將書容易混帳過去……吾特悲讀者之精神不生，將作者之意思盡沒，不知心苦，實負良工，故不辭不敏，而有此批也。」〔註551〕金聖歎認為，《水滸傳》著者胸中有無盡冤苦，讀者讀其所著之書，不應只看表面故事，而要用心感受、體認《水滸傳》著者心中的無盡哀苦，並隨之哀思。金聖歎還指出，古人作書，經若干年構思冥想，苦心經營，字裏行間都是著者的心血熬成。今人看書，往往不關注於此，而是走馬觀花，蜻蜓點水，書中許多妙處均被讀者錯過，金聖歎為此而感到悲哀，著者用畢生心血澆灌而成的傳世名典，不能被後世讀者所消化理解，豈不辜負了作者的一份苦心，故有金聖歎之批，以慰著者之心。

（五）品評中其他的悲戚憾恨

除以上所言可作明顯劃歸的悲劇意識的表現之外，明清小說評點中的悲劇意識還散見在小說評點文字的字裏行間，不論是何種悲愁苦緒，其共同點均是理性、灰色、哀戚、無奈的悲觀調子一以貫之。

其一，世事多憾，世人多歎。繆尊素《三國志演義序》便道：「昔之讀史

〔註550〕〔元末明初〕羅貫中原著，〔清〕毛宗崗評點，毛批三國演義〔M〕，天津：天津古籍出版社，2006：809。

〔註551〕陳曦鍾，侯忠義，魯玉川輯校，水滸傳會評本〔M〕，北京：北京大學出版社，1981：38。

者，每致憾於昭烈未竟其業，武侯未盡其用⋯⋯余所憾於兩公者，反不在此⋯⋯若夫武侯之才，非死於周瑜者也；而周瑜之才，實能制曹瞞者也。赤壁一戰，膽氣已裂。倘使周瑜得盡其才，而武侯陰為之輔，曹瞞即奸雄，未必驕橫至此！『既生瑜，何生亮？』武侯倘聞此言，得無有悔其太驟者耶⋯⋯」〔註552〕繆尊素指出，讀史者，均會對歷史史實或故事不盡如人意的方面，生發出諸多遺憾。歷史如人，難以完滿。功業不能長久保持，人才難以盡為所用。非所憾在此，即所憾在彼。瑜亮皆賢人，倘若能相生相合，或能達到功業的圓滿，卻偏有瑜亮之爭，不是你死，就是我活，留給後世無限悲歎。

其二，人力渺渺，天命難違。毛宗崗《三國志演義回評》第九十五回評道：「為將之道，不獨進兵難，退兵亦難，能進兵是十分本事，能退兵亦是十分本事。當不得不退之時，而又當必不可退之勢，進將被擒，退亦受執，於此而權略不足以濟之，欲全師而退，難矣！試觀孔明焚香操琴，以不退為退；子龍設伏斬將，又能以退為進。蜀中有如此之相，如此之將，而卒不能克復中原。嗚呼！此天部祚漢耳，豈戰之罪哉！」〔註553〕如毛宗崗所言，蜀漢得良相諸葛亮，良將趙子龍，熟稔兵法，運籌帷幄，多次能化險為夷，克敵制勝，得將相如此，卻最終不能克復中原，完成一統大業，罪不在人事，而在天命。一己之力在天命面前，宛如螳臂當車，無能為力。

其三，天下盡偽，無事不假。小說評點者借評點小說悲歎令人失望的醜陋虛偽的眾生相。如李贄《西遊記評》第五十七回總評：「行者雖是假的，打死唐僧，亦是快事。不然，這等腐和尚，不打死他如何⋯⋯直迷了一片善緣，卻是一句有眼的說話。不獨惡緣迷人，善緣亦是迷人。所以說好事不如無，學問以無善無惡為極則也。若有善便有不善了，所以說善緣迷人。惜知此者少⋯⋯天下無一事無假。唐僧、行者、八戒、沙僧、白馬都假到矣，又何怪乎道學之假也？」〔註554〕李贄犀利地指出，非獨惡緣使人迷亂，善緣亦使人迷亂，所謂好心反而辦壞事，有善便會有與之對立的不善，故而李贄得出結論，好的事情不如沒有，學問也以無善無惡為極則。好不如無的思想，帶有濃鬱

〔註552〕 丁錫根編著，中國歷代小說序跋集（中）〔M〕，北京：人民文學出版社，1996：895～896。

〔註553〕 〔元末明初〕羅貫中原著，〔清〕毛宗崗評點，毛批三國演義〔M〕，天津：天津古籍出版社，2006：711。

〔註554〕 〔明〕吳承恩原著，〔明〕李卓吾評點，李卓吾先生批點西遊記〔M〕，天津：天津古籍出版社，2006：439。

的虛無悲觀色彩。李贄指明，天下沒有一件事不是假的，《西遊記》中，都出現了假唐僧、假行者、假八戒、假沙僧、假白馬，而現實道學的假和虛偽，又有什麼奇怪和大可厚非呢？李贄面對如此虛偽假相橫行的世道，發出無奈悲歎，這是對社會現狀的無聲鞭撻。

其四，世道人心，何可勝歎。除了世眾虛偽，小說評點者所悲歎的事物還涉及到各種層面。仍以李贄《西遊記》評點為例。李贄通過《西遊記》文本照見社會世人的拜金主義，即便放之當今社會，仍不過時。如李贄《西遊記評》第六十六回總評：「笑和尚，只是要金子。不然，便做個哭和尚了。有金便笑，無金便哭。和尚尚如此，而況世人乎？」〔註555〕四大皆空、六根清淨、戒貪嗔癡的出家人都見錢眼開而生無限歡喜，無錢懊惱、難見笑容，更何況欲孽深重的世人呢？有錢能使鬼推磨，拜金主義成了社會上每一個人篤志奉行的信仰和宗教。李贄還抨擊現今的醫生不讀醫書、不知藥性，現今的世人多是病人，與其說此病在身體，倒不如說是精神和心理患了惡疾，見李贄《西遊記評》第六十八回總評：「……如今的醫生，那一個是知藥性、讀醫術的？」〔註556〕及又評：「如今是個病君，死了是個病鬼，再轉世還是個病人。極說得好。人有病痛，急去醫。噫！此所以今世多病人也！」〔註557〕李贄看到本應學富五車的斯文舉子卻腹內空空、不學無術，盡是一班招搖撞騙，可憐可歎。如其《西遊記評》第九十三回總評：「一部《西遊記》，獨此回為第一義矣。此回內說斯文肚裏空空處，真是活佛出世，方能說此妙語。今日這班做舉子業的斯文，不識一瞎字，真正可憐！不知是何緣故，卻被豬八戒、沙和尚看出破綻來也。大羞，大羞！」〔註558〕李贄在評點中還觸及到世人慾望的無可饜足，正如古希臘神話中的人物西西弗斯，徒費精力地運送巨石，如此循環往復、昏天黑地、沒有終始，讓人看不到希望，看不到盡頭。如李贄《西遊記評》第九十六回總評：「或問：『今人修西方，只為身在東土耳。那寇員外已在西方矣，緣何又修？』曰：『東人要修西方，西人要修東土，總只是在境

〔註555〕〔明〕吳承恩原著，〔明〕李卓吾評點，李卓吾先生批點西遊記〔M〕，天津：天津古籍出版社，2006：500。

〔註556〕〔明〕吳承恩原著，〔明〕李卓吾評點，李卓吾先生批點西遊記〔M〕，天津：天津古籍出版社，2006：513。

〔註557〕〔明〕吳承恩原著，〔明〕李卓吾評點，李卓吾先生批點西遊記〔M〕，天津：天津古籍出版社，2006：513。

〔註558〕〔明〕吳承恩原著，〔明〕李卓吾評點，李卓吾先生批點西遊記〔M〕，天津：天津古籍出版社，2006：689。

厭境，去境羨境。如今在家人，偶到僧房道舍，便生羨慕；殊不知僧道肚裏，又羨慕在家人也。倘令之易地，亦必相羨相厭，亦復如是也。」〔註559〕人性總是對已然擁有的東西不知珍惜，而去渴望得到、豔羨那些沒有的東西，等把本所向往的東西斬獲在手，卻又對之心生煩厭，轉而去尋求下一個目標，尋覓下一個獵物。所謂「在境厭境，去境羨境」，在家人與出家人彼此豔羨，沒有真正滿足之人，沒有真正滿足之時。另如《新刻繡像批評金瓶梅評語》，也貫穿著悲觀的調子，以客觀之冷眼，感歎世態人情。如第四回，原文：「鄆哥……繞街尋西門慶。」崇眉評道：「物蠹則蟲入之，室高則鬼瞰之。樂極悲生，鄆哥亦天之所使。」〔註560〕正如評者所言，人世間沒有長盛不衰、高枕無憂的安樂，所謂「樂極悲生」，唯一不變的是抹不去的人世悲愁。又如第七十九回，原文：「（西門慶）又把陳敬濟叫到跟前，說道：『姐夫，我養兒靠兒，無兒靠婿，姐夫就是我的親兒一般……』」崇眉評道：「世人有認定一人為可以託孤寄命，及至屍骨未冷而患害反由之而作，比比皆然，可勝歎哉。」〔註561〕正如評點者所道，所託非人，反受其患，世間中此類悲情，不可指數。《金瓶梅》本就是一部「悲」書，再多的極樂享受，榮華富貴，最終不免人死樓空的悲慘結局，評點者的閱讀體驗自然是悲涼透骨，如第九十五回，原文：「卻說吳月娘自從大姐死了，告了陳敬濟一狀，大家人來昭兒也死了，他妻一丈青帶著小鐵棍兒也嫁人去了……」崇眉評道：「讀來覺一種淒涼之氣逼人。」〔註562〕

綜上所言，明清小說評點中透露著濃重的悲劇意識，這也從側面證明了小說文本本身內在底裏所具有的悲劇精神。王國維《紅樓夢評論》第三章「紅樓夢之美學上之價值」言：「吾國人之精神，世間的也、樂天的也。故代表其精神之戲曲小說，無往而不著此樂天之色彩，始於悲者終於歡，始於離者終於合，始於困者終於亨，非是而欲饜閱者之心，難矣。」〔註563〕通過本文對明清小說評點中悲劇意識的闡析，可以發現，王國維所持有的以上觀點似有可商榷的餘地。畢竟，表面的樂觀終蓋不過骨子裏的蒼涼。

〔註559〕〔明〕吳承恩原著，〔明〕李卓吾評點，李卓吾先生批點西遊記〔M〕，天津：天津古籍出版社，2006：707。
〔註560〕秦修容整理，金瓶梅：會評會校本〔M〕，北京：中華書局，1998：78。
〔註561〕秦修容整理，金瓶梅：會評會校本〔M〕，北京：中華書局，1998：1190。
〔註562〕秦修容整理，金瓶梅：會評會校本〔M〕，北京：中華書局，1998：1386。
〔註563〕傅傑編校，王國維論學集〔M〕，北京：中國社會科學出版社，1997：358。